Wild
Velocity
AVA AVERY

AF280126

Wild Velocity

TITAN RACING LEGACY

Ein Roman von

AVA AVERY

Deutschsprachige Erstausgabe:
Mai 2025

Copyright © Ava Avery

ISBN: 9783769378320

Verlag: BoD · Books on Demand GmbH,
Überseering 33, 22297 Hamburg, bod@bod.de

Druck: Libri Plureos GmbH,
Friedensallee 273, 22763 Hamburg

Lektorat: Elisabeth Klein

Cover Design & Illustration: Carmen Design

Bibliografische Information der Deutschen Nationalbibliothek:
Die Deutsche Nationalbibliothek verzeichnet diese Publikation in
der Deutschen Nationalbibliografie; detaillierte bibliografische
Daten sind im Internet über dnb.dnb.de abrufbar.

Website & Newsletter:
www.avaavery.de

Instagram:
avaavery.autorin

TikTok:
@avaaverybooks

Facebook:
www.facebook.com/avaavery.autorin

20+ Bonuskapitel & 0 Euro Roman:
https://bookhip.com/RPGKPQC

*Für die, die nie aufhören zu träumen –
und eines Tages aufwachen und feststellen,
dass ihr Traum Realität geworden ist.*

HINWEIS - TRIGGERWARNUNG

Liebe Leser:innen,

Dieses Buch enthält potenziell triggernde Inhalte. Deshalb findet ihr auf Seite 336 eine Triggerwarnung.

Achtung: Diese enthält Spoiler für das gesamte Buch.

Ich wünsche euch allen ein wundervolles Leseerlebnis.

Eure *Ava*

EXKLUSIV FÜR DICH

Sichere dir jetzt als Dankeschön für deine Treue über 20 Bonuskapitel zu meinen Romanen. Scanne dazu einfach den QR-Code oder nutze diesen Link:

https://BookHip.com/RPGKPQC

Ich wünsche dir ganz viel Spaß beim Lesen.

1

SKYE

Ich sehe mich zufrieden im Motorhome um und atme tief durch. Es ist alles bereit. Das Team kann kommen.

Ein kurzer Blick auf meine Armbanduhr verrät mir, dass die ersten Mechaniker in etwa einer Viertelstunde eintreffen und ihr Frühstück verlangen werden.

Nach der Winterpause sind die Testtage in Barcelona nicht nur ein Test Run für die Fahrer der *Serie del Rey*, sondern auch für uns als Catering Team. Denn das teils neue Personal will eingearbeitet und an die herausfordernden Bedingungen eines Rennstrecken-Caterings gewöhnt werden.

Es ist nämlich eine Sache, ein Catering für die Vernissage einer Kunstgalerie oder für die Weihnachtsfeier einer IT-Firma auszurichten und nochmal eine komplett andere Herausforderung, es für ein Rennsport Team in der Königsklasse des Motorsports zu organisieren.

Improvisation und Flexibilität werden hier großgeschrieben. Denn wir müssen bei Wind und Wetter in der Lage sein, über mehrere Tage in einer engen Küche, die sich meist in einem Zelt, in einem Container, oder in einem Trailer befindet, für über einhundert Teammitglieder, teils mehrere hundert Teamgäste und zwei Topfahrer, die ihrerseits einen strengen Diätplan einhalten, bis zu drei Mahlzeiten am Tag zu catern. Dazu kommen noch der Getränke- und der *A la Carte*-Service für die VIPs unter den Gästen. Und natürlich die nicht zu verachtenden Sonderwünsche des Teamchefs, der Fahrermanager, des Teammanagers und der führenden Ingenieure.

Seit es Hafermilch gibt, ist mein Leben nicht mehr, wie es einmal war, weil plötzlich jeder zweite Mensch gegen die gute, alte Kuhmilch allergisch zu sein scheint, oder sie aus gesundheitlichen Gründen nicht mehr trinken will.

Und das ist noch der einfachste aller Sonderwünsche. Über die Marotten der Fahrer und ihrer Physios reden wir lieber erst gar nicht. Wobei, ... einer unserer beiden Stammfahrer, Dante Di Santo alias *Il Diavolo,* ist ein echter Glücksgriff, was das angeht. Der Kerl würde am liebsten jeden Tag ein medium rare gebratenes argentinisches Rumpsteak verdrücken und ist auch sonst absolut pflegeleicht. Vor allem, seit er mit meiner Kollegin und Freundin Riley Valera, der Pressechefin von *Titan Racing,* zusammen ist, die ihm mit ihrer forschen und unverblümten Art seine Flausen und Starallüren im Nu ausgetrieben hat.

Bei dem Gedanken an Riley muss ich unwillkürlich lächeln. Ich freue mich darauf, sie heute endlich wieder in die Arme zu schließen.

Seit dem letzten Rennen in Abu Dhabi, Anfang Dezember, haben wir uns nicht mehr gesehen, weil sie mit Dante in dessen Heimat nach Südamerika gereist ist und anschließend abwechselnd aus dem Homeoffice in Dantes Wahlheimat Monaco und dem Büro von *Titan Racing*, nahe Mailand, gearbeitet hat.

Ich hingegen habe die letzten Monate überwiegend in England verbracht, wo ich aufgewachsen bin und bis heute noch immer lebe, wenn ich nicht gerade mit der *Serie del Rey* um die Welt reise.

Obwohl viele schlecht über England reden, weil es dort angeblich immerzu regnet, liebe ich es dort aus genau diesem Grund. Ich mag das unstete Wetter, das immer für eine Überraschung gut ist und kann mich für Sonnenschein genauso begeistern wie für Regen, Schnee und Hagel. Mit dieser bunten Wettermischung, die man in England bisweilen an einem Tag erlebt, wird es nie langweilig. Außerdem faszinieren mich die alten, englischen Cottages, die weitläufigen Wälder, die grünen, von weidenden Schafen übersäten Felder, die Unmengen an gepflegten Oldtimer, die einen an längst vergangene Zeiten erinnern und die höfliche, zurückhaltende Mentalität, die die Menschen einander dort entgegenbringen. Außerdem lebt auch meine Familie seit vielen Generationen dort.

Aus all diesen Gründen habe ich England nie ganz

den Rücken gekehrt und bin immer wieder froh, wenn ich dorthin zurückkehren kann. So auch in den letzten Monaten, während der Winterpause der *Serie del Rey*.

Zum Glück wirft der Job als Chefin des Catering Teams genug ab, damit ich mir die Auszeit von Anfang Dezember bis Anfang Februar eines jeden Jahres beruhigt gönnen kann, ohne mich noch anderweitig nach einem Job umsehen zu müssen. Dafür arbeite ich aber auch an bis zu dreißig Wochenenden im Jahr und teilweise zehn Tage am Stück. Außerdem gibt es im Catering keine vierzig Stunden Woche. Vielmehr eine 140 Stunden Woche.

Naja ... zumindest fast.

Fakt ist, dass kaum jemandem bewusst ist, wie viel wir in Wahrheit arbeiten, weil unser Job von uns verlangt, unsichtbar zu sein. Wir kommen vor allen anderen an die Rennstrecke, um das Frühstück und die Snacks für die Teammitglieder, die Fahrer, die Gäste und ausgewählte Journalisten vorzubereiten, sodass diese sich bequem vom Buffet bedienen und an den gedeckten Tisch setzen können, sobald sie das Motorhome betreten. Und am Abend warten wir, bis auch das letzte Teammitglied die Strecke verlassen hat, um das Catering und die Tische samt Deko für den nächsten Tag vorzubereiten. Ein normaler Arbeitstag beginnt für mich zwischen fünf und sechs Uhr morgens und endet zwischen 22 und 23 Uhr abends.

Es ist ein anstrengender und kräftezehrender Job. Vor allem, wenn man bedenkt, dass wir zwischen den Rennen kaum länger als ein, maximal zwei Tage frei haben, weil wir dann schon im Flugzeug zum nächsten Rennen sitzen.

Zwar beginnt ein Rennwochenende für die meisten Teammitglieder der *Serie del Rey* erst am Donnerstag, doch das Catering Team ist oftmals schon ab Montag, spätestens Dienstag vor Ort, um die Ankunft der Fracht und den Aufbau der Catering Area zu überwachen, um spezielle, nicht durch den Dienstleister abgedeckte Lebensmittel einzukaufen, Besteck und Gläser zu polieren und für die On-Site Crew zu catern.

Wenn man dann noch bedenkt, dass die Rennen nicht nur in unterschiedlichen Ländern, sondern oftmals auch auf unterschiedlichen Kontinenten stattfinden und man sich nicht nur an andere Temperaturen, Kulturen und Infrastrukturen gewöhnen muss, sondern auch mit einem massiven Jetlag zu kämpfen hat, bekommt man ein ungefähres Gefühl davon, was einem dieser Job alles abverlangt.

Als Chefin des Catering Teams bin ich für mehr als zehn Mitarbeiter verantwortlich, die mir täglich ihre Sorgen und Probleme klagen und die teils grundverschiedene Persönlichkeiten besitzen, die ein hohes Maß an Toleranz und Geduld erfordern. Denn es geht nicht nur darum, dass sie ihren Job verantwortungsvoll, fleißig und professionell erledigen, sondern auch, dass sie untereinander harmonieren und routiniert zusammenarbeiten. Und das ist – vor allem bei 18 Stunden Tagen, in denen die Müdigkeit gerne mal überhandnimmt – bisweilen eine echte Herausforderung.

Ich bin so in meine Gedanken versunken, dass ich

Riley, die an diesem Morgen extrem früh das Motorhome betritt, erst bemerke, als sie mir auf die Schulter tippt.

»Hallo? Erde an Skye. Bist du mit deinen Gedanken noch im Urlaub, oder was ist los mit dir?«

Ich blinzele überrascht und mein Blick fokussiert, sodass Rileys amüsiertes Grinsen in mein Sichtfeld rückt.

»Hey«, bringe ich verwundert hervor und umarme sie fest. »Was tust du denn schon hier? Ich dachte, Dante kommt erst um neun. Jedenfalls steht das so auf dem Plan, den Liam mir für sein Frühstück gegeben hat.«

Riley zwinkert mir zu und legt mir freundschaftlich ihren linken Arm um die Schulter. »Es ist auch schön, *dich* zu sehen, Skye. Und ja, danke. Ich hatte einen schönen Urlaub und starte rundum erholt in die neue Saison.«

»Entschuldige«, sage ich schuldbewusst. »Ich habe nur noch nicht so früh mit dir gerechnet.«

»Schon gut.« Sie winkt lächelnd ab. »Ich wäre tatsächlich liebend gern länger im Bett geblieben, um mit Dante unanständige Dinge zu tun, bevor dieser Zirkus hier wieder von Neuem losgeht. Aber da sich für acht Uhr unser neuer Fahrer angekündigt hat, will ich hier sein, um ihn willkommen zu heißen und ihn in die dunklen und gefährlichen Gefilde der *Serie del Rey* PR, samt all ihren Tücken, einzuführen.«

»Austin Ashcroft«, murmele ich mehr zu mir selbst, als zu Riley.

Bis zum Ende der letzten Saison waren Dante Di

Santo und Tom Clark unsere beiden Stammfahrer gewesen. Doch Tom hatte ein Angebot für einen Fahrervertrag über drei Jahre von den *Roaring Bulls* erhalten und entschieden, es anzunehmen. Auch, weil er, seitdem Dante die Dämonen seiner Vergangenheit überwunden hat, nicht mehr die alleinige Nummer eins im Team gewesen ist, sondern sich diesen Platz mit Dante teilen musste.

Es war abzusehen, dass er früher oder später abwandern würde. Demnach hatten Toni, der Teamchef von *Titan Racing* und Byron King, der Teammanager und der Partner meiner Freundin Allegra, frühzeitig nach einer passenden Alternative gesucht.

Ich rechnete fest damit, dass sie einen erfahrenen Fahrer aus der *Serie del Rey* verpflichten würden, oder aber einen erfolgreichen Rookie aus einer der Nachwuchsserien. Wen ich allerdings überhaupt nicht auf dem Schirm hatte, war Austin Ashcroft und die amerikanische Serie, für die er seit drei Jahren fuhr.

Austin war zu jung, um als erfahrener Fahrer durchzugehen, zumal er noch kein einziges Rennen in der *Serie del Rey* bestritten hatte und er war mit seinen vierundzwanzig Jahren zu alt, um noch als Rookie zu gelten. Zwar war er in der *Serie2*, der direkten Nachwuchsserie der *Serie del Rey*, gefahren und hatte diese auch gewonnen, doch das lag schon über drei Jahre zurück. Damals, nach seinem Meisterschaftssieg, war in der *Serie del Rey* kein Cockpit für einen talentierten Youngster ohne signifikante Sponsorengelder frei gewesen, weshalb er in die amerikanische Serie gewechselt hatte.

Es war das erste Mal in der Geschichte des Motorsports, dass ein Fahrer aus der amerikanischen *AmeriCar* in die *Serie del Rey* wechselte. Normalerweise war nämlich genau das Gegenteil der Fall: Ein Fahrer, der in der *Serie del Rey* kein Cockpit mehr fand, wechselte für gutes Geld in die *AmeriCar*, um dort noch ein paar Jahre zu fahren.

Auch wenn mich also die Entscheidung von Toni und Byron, Austin zu verpflichten, überrascht, so zweifele ich jedoch nicht an ihr.

Die beiden wissen, was sie tun. Das haben sie schon bei der Verpflichtung von Dante Di Santo bewiesen, als niemand außer ihnen an ihn glaubte und er alle Zweifler und Kritiker verstummen ließ, indem er sich zuerst den Team- und dann den Fahrerweltmeistertitel geschnappt hat.

Und da gibt es noch einen anderen Grund, aus dem ich, im Gegensatz zu den Journalisten, nicht an der Verpflichtung von Austin Ashcroft zweifele.

Unsere gemeinsame Vergangenheit.

Die Vergangenheit, von der hier niemand etwas weiß.

Und das kann auch so bleiben, wenn es nach mir geht.

»Skye? Hey, Skye!«

Riley schnippt mit ihren Fingern vor meinem Gesicht und lächelt kopfschüttelnd.

»Komm, wir machen dir jetzt erstmal einen Kaffee. So weggetreten, wie du bist, schläfst du uns gleich noch im Stehen ein, wenn wir dir nicht sofort den rettenden Koffeinschuss verpassen.«

Ich beiße mir ertappt auf die Unterlippe und erwidere gezwungenermaßen Rileys Lächeln. Nicht, weil ich nicht gerne einen Kaffee mit ihr trinken möchte, sondern weil meine geistige Abwesenheit rein gar nichts mit Müdigkeit zu tun hat, sondern vielmehr mit dem neuen Stammfahrer von *Titan Racing*: Austin Ashcroft.

Doch dieses Geheimnis behalte ich lieber für mich.

Wenigstens vorerst. Denn auf Dauer wird es sich wahrscheinlich nicht verbergen lassen, wenn es zwischen Austin und mir noch immer so sein sollte, wie es damals war.

2

AUSTIN

Ich bin selten so dankbar für etwas gewesen, wie für die Sonnenbrille mit den gespiegelten Gläsern, mit der mich der Brillen Sponsor von *Titan Racing* ausgestattet hat und die ich an diesem Morgen trage. Denn dank ihr kann niemand die nackte, kalte Angst erkennen, die in meinen Augen steht, als der Wagen, der mich zur Rennstrecke bringt, nun auf den für die *Serie del Rey* Fahrer reservierten Parkplatz unmittelbar vor dem Paddock Eingang abbiegt.

Hier bin ich also.

Auf dem *Circuit de Catalunya*.

Das hier ... es passiert wirklich.

Und es ist ein vollkommen anderes Gefühl als ich es mir in meinen Träumen seit meiner Kindheit tausende Male ausgemalt habe.

Vielleicht liegt das daran, dass dieser Moment über drei Jahre zu spät kommt. Dass ich längst mit meinem großen Traum, eines Tages in der *Serie del Rey* zu fahren, abgeschlossen hatte. Dass mich der Anruf von Byron King aus allen Wolken hat fallen lassen.

Natürlich habe ich sofort zugesagt, als mich der Teammanager von *Titan Racing* fragte, ob ich künftig als Stammfahrer für sie an den Start gehen wolle.

Ich habe nicht eine Sekunde lang gezögert.

Das mag verhandlungstechnisch kein cleverer Schachzug gewesen sein und wahrscheinlich habe ich mir durch diese Blitzreaktion mein Gehalt erheblich gekürzt, aber die Wahrheit ist, dass ich auch umsonst für *Titan Racing* gefahren wäre.

Die Millionen, die sie mir als zukünftigem Stammfahrer zahlen, hätten sie sich sparen können. Ich hätte es auch umsonst getan. So gesehen habe ich unterm Strich also doch einen guten Deal gemacht, auch wenn es mir auf das Geld absolut nicht ankommt.

Ich wollte nie des Geldes, sondern vielmehr des Sieges wegen Rennfahrer werden. Weil ich die Geschwindigkeit und den Rausch, die damit einhergehen, liebe. Weil ich mich lebendig und vollkommen fühle, wenn ich mit über 300 Sachen über den Asphalt rase und das Abbremsen vor der nächsten Kurve bis zur letzten Millisekunde hinauszögere.

Dass ich nun Millionen von Dollar dafür bekomme, damit ich dieser Leidenschaft für *Titan Racing* nachgehe, ist ein netter Nebeneffekt, zumal Geld ein Thema ist, mit dem ich seit jeher auf Kriegsfuß stehe.

Nicht, weil ich damit nicht umzugehen weiß, sondern weil ich es nie hatte. Jedenfalls nicht genug, um mir meinen Traum von einer Rennfahrerkarriere in der *Serie del Rey* aus eigener Kraft zu verwirklichen.

Deshalb fällt es mir schwer, um nicht zu sagen, unmöglich, zu glauben, dass ich jetzt wirklich hier bin und an der Seite von Dante Di Santo für *Titan Racing* fahren soll.

Ich schüttele ungläubig den Kopf und sehe angespannt aus dem Fenster, wo bereits die Fotografen darauf lauern, dass ich aussteige und sie die heißersehnten Fotos von mir schießen können, wie ich zum ersten Mal in meinem Leben als *Serie del Rey* Stammfahrer den Paddock betrete.

Ich weiß, dass diese Fotos hoch gehandelt werden und ein Wettlauf gegen die Zeit darüber herrscht, welche Zeitung sie zuerst ins Netz laden und sich die höchste Klickrate sichern kann. Trotzdem ist es schwer zu begreifen, dass dieser mediale Aufriss nur wegen mir gemacht wird.

»Wir sind da«, informiert mich mein von *Titan Racing* engagierter Chauffeur in einem neutralen, ruhigen Ton. Er ist nicht sehr gesprächig, was mir ungemein gelegen kommt. Denn mir ist nicht nach Reden, weil sich ein dicker Kloß in meinem Hals befindet, der mir das Atmen erschwert und das Sprechen unmöglich macht.

Ein Blick auf meinen Schoß verrät mir, dass meine Hände leicht zittern und es in meinen Fingerkuppen unangenehm kribbelt.

Dazu kommt die leichte Übelkeit, mit der ich schon seit dem Aufstehen kämpfe.

Ich würde gerne behaupten, dass ich krank bin. Mir

einen Infekt eingefangen oder mir den Magen verdorben habe. Doch die Wahrheit ist und bleibt, dass ich Angst habe. Und zwar riesengroße Angst.

Angst davor, dem nicht gewachsen zu sein. Und mit *dem* meine ich all das hier. Die *Serie del Rey* ist die absolute und unangefochtene Königsklasse des Motorsports. Sie ist der Gipfel des Olymps. Darüber kommt nichts mehr. Und darunter liegt alles andere. Wer es bis hierhin schafft, kann nicht mehr höher kommen. Der kann nur noch fallen.

Ich meine ... die ganze Welt schaut sich die Rennen der *Serie del Rey* an. Die Fahrer sind berühmt. Echte Stars. Sie werden überall erkannt, fotografiert und belagert. Und auch wenn ein paar von ihnen in erster Linie dank ihrer fetten Sponsorengelder den Sprung in die *Serie del Rey* geschafft haben, so gehören sie dennoch zu den besten Fahrern der Welt. Denn selbst mit einem Multimillionen Sponsorship Deal muss man das Auto immer noch eigenständig in die Punkteränge fahren können, wenn man hier auf Dauer überleben will.

Die meisten Fahrer gelangen zwischen ihrem achtzehnten und zwanzigsten Lebensjahr in die *Serie del Rey*, wo sie im Normalfall bis Mitte dreißig bleiben. Dass ein Fahrer, in diesem Fall ich, erst Mitte zwanzig in die *Serie del Rey* einsteigt, ist ungewöhnlich und passiert nur selten. Denn die Anforderungen dieser Rennserie sind so speziell und hoch, dass man sie, wenn überhaupt – und auch nur im Ansatz – mit ihrer Nachwuchsserie, der *Serie2*, vergleichen kann. Und eben diese habe ich vor über drei Jahren als Sieger, aber leider ohne Fahrervertrag für die Königsklasse verlassen.Mit dem Abgang aus der *Serie2* und dem Eintritt in die *AmeriCar* hatte ich meinen Traum von der *Serie del Rey* eigentlich für immer begraben.

Doch *Titan Racing* hat ihn freigeschaufelt und wieder zu Tage befördert.

Und jetzt bin ich hier. Da, wo ich immer sein wollte. Nur leider fühle ich mich alles andere als bereit und würde am liebsten direkt wieder abhauen.

Fuck!

Ich reibe mir über das Gesicht und fluche leise, als es an der Fensterscheibe klopft und ich erschrocken zusammenzucke.

Der Fahrer entriegelt den Wagen und eine hübsche Schwarzhaarige, die ich als Dante Di Santos Freundin Riley Valera, die gleichzeitig auch die Pressechefin von *Titan Racing* ist, identifiziere, steigt ein. Ich habe sie vor ein paar Wochen während meiner Einführung im Hauptquartier von *Titan Racing* in Italien kennengelernt.

Sie lässt sich auf den Beifahrersitz plumpsen, zieht die Tür schwungvoll hinter sich zu und dreht sich mit einem schelmischen Funkeln in den Augen zu mir um.

»Hi Austin. Na, wie geht's?«

Ich räuspere mich und lächele angespannt. »Super.«

Von wegen super.

Aber dass ich vor Angst fast auf dem Rücksitz sterbe, kann ich ihr wohl kaum verraten. Ich bin doch keine verdammte Memme. Außerdem ist sie die Freundin meines Teamkameraden und Konkurrenten.

Da werde ich ihr bestimmt kein Kanonenfutter liefern, das sie gegen mich verwenden könnte, auch wenn ich nicht glaube, dass sie das tun würde.

Riley Valera hat einen Ruf im Motorsport. Und der ist exzellent.

»Dir steht der Angstschweiß auf der Stirn. Hier.« Sie hält mir ein Taschentuch hin und grinst. »Wisch den mal weg. Sonst bringt dir deine Sonnenbrille mit den verspiegelten Gläsern vor der Presse auch nichts mehr. Die sind nämlich wie Tiere. Sie wittern die Angst, sobald sie in der Luft liegt. Auch aus zehn Kilometern gegen den Wind.«

»Das ist kein Angstschweiß«, protestiere ich und fasse mir ertappt an die Stirn. »Es ist ... warm hier. Immerhin sind wir in Spanien.«

»Austin ... wir haben Februar. Draußen scheint zwar die Sonne und es sind achtzehn Grad, aber das kann unmöglich der Grund dafür sein, dass du in dem klimatisierten Auto schwitzt wie ein Pferd. Entweder erleidest du gerade einen Herzinfarkt und weißt es noch nicht, oder du hast Schiss. Ersteres wäre für deine Karriere in der *Serie del Rey* eher ungünstig. An dem zweiten könnten wir arbeiten. Also, wofür entscheidest du dich? Was ist dir lieber? Herzkasper oder volle Hosen?«

Ich starre sie an und schweige, weil sie mich sowieso entlarvt hat und ich nicht weiß, was zur Hölle ich dazu noch sagen soll. Es ist mir einfach nur extrem peinlich.

»Hör mal, Austin, lass uns eine Sache von Anfang an klarstellen: Verarsch mich nicht, okay? Denn ich durchschaue alles und jeden. Und wenn ich herausfinde, dass mich jemand belügt, oder betrügt, werde ich sehr ungemütlich. Meine Aufgabe ist es, dich vor der Presse zu schützen und dir medial den Rücken freizuhalten. Und das kann ich nur, wenn du ehrlich zu mir bist. Zwar bekommst du eine eigens für dich zuständige Pressesprecherin, die dich auf der Strecke überallhin begleiten wird, aber sie ist mir unterstellt, so wie jeder andere im PR-Team auch. Also, versuchen wir es noch einmal: Hi Austin, wie geht es dir? Taschentuch gefällig?«

Ich greife zähneknirschend nach dem Taschentuch, das sie mir hinhält, wische mir damit über meine Stirn und murmele: »Schön. Meinetwegen. Ich hab' Schiss und ich glaube, ich muss gleich kotzen. Bist du jetzt zufrieden?«

»Na also, geht doch. War das jetzt so schlimm?« Sie lächelt verschmitzt. Offenbar findet sie das im Gegensatz zu mir irre komisch.

Ich zucke mit den Achseln und sehe nach draußen, wo sich jetzt noch mehr Fotografen dicht an dicht tummeln, als noch eine Minute zuvor.

»Ich habe vollstes Verständnis dafür, dass du aufgeregt bist. Immerhin ist das heute dein erster Tag an der Strecke und dein erster, richtiger Medienauftritt. Deshalb bekommst du auch den *Titan Racing* Spezialservice: Mich.«

Ich runzele die Stirn und wende den Blick von den Fotografen hin zu Riley.

»Wir machen das gemeinsam. Du läufst einfach neben mir her, versuchst dabei lässig zu lächeln und bleibst unter keinen Umständen stehen. Wenn du willst, kannst du im Gehen sagen, dass du dich sehr auf die bevorstehende Saison freust, aber nicht mehr als das. Alles weitere erfahren sie in der Pressekonferenz, die du nachher gibst. Und bis dahin sorgen wir dafür, dass der Frosch in deinem Hals und der Angstschweiß auf deiner Stirn verschwunden sind. Noch Fragen?«

Ja, viele. Doch ich stelle keine Einzige davon, weil der Drang nach Bewegung von Minute zu Minute steigt und mir die Luft im Wagen auf einmal furchtbar stickig und dünn erscheint.

»Let's go«, antworte ich deshalb, werfe das benutzte Taschentuch in den kleinen, in die Tür integrierten, Abfalleimer, greife nach dem Türgriff und steige mit einem eingefrorenen Lächeln auf den Lippen aus.

Sofort ertönen die Rufe der Fotografen, die wie auf Kommando losrennen und mich binnen Sekunden umzingeln und mit Fragen bombardieren.

»Leute, jetzt beruhigt euch mal und lasst uns durch«, ruft Riley halb amüsiert, halb verärgert und reicht mir meinen Paddock Pass, mit dem ich den Heiligen Gral der *Serie del Rey* in wenigen Schritten betreten werde.

Ich halte den Blick starr auf die Drehkreuze vor uns gerichtet, hinter denen noch weitere Fotografen auf Fotos lauern und nehme deshalb überhaupt nichts von meiner Umgebung wahr.

Ich könnte unmöglich sagen, welche Gebäude sich in meiner Nähe befinden, ob sich Wolken am Himmel tummeln, oder welche Autos noch auf diesem Parkplatz parken.

Dafür klopft mein Herz viel zu laut und das Geschrei der Fotografen lässt meinen Kopf und meine Ohren dröhnen. Riley bewegt sich sicher, schnell und zielstrebig und ich habe Mühe, mit ihr Schritt zu halten.

Als wir die Drehkreuze erreichen, halte ich meinen Pass an den Scanner. Mein Foto erscheint auf dem Display, gefolgt von einem grünen Haken dahinter – die Bestätigung, dass ich eintreten darf. Ein kurzes Piepen ertönt, das Drehkreuz bewegt sich und ich bin drin.

Shit.

Das hat nicht mal zwei Sekunden gedauert. Zwanzig Jahre habe ich davon geträumt, als Fahrer der *Serie del Rey* durch genau diese Drehkreuze zu gehen. Und jetzt werden zwanzig Jahre voller Hoffnung, Ehrgeiz und harter Arbeit auf einen Moment reduziert, der kürzer ist, als ein Herzschlag. Nicht zu fassen!

»Da vorn ist unser Motorhome«, zischt Riley, deren Stimme durch die dichten Nebelschwaden meiner Gedanken zu mir hindurchdringt. »Noch ein paar Meter. Gleich haben wir es geschafft.«

Ich nicke kaum merklich und richte meinen Blick auf das mehrstöckige, luxuriöse Konstrukt, das in einer Reihe von Motorhomes an erster Stelle liegt.

Noch fünf Schritte. Vier. Drei. Zwei. Eins.

Riley nickt dem Mann, der vor der automatischen Schiebetür des Motorhomes steht und den Zugang kontrolliert, zu. Er tritt lächelnd zur Seite und die Schiebetüren öffnen sich.

Geschafft!

Ich überquere die Schwelle und atme tief durch, als sich die Türen wieder hinter uns schließen und uns von der wilden Meute schützen.

»Scheiße, ist das immer so?«, murmele ich und schiebe die Sonnenbrille auf den Kopf.

»Es wird mit der Zeit besser. Und du gewöhnst dich dran. Glaub mir«, entgegnet Riley und grinst diebisch.

Ich lasse meine angespannten Schultern kreisen und sehe mich neugierig in dem Motorhome, das um diese frühe Zeit noch relativ leer ist, um.

Doch kaum, dass sich meine Schultern ein klein bisschen gelockert haben, verwandeln sie sich prompt wieder zu Stein, als ich *sie* erblicke.

Skye Whitmore.

Was in aller Welt tut *sie* denn hier?

3
SKYE

Die Gespräche an den Tischen verstummen und es wird mit einem Mal still im Motorhome. Obwohl ich nicht hinsehe, weiß ich, dass er eingetroffen ist. Austin Ashcroft.

Mein Herzschlag beschleunigt sich und mein Atem wird flach. In mir steigt eine Hitze auf, die nicht der milden Temperatur, die an diesem Februartag in Barcelona herrscht, geschuldet ist, sondern allein ihm. Austin Ashcroft.

Ich gehe hinter der Bar in die Hocke und stecke meinen Kopf in den Kühlschrank, um mein Gesicht von der Hitze, die es erröten lässt, zu kühlen.

»Skye, Austin Ashcroft ist hier«, setzt mich einer meiner Mitarbeiter, Carlo Carlucci, über das in Kenntnis, was ich unlängst weiß. »Soll ich ihn fragen, ob er etwas trinken will?«

»Mhm, tu das«, antworte ich und bin froh, dass

Carlo anbietet, diese Aufgabe zu übernehmen. Denn auf eine Begegnung mit unserem neuen Stammfahrer habe ich herzlich wenig Lust, obgleich es sich wohl nicht auf Dauer vermeiden lassen wird.

Aber solange ich es noch hinauszögern kann, werde ich es tun.

Langsam krieche ich auf Knien zu der großen Zimmerpflanze, die in der linken Ecke der Bar steht und richte mich dahinter vorsichtig auf, sodass ich Austin quasi inkognito aus der Ferne beäugen kann.

Er sieht gut aus, wie ich widerwillig zugeben muss. Muskulöser als früher. Männlicher. Und reifer, was wohl daran liegt, dass er jetzt erwachsen und kein Teenager mehr ist.

Sein dunkelbraunes Haar fällt ihm leicht in die Stirn und als er die Sonnenbrille abnimmt und sie sich lässig auf den Kopf schiebt, spannt das dünne Teamshirt um seine definierten Armmuskeln. Mit seinen ein Meter fünfundachtzig ist er fast schon zu groß für einen *Serie del Rey* Fahrer, doch seine Haltung verrät eine perfekte Kontrolle über seinen Körper. Sein Gesicht wirkt wie gemeißelt, mit scharfen Konturen und einem Blick, der zugleich herausfordernd und unergründlich ist. Er strahlt noch immer diese magnetische Mischung aus Selbstsicherheit und unterschwelliger Wildheit aus, die einen unweigerlich in den Bann zieht. Damals wie heute.

Als seine blaugrünen Augen neugierig durch den Raum schweifen, bin ich noch immer so von seiner Anwesenheit gefesselt, dass ich nicht rechtzeitig in Deckung gehe und er mich entdeckt.

Mist!

Sein Blick bleibt an mir hängen und der Ausdruck auf seinem Gesicht lässt keinen Zweifel daran, dass er mich erkannt hat. Und, dass er ebenso wenig begeistert von unserem Wiedersehen ist wie ich.

Ich trete hinter der Pflanze hervor, weil ich mir auf einmal schrecklich dämlich vorkomme und mache mich unter höchster Konzentration daran, Zitronen für das Wasser zu schneiden, das wir an der Bar in einem großen Glasbehälter für unsere Gäste bereitstellen.

Dabei vermeide ich es tunlichst, in Austins Richtung zu sehen. Doch kaum, dass Carlo an die Bar zurückkehrt, wird meine Hoffnung, Austin einfach für den Rest der Saison zu ignorieren, mit einem Mal zerstört.

»Austins Physio fragt, ob du kurz zu ihnen nach oben kommen kannst, um seinen Essensplan zu besprechen.«

Ich sehe auf und bemerke, dass Austin nicht mehr länger im Foyer steht. Er, Riley und Lucas, sein Physio, müssen nach oben, in den eigens für Fahrer und ausgewählte Teammitglieder reservierten Bereich, gegangen sein.

Jeder der beiden Fahrer besitzt dort einen eigenen, kleinen Raum, in den er sich zurückziehen, ausruhen und mental vorbereiten kann.

Zudem befindet sich dort auch für jeden Fahrer ein zugewiesener Tisch, an dem er in Ruhe und abgeschirmt von den Gästen, seine Mahlzeiten einnehmen kann.

Gerne würde ich diese Aufgabe Carlo übertragen,

aber der Essensplan der Fahrer ist eine enorm ernstzunehmende Angelegenheit, mit null Toleranz für Fehler. Deswegen muss ich mich zu meinem Leidwesen selbst darum kümmern.

»Ich mache das hier noch schnell fertig, dann komme ich«, beantworte ich seine Frage und bemühe mich dabei um einen neutralen Ton.

»Prima. Bringst du ihnen dann die Getränke, oder soll ich das erledigen?«

»Bereite die Getränke vor und stell sie mir auf das Tablett, ja? Ich nehme sie dann gleich mit.«

»Ist gut.«

Carlo macht sich an die Arbeit, während ich die Zitronen in den Behälter gebe und meinen Termin mit Austin und seinem Physio so weit hinauszögere, wie es nur geht.

Doch schließlich sehe ich seufzend ein, dass es unprofessionell wäre, sie noch länger warten zu lassen. Also schnappe ich mir das Tablett und steige die Stufen hinauf in den ersten Stock, wo Austin, Lucas und Riley zusammen an dem für Austin vorgesehenen Tisch sitzen, an dem nun noch ein letzter Platz frei ist.

Für mich.

»Hi«, sage ich so frostig, dass Riley überrascht aufsieht. »Eure Getränke. Cappuccino?«

»Für mich.« Riley hebt die Hand und lächelt. »Danke dir.«

»Grüner Tee?«

»Der ist für mich«, meldet sich Lucas fröhlich zu Wort.

Da nur noch das mit stillem Wasser gefüllte Glas

übrigbleibt, stelle ich es wortlos vor Austin ab und bemühe mich dabei nach Kräften, es ihm nicht überzuschütten. Verdient hätte er es. Denn er würdigt mich keines Blickes und hat sich offenbar dazu entschieden, mich eiskalt zu ignorieren.

Keine Manieren und kein Anstand. Damals wie heute.

Manche Dinge ändern sich eben nie.

Und dass Austin Ashcroft ein arrogantes Arschloch ist, ist einer dieser Dinge.

Ich will mich gerade zu ihnen setzen, als er demonstrativ seine Hand auf den noch freien Stuhl legt.

»In meinem Wasser fehlt die Zitronenscheibe«, meint er gelangweilt und sieht zu mir auf.

Das tiefe Blaugrün seiner Augen fängt das Licht, das durch die Fenster dringt, auf eine Weise ein, die mich das Atmen vergessen lässt. In ihnen liegt eine Intensität, unter der ich erschaudere, weil sie den Eindruck vermittelt, er würde etwas in mir sehen, das allein ihm vorbehalten ist. Etwas, das mich gleichermaßen erschreckt, wie fasziniert.

Doch es hält bloß den Bruchteil einer Sekunde an, bevor er den Blick von mir abwendet und mit dem Kinn auf das Glas deutet.

»So kann ich das auf keinen Fall trinken. Nimm es wieder mit und hol mir ein Neues.«

Ich schnappe entrüstet nach Luft, doch er beachtet mich gar nicht und wendet sich den anderen zu.

»Also, wo waren wir stehengeblieben?«

»Skye, Schatz«, übergeht Riley seine Frage mit

einem irritierten Stirnrunzeln und widmet ihre Aufmerksamkeit stattdessen mir. »Macht es dir etwas aus, Austin seinen überlebenswichtigen Wunsch zu erfüllen?«

Ihr Tonfall klingt entschuldigend, aber auch missbilligend. Ich kenne Riley lange und gut genug, um zu wissen, dass Austins unhöfliches Verhalten mir gegenüber sie gerade mächtig in Rage bringt.

Und damit ist sie nicht allein.

Ich nehme das Glas mit einer schwungvollen Bewegung vom Tisch, sodass der Inhalt überschwappt und direkt auf Austins Schritt landet.

»Ups«, kommentiere ich trocken. »Das tut mir aber leid.«

Meiner Stimme ist klar und deutlich zu entnehmen, dass es mir kein bisschen leidtut, dass es nun so aussieht, als hätte sich Austin in die Hose gemacht. Aber das ist mir egal. Mehr noch: Ich will sogar, dass er meine Abneigung ihm gegenüber spürt.

»Man könnte fast meinen, du hättest dich eingenässt, weil du dich der Herausforderung, die die *Serie del Rey* mit sich bringt, nicht gewachsen fühlst. Kein Wunder. Das hier ist schon ein paar Nummern größer, als die *AmeriCar*. Und wenn man bedenkt, wie sehr die Medien an dir zweifeln ...« Ich schürze die Lippen und sehe abschätzend auf seinen nassen Schritt, den er sich leise fluchend mit einer Serviette trocken zu reiben versucht. »Ich hole dir mal deine Zitronenscheibe, während du fleißig weiterrubbelst und vergeblich darauf hoffst, dass sich da unten irgendwas tut.«

Riley schnaubt bei meiner Bemerkung erheitert

und hält sich die Hand vor den Mund, damit niemand die Belustigung in ihrem Gesicht erkennt, wohingegen Lucas' Gesicht vor Scham beinahe in seinem Tee versinkt.

Männer.

Kurz darauf kehre ich mit einem aufgefüllten Glas samt Zitronenscheibe zurück und stelle es vor Austin ab, der seine Bemühungen, seine Hose zu trocknen, mittlerweile aufgegeben hat und mich stattdessen wütend anfunkelt.

Unter seinem aufgebrachten Blick wird mir, entgegen meiner Bemühung, ihm mit Gleichgültigkeit zu begegnen, abwechselnd heiß und kalt, sodass ich auffordernd die Augenbrauen hebe und ihm die Chance gebe, seinen Unmut kundzutun.

Doch er tut es nicht.

Er ist lieber eingeschnappt und spielt die beleidigte Leberwurst. Auch diese Eigenschaft an ihm ist nicht neu. Ich hatte sie bloß verdrängt, weil sie mich damals wie heute auf die Palme bringt.

»Schön. Ich habe nicht ewig Zeit. Besprechen wir also den Essensplan«, sage ich, als ich mich dieses Mal erfolgreich hingesetzt habe.

»Austin, das ist Skye«, klärt Riley ihn auf. »Sie leitet das Catering Team von *Titan Racing*.«

Austins wütender Blick wandelt sich bei Rileys Aussage in eine Mischung aus Hohn und Spott. Da er mir gegenüber sitzt, entgeht es mir nicht.

»Was sagt sie da? *Catering*? Bist du etwa unter die Kellnerinnen gegangen, Prinzessin?«

»Wieso klingt das aus deinem Mund so, als sei das

etwas Unwürdiges, wofür man sich schämen müsste?«, fauche ich und lehne mich vor, weil ich ihm am liebsten ins Gesicht springen und ihm seine selbstgefällige Visage zerkratzen würde.

»Weil es das *ist*. Jedenfalls für jemanden wie dich. Von der Prinzessin zur Hofdame. Was für ein Abstieg. Was sagt denn Daddy dazu, dass sein kleines Täubchen, in das er so viel Geld gesteckt hat, jetzt Drinks serviert und Tische abwischt, hm?«

In meinen Ohren klingelt es und die Wut, die sich in mir zusammenbraut, ist so mächtig, dass ich kurz davorstehe, zu explodieren.

Was erlaubt sich dieser arrogante Vollidiot eigentlich?

Er hat ja keine Ahnung. Nicht die leiseste. Damals wie heute. Doch das hat ihn noch nie davon abgehalten, dumme und verletzende Sprüche zu klopfen. Und zwar ohne Rücksicht auf Verluste.

Ich presse die Lippen so fest aufeinander, dass jegliches Blut aus ihnen weicht, bevor ich mit vor Wut bebender Stimme antworte: »Weißt du was, Austin Arschloch Ashcroft? Mach dir dein verdammtes Essen doch selbst. Denn wenn ich es tue, könnte es gut sein, dass ich dich damit vergifte. Das ist nämlich schon seit Jahren überfällig.«

Mit diesen Worten erhebe ich mich energisch, sodass der Stuhl geräuschvoll über den Boden schleift und überlasse die verdutzte Gruppe sich selbst.

4
AUSTIN

Ich sitze im Engineering Truck, der sich direkt vor der Garage und der daran angrenzenden Pitlane befindet und bemühe mich nach Kräften, dem Briefing des Trackside Engineering Directors zuzuhören.

Dabei drifteten meine Gedanken jedoch immer wieder zu der kampflustigen, widerspenstigen Blondine mit den Meerwasseraugen, die mich im Motorhome so selbstbewusst in die Schranken gewiesen hat.

Seit wann ist sie so?

Sie war früher immer so … nett, zurückhaltend, schüchtern und zahm. Typisch britische Höflichkeit eben.

Wann ist sie von Papas kleiner Prinzessin zur brüllenden Löwin der Savanne geworden?

Diesen Wandel hätte ich ihr echt nicht zugetraut. Sie hat mich überrascht. Und das nicht zu wenig.

Außerdem stellt sich mir nach wie vor die Frage, was sie hier tut. Sie ist die Catering Chefin von *Titan Racing*, okay. Aber warum? Ich dachte, sie hätte nach dem Vorfall von damals mit dem Rennfahren abgeschlossen und würde die Rennstrecken dieser Welt seitdem meiden.

Dass sie das genaue Gegenteil davon tut ... es ergibt nicht den geringsten Sinn.

Ich werde dem wohl oder übel auf den Grund gehen müssen. Nicht, weil ich mich für Skye Whitmore interessiere, denn das tue ich nicht. *Natürlich* tue ich das nicht. Sondern, weil ich gerne über die Menschen, mit denen ich zusammenarbeite, Bescheid weiß. Denn Wissen ist im Motorsport und vor allem in der *Serie del Rey*, Macht.

Wer nicht weiß, was um ihn herum passiert, läuft Gefahr, alles zu verlieren.

Der Motorsport ist ein Haifischbecken und die *Serie del Rey* nimmt dabei nochmal eine Sonderstellung ein. Denn hier schwimmen ausschließlich Weiße Haie. Die größten und gefährlichsten von allen.

Ich blinzele die Gedanken an Skye weg und lausche bemüht den Worten unseres Chefstrategen, der nun das Wort ergreift. Doch keine zwei Minuten später driften meine Gedanken schon wieder zu Skye, die ich nun schon seit fast sechs Jahren nicht mehr gesehen habe.

Sie ist noch genauso schön wie damals, wenn nicht sogar schöner. Denn aus Papas kleiner Prinzessin ist eine erwachsene Frau geworden. Eine attraktive Frau mit strahlenden, blauen Augen, seidigen, blonden, langen Haaren und einer zierlichen, zerbrechlichen Figur mit weiblichen Kurven, die sofort den Urmenschen in mir zum Leben erweckt. Doch es ist nicht nur ihre Schönheit, die mich ablenkt. Skye war in meinen Augen nämlich schon immer verboten schön.

Es ist mehr diese neue Eigenschaft an ihr. Eine Selbstsicherheit, die sie früher nicht hatte. Da ist dieses Funkeln in ihren Augen. Diese Entschlossenheit. Ein Ausdruck von gelebtem Leben, der mich mehr beschäftigt, als es gut für mich ist.

Skye ist nicht mehr das unschuldige Mädchen von damals, sondern eine Frau, die trotz der unerwarteten Wendung in ihrem Leben, ihren Weg gegangen ist. Und zwar ganz allein und eigenständig, wie es scheint. Etwas, das für eine Whitmore Erbin total ungewöhnlich ist.

»Austin, wenn du noch Fragen hast, lass es uns gerne wissen«, sagt mein Renningenieur und nickt mir aufmunternd zu.

Hätte ich die vergangenen fünf Minuten zugehört, statt mich in Gedanken an Skye zu verlieren, hätte ich jetzt vielleicht sinnvolle Fragen, die ich ihm stellen könnte.

Aber so...

Fuck!

Ich setze mein bestes Pokerface auf, um mir nicht anmerken zu lassen, dass ich die letzten Minuten völlig neben der Spur war und schüttele verneinend den Kopf.

»Für den Moment nicht. Ich sehe mir das Briefing

Dokument nachher aber nochmal ganz in Ruhe an und melde mich, falls etwas unklar sein sollte.«

Die fünfzehn Ingenieure, die mit an dem großen, ovalen Tisch sitzen, nicken zustimmend. Offenbar sind sie zufrieden mit meiner Antwort und nehmen sie mir ab.

Zum Glück.

»Dann zeige ich dir jetzt die Garage und erkläre dir die Abläufe der nächsten Tage. Du kennst das Meiste zwar schon aus der *Serie2*, aber in den letzten Jahren hat sich hier einiges verändert.«

Damit spricht Kenneth, mein Renningenieur, eine meiner größten Ängste an. Die Veränderungen der letzten Jahre. Der rasante technische Fortschritt in der *Serie del Rey*, mit dem es Schritt zu halten gilt. Dieser stellt schon eine enorme Herausforderung für die etablierten Fahrer dar, die jahrelange Erfahrung in dieser Rennserie vorweisen können. Und auch für die Rookies, die direkt aus der *Serie2* in die *Serie del Rey* aufsteigen.

Aber für jemanden wie mich, dessen *Serie2* Meisterschaftssieg Jahre zurückliegt und der aus einer komplett anderen Welt kommt, sind diese technischen Weiterentwicklungen der Endgegner, den es zu bezwingen gilt.

Ich mache mir nichts vor: Die anderen Fahrer sind mir diesbezüglich gnadenlos überlegen. Daran gibt es nichts Schönzureden.

Ich muss den Tatsachen also ins Auge sehen und starte mit einem riesigen Nachteil in diese Rennserie und in diese Saison. Aber ich kann und darf es mir nicht erlauben, zu jammern, oder mich deswegen zu beschweren.

Von mir wird erwartet, dass ich in Lichtgeschwindigkeit lerne und an das Wissen und die Fähigkeiten meiner Konkurrenten anknüpfe. Und das am besten bis gestern.

Byron und Toni haben ihre Erwartungen klar formuliert. Und mit der Unterzeichnung des Multi-Millionen Dollar Fahrervertrags habe ich schriftlich zugesichert, dass ich die an mich gestellten Erwartungen erfüllen kann.

Doch als ich jetzt aus dem Engineering Truck trete und die Treppen hinuntersteige, um Kenneth in die Garage zu folgen, hoffe ich inständig, dass ich mich nicht maßlos überschätzt habe und das, was ich gerne wäre, mit dem verwechselt habe, was ich eigentlich bin.

Ja, ich besitze enormen Ehrgeiz, einen unbeugsamen Willen und eine große Portion Talent.

Aber ob das reicht? Ob das allein den Mangel an Erfahrung, Routine und Fahrpraxis wettmacht?

Ich weiß es nicht.

Doch ich werde es schon bald erfahren.

Denn morgen beginnen offiziell die Testfahrten der neuen Saison und ich werde zum ersten Mal in meinem Leben in einem *Serie del Rey* Boliden über die Rennstrecke jagen und dabei hoffentlich unfallfreie Rundenzeiten fahren, mit denen man arbeiten kann.

Ich spüre, wie sich meine Schultern unter dem Teamshirt von neuem anspannen und der Druck, der auf mir lastet, immer weiter wächst.

Wie dankbar wäre ich, wenn ich mich jetzt mit jemandem ehrlich austauschen könnte. Mit jemandem, der mich versteht. Bei dem ich mich nicht verstellen muss. Der meine Ängste vollumfänglich nachvollziehen kann, weil er sie selbst gut genug kennt.

Skye, zum Beispiel.

Aber die verwöhnte Prinzessin auf der Erbse ist wahrlich die Letzte, der ich mich anvertrauen würde.

Eher geht die Welt unter.

Und das tut sie, zumindest heute, nicht.

5
SKYE

Ich zerstückele in der Küche Karotten und bin dankbar über die willkommene Ablenkung, bei der ich etwas Dampf ablassen kann.

Eigentlich sind dafür unser Koch und seine Gehilfen zuständig, aber gerade will ich nichts lieber tun, als diese Karotten zu massakrieren, weshalb Chen, unser Koch, meine Anwesenheit in seiner Küche schweigend zur Kenntnis nimmt und keine Fragen stellt.

Im Motorhome herrscht mittlerweile reges Treiben und lange werde ich mich hier nicht mehr abreagieren können. Aber eine Minute gebe ich mir noch, bevor ich wieder in die Rolle der Chefin schlüpfe und das Kommando über das Catering übernehme.

Ich habe gerade das Messer in die Spülmaschine gelegt und mir meine Hände gewaschen, als Riley zur

Tür hineinschneit und sich demonstrativ mit dem Rücken dagegen lehnt.

»Was?«, frage ich leicht genervt, obwohl ich genau weiß, warum sie hier ist.

»Willst du mir nicht erzählen, was das eben sollte? Was läuft da zwischen dir und Austin? Es ist mehr als offensichtlich, dass ihr beide ein echtes Problem miteinander habt«, entgegnet sie und grinst.

Offenbar findet sie das amüsant.

Nun, damit ist sie leider allein. Denn ich kann darüber beim besten Willen nicht lachen. Dazu ärgere ich mich viel zu sehr über diesen arroganten, aufgeblasenen Mistkerl und Möchtegern Rennfahrer.

»Wir kennen uns von früher«, antworte ich knapp und bedeute Riley, die Küche zu verlassen.

Ich möchte auf keinen Fall, dass Chen und die beiden Küchenhilfen unser Gespräch belauschen und darüber im Paddock tratschen. Zwar halte ich sie für integer und verschwiegen, doch in der *Serie del Rey* haben selbst die Wände Augen und Ohren.

Riley und ich nehmen den hinteren Personalausgang des Motorhomes und stehen wenig später inmitten von Kabeln und mit Getränken und Snacks beladenen Paletten eingerahmt zwischen der Team Hospitality und einer tristen Betonwand.

Hierhin verirrt sich außer dem Personal, das für ein paar Minuten seine Ruhe haben und durchatmen will, niemand, weshalb wir diesen Ort zum ungestörten Reden nutzen können.

»Du sagtest, dass du ihn von früher kennst, aber du redest nie über *früher*, Skye. Deshalb kann ich mit deiner Antwort nicht sonderlich viel anfangen«, greift Riley das Gespräch von neuem auf und kämmt sich mit den Fingern durch ihre langen, schwarzen Haare, die ihr bis zur Taille reichen.

»Ich rede nicht über *früher*, weil ich nicht an diese Zeit in meinem Leben erinnert werden will«, gebe ich zurück und hoffe, dass das Thema damit erledigt ist. Doch leider ist es das nicht.

»Das weiß ich und das habe ich bisher auch immer respektiert. Aber jetzt frage ich dich nicht nur als deine Freundin, sondern auch als Pressechefin von *Titan Racing*. Austin Ashcroft gehört ab sofort zum Team. Mehr noch: Er ist jetzt einer der *Hauptbestandteile* dieses Teams. Falls ihr beiden euch also jedes Mal, wenn ihr euch über den Weg lauft, an die Gurgel gehen wollt, ist das ein Problem.«

»Es war doch auch kein Problem, als du und Dante euch damals bei jeder Kleinigkeit an die Gurgel gegangen seid und ihr habt noch viel enger zusammenarbeiten müssen als Austin und ich«, kontere ich.

Riley grinst ertappt und überkreuzt defensiv die Arme vor der Brust.

»Touché. Aber wir wissen beide, dass ein derart feindseliges Klima nicht gut für das Team ist. Außerdem hast du damit gedroht, ihn zu vergiften.«

»Und du hast damals damit gedroht, Dante den Hals umzudrehen.«

Riley beißt sich auf die Unterlippe, um nicht loszulachen und auch ich muss mich daran erinnern, dass ich eigentlich stinkwütend bin und nichts an diesem

Gespräch komisch ist. Dennoch zucken meine Mundwinkel verräterisch.

»Also schön. Du wirst also nicht mit der Sprache rausrücken, woher eure gegenseitige Abneigung zueinander rührt?«

Ich schüttele den Kopf. »Es gehört der Vergangenheit an. Und die möchte ich nicht wieder zum Leben erwecken, indem ich über sie rede.«

»Na schön«, lenkt Riley ein und seufzt. »Dann sprechen wir eben über die Gegenwart und über die Zukunft. Kann ich mich darauf verlassen, dass du Austin nicht vergiften wirst, sondern ihm höchstens in sein Essen spuckst, wenn er sich mal wieder wie ein Arsch aufführt?«

Ich nicke und muss jetzt entgegen meiner Bemühungen doch grinsen. »Kannst du. Ich verspreche, dass ich ihn am Leben lasse.«

»Und du hast auch kein Problem damit, für seine Essensplanung zuständig zu sein?«

»Nein. Ich habe es für Tom erledigt und jetzt, wo Austin diesen Platz als zweiter Stammfahrer einnimmt, werde ich es auch für ihn erledigen. Und für Dante sowieso.«

»Gut. Dann hätten wir das geklärt.«

Riley blickt auf ihr Handy, das zu klingeln begonnen hat und runzelt die Stirn.

»Entschuldige, da muss ich rangehen. Treffen wir uns nachher auf einen Kaffee und plaudern über die wirklich wichtigen Dinge im Leben? Schuhe, Schmuck, Handtaschen und so?«

»Ist gut«, lächele ich und lasse mich flüchtig von

ihr umarmen, bevor sie durch die Tür ins Motorhome verschwindet.

Ich bleibe noch einen Moment an der frischen Luft und sammele mich, bevor auch ich hineingehe und mich von der Wut auf Austin löse.

Das hier ist *mein* Leben. Die Arbeit für *Titan Racing* erfüllt mich. Und das lasse ich mir von Austin Ashcroft sicherlich nicht vermiesen.

Als ich zurück an den Tresen kehre, baut mein Team bereits das Buffet für das Mittagessen auf, sodass ich nicht mehr dazu komme, mir noch weitere Gedanken um Austin zu machen.

Ich gleiche den Sitzplan mit den Tischen ab, helfe beim Decken und Arrangieren der Deko und Reservierungskärtchen und kontrolliere noch einmal, dass auf jedem Tisch genügend Wasserflaschen und Gläser stehen.

Kaum, dass wir fertig sind, laufen auch schon die ersten Mechaniker zur Tür herein und fallen hungrig über das Mittagessen her.

Neben verschiedenen Salaten, Hühnchenbrust, Reis und Brokkoli, gibt es heute zum Nachtisch frische Früchte und ein fluffiges Panna Cotta mit Erdbeersoße.

»Hey, Skye, entschuldige bitte.«

Ich drehe mich um und entdecke Carlo, der hinter mir steht und mir einen Zettel hinhält.

»Das hier soll ich dir von Lucas geben. Es ist Austins Essensplan. Kannst du dich darum kümmern?«

Mein Lächeln fällt bei der Erwähnung von Austins Namen wie ein Kartenhaus in sich zusammen und ich ziehe Carlo mit spitzen Fingern den zusammengefalteten Plan aus der Hand.

Na dann wollen wir doch mal sehen, was der Blödmann für extravagante Sonderwünsche hat. Ich seufze genervt und falte den Zettel in der Erwartung, mich über Austin und seine absurden Forderungen zu ärgern, auf.

6

AUSTIN

2 WOCHEN SPÄTER IN MELBOURNE,
AUSTRALIEN

»Verfluchte Scheiße«, brülle ich und pfeffere meine Handschuhe in die Ecke.

Dann schäle ich mich ungeduldig aus dem engen Rennanzug und werfe auch diesen achtlos in die Ecke.

Genervt schnappe ich mir die an der Kleiderstange hängende Teamkleidung – Jeans und Teamshirt und ziehe sie über.

Es klopft an der Tür, doch ich will jetzt niemanden sehen.

»Nein«, rufe ich wütend und mache damit unmissverständlich klar, dass der oder die auf der anderen Seite der Tür sich gefälligst verpissen soll.

Ich raufe mir die Haare und sehe mich in dem kleinen Fahrerraum nach meinen Kopfhörern um.

Was ich jetzt brauche, ist Musik. Laute Musik.

»Ich habe hier dein Abendessen«, ertönt es von der anderen Seite der Tür.

Lucas.

»Keinen Hunger«, rufe ich zurück und es stimmt sogar: Mir ist der Appetit definitiv vergangen.

»Es ist wichtig, dass du deinen Essensplan einhältst, Austin, damit du genug Kraft hast, um das Rennwochenende zu überstehen«, widerspricht er.

Ich schnaube verächtlich. Als ob ein Avocado Toast, ein hartgekochtes Ei und ein spezieller Proteinshake etwas daran ändern könnten, dass ich wie eine Schnecke über die beschissene Rennstrecke krieche, statt ganz vorn mitzufahren.

Wohl kaum.

Trotzdem erkenne ich selbst in meiner blinden Wut, dass Lucas recht hat. Ich muss meinen Essensplan einhalten, ob mir nun danach ist, oder nicht.

Also öffne ich die Tür und strecke auffordernd die Hand nach dem Tablet aus, das er in den Händen hält. Normalerweise würde er mir beim Essen Gesellschaft leisten, doch heute ist mir nicht nach Gesprächen zumute, weshalb ich ihn dankend in den Feierabend entlasse.

»Bist du sicher?«, fragt er zögernd, woraufhin ich nicke.

»Ja. Ich will mir beim Abendessen noch einmal alle Daten von heute ansehen. Ganz in Ruhe. Es kann also spät werden.«

»Du musst genügend schlafen. Der Zeitunterschied zwischen London und Melbourne ist enorm. Dein Körper braucht den Schlaf, um sich zu akklimatisieren und Kraft zu schöpfen«, mahnt Lucas.

Damit erzählt er mir nichts Neues. Schließlich fahre ich nicht erst seit gestern Rennen auf verschiedenen Kontinenten, obwohl ich die letzten Jahre ausschließlich in den USA gefahren bin, wo eine Zeitverschiebung, wenn überhaupt, nur minimal ist.

»Ich werde es beherzigen. Bis morgen, Lucas«, sage ich und schließe, um weitere Diskussionen zu vermeiden, mit meiner freien Hand die Tür.

Normalerweise bin ich total umgänglich und unkompliziert, wobei das wahrscheinlich jeder von sich behaupten würde. Aber heute ist es mal wieder richtig beschissen gelaufen, sodass meine Laune im Keller ist.

Ich stelle das Tablett auf dem kleinen Tisch an der Wand gegenüber der Massageliege ab, wobei mein Blick auf den Blätterstapel fällt, der daneben liegt.

Es sind die Daten der beiden Trainingssessions, die ich beide voll verkackt habe.

Meine Performance wird schlechter, statt besser. Dabei sollte es genau umgekehrt sein.

Nachdem ich während der Testtage nur im hinteren Mittelfeld herumgegurkt bin, hatte ich gehofft, dass sich meine Performance hier in Australien, zum ersten Rennwochenende der Saison, verbessern würde.

Ich hatte trainiert wie verrückt, war jeden Tag im Rennsimulator gewesen und hatte in jeder freien

Minute die Daten der Ingenieure analysiert und ausgewertet.

Als ich am Dienstag in Australien landete, fühlte ich mich gut vorbereitet und konnte es kaum erwarten, endlich ins Auto zu steigen und allen zu zeigen, was in mir steckt.

Doch heute, am Freitagabend, nach Abschluss der ersten beiden Trainingssessions von je neunzig Minuten, ist meine Euphorie gänzlich verflogen.

Die Rundenzeiten waren bestenfalls ernüchternd, das Auto fühlte sich instabil an, obwohl das Setup genau so eingestellt wurde, wie ich es verlangt hatte und es wollte sich partout kein Rhythmus auf der Strecke einstellen. Die Balance stimmte hinten und vorne nicht und es kam mir so vor, als würden das Auto und ich gegeneinander ankämpfen, statt zu einer Einheit zu verschmelzen.

Jegliche Vorfreude ist verpufft. Stattdessen werden meine leisen Zweifel, die schon seit der Vertragsunterzeichnung an mir nagen, immer lauter.

Würde ich noch die Kurve kriegen? Oder würde ich buchstäblich aus ihr rausfliegen?

Wenn sich nicht bald etwas ändert, ist meine Zeit in der *Serie del Rey* schon zu Ende, bevor sie überhaupt begonnen hat.

Vielleicht bin ich wirklich schon zu alt für diesen Quereinstieg. Vielleicht habe ich tatsächlich zu viele Jahre außerhalb der Formel Serien verbracht, um mit dem technischen Fortschritt und dem fahrerischen Anspruch mitzuhalten.

Jedenfalls denken so die Medien, die gerade nichts

lieber tun, als über mich und mein nicht vorhandenes Können herzuziehen.

Wer hätte gedacht, dass ein Traum, der wahr wird, sich binnen kürzester Zeit in einen regelrechten Albtraum verwandeln könnte?

Schöne Scheiße.

Ich beiße zweimal halbherzig in meinen Avocado Toast, schnappe mir mein Handy, meine Kopfhörer, sowie den Blätterstapel mit den Datensätzen und lege mich damit auf die Liege.

Die aggressive Musik, die schon bald durch meine Ohren in meinen Körper strömt und heiß wie flüssige Lava durch meine Venen schießt, lässt mich alles um mich herum ausblenden.

Ich lege die Blätter auf meiner Brust ab und schließe die Augen.

Es tut gut, durchzuatmen und loszulassen. Wenn auch nur für einen Moment.

Der Tag war geprägt von Tiefpunkten. Im ersten Training hatte ich mich gedreht, einen Satz Reifen im Kiesbett zerstört und lediglich die zwölftbeste Zeit gefahren. Im Gegensatz zu Dante Di Santo, der mit Position drei und fehlerfreien Runden gepunktet hat.

Im zweiten Training dann gelang es mir zwar, auf der Strecke zu bleiben, doch ich rutschte auf Position sechzehn zurück, was absolut inakzeptabel und unter jeglicher Würde ist.

Mehr noch … es ist ein absolutes Desaster.

Titan Racing ist eines der besten Teams der *Serie del Rey*. Eine Platzierung außerhalb der Top Ten ist deshalb ein Schlag ins Gesicht. Für das Team und vor allem für mich. Denn es ist der unumstößliche Beweis dafür, dass ich meinen eigenen Ansprüchen nicht gerecht werde und dass sich meine Ängste zu bewahrheiten scheinen.

Titan Racing hat kein Platz für Mittelmaß und jeder Fehler, jede schwache Session, wirft Schatten auf mein Können und auf die harte Arbeit des gesamten Teams.

Ich atme tief ein, halte die Augen geschlossen und versuche, den verpatzten Tag hinter mir zu lassen. Doch es gelingt mir nicht. Denn immer wieder ploppt eine Frage in meinem Kopf auf, die dafür sorgt, dass sich meine Eingeweide zusammenziehen und mir eiskalt wird: *Was, wenn ich nicht gut genug bin?*

Dieser Zweifel bohrt sich wie ein scharfkantiger Eispickel in mein Inneres und raubt mir die Luft zum Atmen.

Ich reiße panisch die Augen auf und mein Oberkörper schnellt in die Höhe, während diese eine Frage in meinen Ohren nachhallt wie das Echo in einer dunklen, gespenstischen Höhle.

Abgekämpft reibe ich mir über das Gesicht und stehe auf, um die Blätter, die sich bei meiner abrupten Reaktion überall auf dem Fußboden verteilt haben, aufzusammeln.

Dann setze ich mich an den kleinen Tisch, auf dem noch immer mein Essen auf mich wartet und fange an, die Daten zu analysieren.

Wieder und wieder.

Keine Ahnung, wie lange ich dort sitze und lese. Ich bin derart konzentriert, dass ich jegliches Gefühl für Zeit und Raum vergesse.

Erst, als es an der Tür klopft, komme ich zu mir und kehre in das Hier und Jetzt zurück.

Verwundert sehe ich durch das getönte Fenster nach draußen und stelle fest, dass es mittlerweile stockdunkel im Paddock ist. Es herrscht gähnende Leere im Fahrerlager. Lediglich ein paar Lichtkegel beleuchten noch den Hauptweg, der zwischen den Team Häusern und den Garagen entlangführt.

»Du bist noch hier?«

Eine mir allzu bekannte Stimme lässt mich herumfahren.

Es ist Skye.

In ihrer *Titan Racing* Teamuniform, bestehend aus einem knieumspielenden, fliederfarbenen Rock und einem eleganten, figurbetonten Shirt mit den Logos der Sponsoren, steht sie im Türrahmen und mustert mich aus überraschten, aber auch misstrauischen Augen.

»Was ist los, Austin? Was tust du um diese Uhrzeit noch hier?«

Sie überkreuzt die Arme vor der Brust und bedenkt mich mit einem so durchbohrenden Blick, dass ich das Gefühl habe, in der Luft zu hängen und hilflos mit den Beinen zu zappeln.

»Das geht dich nichts an«, antworte ich gereizt, weil ich sauer bin.

Sauer auf mich. Sauer, weil mir auffällt, dass sie heute einen anderen Lippenstift trägt als gestern und ich mich instinktiv frage, ob ein Mann hinter dieser Entscheidung steckt. Sauer, weil mir auffällt, dass sie ihre Haare heute, im Gegensatz zu gestern, zu einem

Zopf gebunden hat. Und sauer, weil mich ihr pudriger Duft nach Veilchen einhüllt wie ein unsichtbarer Schleier, der mir die Sicht raubt, weil all meine Sinne allein auf Skye ausgerichtet sind.

Ich schüttele fassungslos über mich selbst den Kopf.

Wieso interessiert es mich, was Skye trägt? Oder wie sie riecht? Oder was sie mit ihren Haaren macht?

Das ist irritierend, absurd und vor allem eins: Zeitverschwendung.

Als hätte ich gerade nicht ganz andere Probleme.

Skye lässt meine schroffe Antwort an sich abprallen und lächelt selbstgefällig, was mich nur noch mehr auf die Palme bringt.

»Was?«, blaffe ich, obwohl ich gar nicht will, dass sie den Mund aufmacht und etwas sagt. Ihre Gedanken sind mir egal. Ihre Meinung spielt keine Rolle. *Sie* spielt keine Rolle.

»Du hast gedacht, dass die *Serie del Rey* nur auf so einen tollen Typen wie dich gewartet hat, nicht wahr? Du hast geglaubt, dass du hier lässig reinspazieren und allen um die Ohren fahren kannst, oder? Und jetzt hast du mit Schrecken festgestellt, dass du entgegen deiner felsenfesten Überzeugung nicht die Sonne bist, um die alle Planeten kreisen.«

Skyes Worte triefen vor Sarkasmus. Sie sind kleine Giftpfeile, von denen keiner sein Ziel verfehlt.

Ich springe energisch von meinem Stuhl und baue mich wutschnaubend vor ihr auf.

»Wieso machst du überhaupt den Mund auf, hm? Niemand hier ist an deiner Meinung interessiert, Prinzessin«, zische ich kaum hörbar und mit einem derart scharfen Unterton, dass sich meine Zunge an dem Klang meiner Worte schneiden könnte.

»Na und? Ich sage es dir trotzdem«, erwidert sie zuckersüß und grinst.

»Dich hat aber niemand gefragt«, schleudere ich ihr entgegen. »Warum tust du uns beiden also nicht den Gefallen und verschwindest. Du hast doch sicher noch Teller abzuwaschen, oder?« Ich bedenke sie mit einem herablassenden Blick. »Eigentlich heißt es doch, vom Tellerwäscher zum Millionär. Lustigerweise scheint es bei dir jedoch genau umgekehrt zu sein. Von der Millionärstochter zur Tellerwäscherin. Was ist das? Ironie des Schicksals?«

Ich ziehe einen Mundwinkel in die Höhe, als ich mit Genugtuung feststelle, wie Skye bei meinen Worten empört nach Luft schnappt.

»Du bist so ein ...«

»Arrogantes Arschloch?«, unterbreche ich sie und gähne demonstrativ. »Lass dir mal was Neues einfallen, Whitmore. Du klingst wie eine nervige Schallplatte, die einen Sprung hat und immer wieder dasselbe von sich gibt.«

»Weil es einfach nicht bei dir ankommt. Deine Arroganz ist wie ein Stahlpanzer, an dem alles abprallt. Manche Menschen mag das beeindrucken. Mich nicht.«

Ich kneife die Augen zusammen und beuge mich vor, sodass mein Gesicht unmittelbar vor dem ihren schwebt.

»Oh, das tut mir aber leid, Prinzesschen. Dass

ausgerechnet *du* nicht beeindruckt von mir bist. Wie könnte ich das bloß ändern?«

Sie überbrückt die letzten Zentimeter zwischen uns und ist mir jetzt so nah, dass mir vor lauter süßem Veilchen Geruch ganz schummrig wird.

»Vielleicht könntest du aufhören, dich hinter deinem Ego zu verstecken und über andere herzuziehen, weil du es nicht erträgst, wenn es nicht so läuft, wie du es dir vorstellst.«

Ich will den Mund öffnen, um etwas darauf zu erwidern, doch Skye schneidet mir das Wort ab und redet einfach weiter.

»Du machst andere nieder, um dich selbst besser zu fühlen, weil du glaubst, die ganze Welt habe sich gegen dich verschworen. Dabei solltest du dir die Energie, die du für deinen Hass aufbringst, lieber mal für die Rennstrecke aufheben. Denn so lahm und bemitleidenswert, wie du heute unterwegs warst, fragen sich immer mehr Menschen in der *Serie del Rey*, ob du hier überhaupt hingehörst.«

Skyes Worte treffen mich wie ein rechter Haken in die Magengrube. Einen Moment lang bin ich so benommen, dass ich zwar den Mund öffne, jedoch vergesse, zu atmen.

Wahrscheinlich sehe ich gerade aus, wie ein verdammter Goldfisch auf dem Trockenen, was Skyes triumphierendes Lächeln mir bestätigt und sie dazu animiert, nachzutreten.

»Das hier ist die Königsklasse des Motorsports, Austin. Kein Amateur Kartrennen. Wach mal auf. Du marschierst hier nicht einfach so rein und springst geradewegs aufs Treppchen. Du musst dir die Champagnerflasche und den Pokal *erarbeiten*. Die kommen nicht automatisch, weißt du? Dafür muss man kämpfen. Und zwar verdammt hart.«

Ich schnaube ungläubig und lache laut auf.

»Das ist nicht dein Ernst, oder? Ausgerechnet *du* willst mir was vom Kämpfen erzählen? *Du*? Wer ist jetzt hier arrogant und abgehoben, hm?«

»Was willst du damit sagen?«, fragt sie mit stockender Stimme, die uns beiden verrät, dass sie die Antwort auf ihre Frage längst weiß.

Ich beantworte sie ihr trotzdem, weil ich mich für den Schlag in die Magengrube mit einem Messerstich in die Brust revanchieren will.

Den Stich habe ich gerade eben gelandet. Und jetzt … jetzt drehe ich das Messer in der Wunde um. Schön langsam, damit es auch ja wehtut und ich den Schmerz genießen kann.

»Wenn es in diesem Raum jemanden gibt, der absolut keine Ahnung hat, wie es sich anfühlt, für etwas zu kämpfen, dann bist das eindeutig du, Skye. Also komm mal von deinem hohen Ross runter und tu lieber das, wofür man dich bezahlt, statt ungefragt unangebrachte Ratschläge zu erteilen.«

Ich deute auf mein halb aufgegessenes Essen und schnappe mir meine Jacke, sowie meinen Rucksack.

»Du kannst abräumen. Ich bin fertig.«

7
SKYE

Austin stopft die Kopfhörer, sein Handy und die Papiere, die er gelesen hat, in seinen *Titan Racing* Rucksack und schließt ihn.

Er will sich an mir vorbeischieben, doch ich stelle mich ihm demonstrativ in den Weg.

So nicht!

Meine Haut ist erhitzt und mein Hals ist trocken. In meinen Ohren schrillt ein Piepsen, das mich glauben lässt, mir einen Tinnitus eingefangen zu haben.

Austins muskulöser Körper streift den meinen, weil er nicht damit gerechnet hat, dass ich ihm den Weg abschneide.

Diese verfluchte Nähe zwischen uns ist das reinste Nervengift. Es lähmt meinen Atem, beeinflusst meine Gedanken und raubt mir jegliche Kontrolle. Es fühlt sich so an, als ob jede Faser meines Körpers gegen meinen Willen auf ihn reagiert und alles durcheinanderbringt, was allein daran liegt, dass ich ihn nicht ausstehen kann.

Das konnte ich noch nie.

Genau aus diesem Grund reagiere ich wohl auch heute noch so intensiv auf ihn, wie damals, in unserer Jugend.

»Du hast keine Ahnung, was du da sagst.«

Ich wünsche mir eine feste, selbstsichere Stimme. Doch das, was meinen Mund verlässt, ist vielmehr ein leises, von salzigen Tränen, die hinter meinen Augen brennen, gedämpftes Flüstern.

Austin tritt einen Schritt zurück und hebt provokant eine Augenbraue. Er mustert mich eindringlich und ich bemühe mich nach Kräften, meine Tränen im Verborgenen zu halten.

Lieber würde ich sterben, als ihm die Genugtuung zuzugestehen, mich zum Weinen gebracht zu haben. Denn wegen einem derart ungehobelten, emotional verkrüppelten Trampeltier wie ihm, werde ich ganz bestimmt keine einzige Träne vergießen.

»Dann hat Daddy dir also damals *nicht* alles bequem und einfach in den Hintern geschoben, ja? Du hast *nicht* immer das Neueste und Beste bekommen, ohne überhaupt danach fragen zu müssen? Und du bist damals auch *nicht* einfach feige und ohne ein Wort abgehauen, statt dich nach deinem Unfall zurückzukämpfen?«

Ich balle meine Hände zu Fäusten, weil meine Finger bei seinen hässlichen, gemeinen Worten vor Wut zu zittern beginnen.

»Wann hörst du endlich auf, zu behaupten, ich

hätte damals nur Rennen gewonnen, weil mein Vater mir die beste Ausrüstung bezahlt und mich in das schnellste Auto gesetzt hat, hm? Wir wissen beide, dass das nicht stimmt. Du bist doch bloß in deiner Macho-Ehre gekränkt, weil du es nicht ertragen kannst, dass ich die Bessere von uns beiden bin.«

»Also willst du leugnen, dass du damals immer das beste Material und das schnellste Auto hattest?«, fragt er überspitzt, wobei seine Augenbrauen noch ein Stück höher wandern.

»Die Autos waren alle gleich. Das schreibt das Reglement so vor und das wüsstest du, wenn du dir nur ein Mal die Mühe gemacht hättest, das Regelbuch der *Serie3* zu lesen. Und was den Rest angeht … ja, meine Familie ist wohlhabend. Und ja, mein Vater hat mich finanziell unterstützt. Aber weder er noch sein Geld sind die Rennen für mich gefahren. Das war ich ganz allein. Jede einzelne Runde. Und ich habe gewonnen. Regelmäßig. Nicht wegen des Geldes, sondern wegen meines Könnens. Wegen meiner Leistung. Egal, wie oft du versuchst, mir und dir das Gegenteil davon einzureden, ich kenne die Wahrheit. Und *du* kennst sie auch. Du bist nur zu stolz, um ihr ins Gesicht zu sehen. Denn dann müsstest du anerkennen, dass du gegen eine Frau verloren hast. Mehrmals.«

»Träum weiter«, lacht er und lässt seinen Blick quälend langsam an mir hinabwandern.

»Was ist? Gefällt dir meine Kleidung nicht?«, fahre ich ihn an, weil es mich nervös macht, wenn er mich auf diese Weise ansieht. So intensiv. So durchdringend. So … sehnsüchtig.

»Ich frage mich nur, was zur Hölle das hier soll. Warum bist du hier, Skye? Du bist damals von heute auf morgen von der Bildfläche verschwunden und hast deinen großen Traum einfach so begraben, statt für ihn zu kämpfen. Und jetzt bedienst du in der *Serie del Rey*, statt in ihr um den Sieg zu fahren. Das ist so absurd, dass ich glaube, zu träumen und jeden Moment aufzuwachen.«

Austins abwertende Worte lassen mich zusammenzucken.

Wie kann er es wagen, so selbstgefällig über mich zu reden? Wieso glaubt er, in der Position zu sein, sich ein Urteil über mich zu erlauben?

Austin Ashcroft hat sich kein bisschen verändert.

Er ist immer noch das verletzende, selbstgerechte Arschloch von damals.

Mein Kopf weiß das. Aber mein blödes Herz schlägt in seiner Gegenwart trotzdem jedes Mal schneller und lauter. Und auch wenn ich mir einzureden versuche, dass dieser Umstand bloß der Wut auf Austin geschuldet ist, die meinen Puls bei jeder Begegnung in die Höhe treibt, so weiß ich doch, dass der wahre Grund für mein rasant pochendes Herz ein ganz anderer ist. Aber ich werde einen Teufel tun, über diesen besagten Grund auch nur eine Sekunde lang nachzudenken. Denn dafür ist mir meine Zeit eindeutig zu schade.

»Mit irgendetwas muss ich ja schließlich meinen Lebensunterhalt verdienen. Warum also nicht mit etwas, in dem ich gut bin und das mir Spaß macht?«, kontere ich und verschweige ihm bewusst den wahren Beweggrund meines abrupten Karrierewechsels.

»Komm schon, Skye. Das ist doch totaler Blödsinn, was du mir hier auftischst. Deine Familie ist steinreich. Du bist eine Whitmore. Solltest du nicht eher in deinem englischen Schloss sitzen und die nächste Generation eurer Dynastie sichern, statt hier von früh bis spät Tische abzuwischen?«

»Warum klingt das aus deinem Mund eigentlich so herablassend, Austin? Wenn es keine Menschen gäbe, die Tische abwischen, müsstest du in dem Dreck essen, den du hinterlässt. Und wenn es keine Menschen gäbe, die kellnern, müsstet du dir dein Zeug selber holen. Beides würde dir nicht sonderlich gefallen. Außerdem war es mir schon immer wichtig, auf eigenen Beinen zu stehen. Bloß, weil meine Familie wohlhabend ist, heißt das noch lange nicht, dass ich mich darauf ausruhe und auf ihre Kosten lebe. Warum also zeigst du nicht etwas Respekt?«

Austin schultert seinen Rucksack und schließt die Lücke zwischen uns. Er ist mir jetzt so nah, dass ich die Wärme, die von seinem Körper ausgeht, auf meiner Haut spüren und die männliche Würze, die er versprüht, bis in die Tiefe meiner Lunge einatmen kann.

»Das mag vielleicht neu für dich sein, Whitmore, aber Respekt muss man sich erarbeiten. Der wird einem nicht einfach so geschenkt. Lass dir das von jemandem gesagt sein, der weiß, wovon er spricht, weil er sich von ganz unten hocharbeiten musste. Und zwar *ohne* die Finanzspritzen und Kontakte von Daddy.

Und der – im Gegensatz zu dir – nicht einfach aufgegeben hat und verschwunden ist, als es zur Abwechslung mal schwierig wurde. Und jetzt entschuldige mich. Ich habe morgen eine Qualifikation, für die ich mich ausruhen muss.«

Mit diesen Worten schiebt er sich an mir vorbei und verschwindet ohne ein weiteres Wort.

Dieses Mal halte ich ihn nicht auf.

Und auch nicht die Tränen, die nun wie ein Sturzbach aus meinen Augen fließen.

8

AUSTIN

»Verflucht«, zische ich leise in meinen Helm, als ich abrupt gegenlenke, weil mir das Heck in der Kurve ausgebrochen ist und ich um ein Haar mit über zweihundert Sachen abgeflogen wäre.

Ich kann die Rundenzeit im Cockpit nicht sehen, aber das muss ich auch nicht, um zu wissen, dass sie bescheiden ist.

Dieser Patzer hat mindestens zwei Zehntelsekunden gekostet, was auf dieser Rennstrecke einen Unterschied von acht bis zehn Startplätzen ausmachen kann.

Selbst wenn ich nach dem zweiten Sektor laut meinem Renningenieur noch die Chance hatte, es in die Top Ten zu schaffen, so ist diese Hoffnung nach meinem Patzer jetzt dahin.

Eine weitere schnelle Runde ist mit diesem Satz Reifen nicht möglich und um an die Box zu fahren und mir bei einem Boxenstopp neue Reifen zu holen, reicht die Zeit nicht mehr aus.

Das hier war meine letzte Chance. Und ich habe sie im dritten und letzten Streckensektor weggeworfen.

Fuck!

Ich gehe vom Gas und warte darauf, dass Kenneth, mein Renningenieur, mir das bestätigt, was ich schon längst weiß: Es hat nicht für Q3, die finale Qualifying Session, in der die schnellsten zehn Autos um die Pole Position kämpfen, gereicht.

Ich werde hier und jetzt in Q2 ausscheiden und in der Startaufstellung irgendwo zwischen Platz zehn und fünfzehn landen.

Die salzigen Schweißtropfen laufen mir unter meiner Balaklava über die Stirn. Ich schwitze wie ein Pferd, weil ich alles gegeben habe, um diese Qualifikation zu rocken. Und doch war es umsonst.

»Austin – P12. Ich wiederhole: P12«, dringt Kenneths Stimme durch das Headset, das in meinem Helm verankert ist und durch das ich mit den Ingenieuren an der Pitwall verbunden bin.

Seine Stimme klingt ruhig und überhaupt nicht unzufrieden, enttäuscht oder gar wütend. Doch das hat nichts zu bedeuten. Denn das ist eine der wichtigsten Fähigkeiten, die ein Renningenieur in der *Serie del Rey* mitbringen muss, damit er zum ersten, oder zweiten Renningenieur eines Fahrers ernannt wird: Ruhe und Gelassenheit. Er muss in jeder Situation in der Lage sein, besonnen und diplomatisch über Funk mit dem Fahrer zu kommunizieren. Einerseits, weil die Fahrer mit hoher Geschwindigkeit auf der Rennstrecke zugange sind und nicht wegen einer emotionalen Reaktion seitens des Ingenieurs einen Unfall verursachen sollen. Und andererseits, weil die Konkurrenz, also die anderen Teams und die *AOS*, die *Association of Safety*, immer mithören. Letztere sind die sogenannten Gesetzeshüter der *Serie del Rey*, die dafür sorgen, dass das technische und sportliche Reglement eingehalten werden und es überall mit rechten Dingen zugeht.

»Wieviel?«, will ich wissen und muss die Frage nicht detaillierter formulieren, damit Kenneth versteht, was ich meine.

»Zwei Zehntel«, antwortet er und wir wissen beide, wo ich diese zwei Zehntel, die mir zum Einzug in die letzte Qualifikationsrunde fehlen, verloren habe.

»Das nächste Mal reicht es bestimmt«, versucht er mich etwas unbeholfen zu trösten, doch das macht es nicht besser. Eher schlimmer.

Ich antworte nichts, sondern konzentriere mich darauf, meinen Boliden kontrolliert und sicher über die Strecke zu steuern, bis ich in die Boxengasse abbiege, das Auto vor der Garage zum Stehen bringe und mich von der Pitstop Crew in die Box schieben lasse.

Als ich über Funk das *Go* erhalte, steige ich aus dem Auto aus und vermeide dabei den Blickkontakt mit den umstehenden Ingenieuren und den Fotografen, die vor der Garage ihre Kameralinsen auf mich gerichtet haben.

Zum Glück trage ich einen Helm mit blickdichtem Visier, was es mir umso leichter macht.

Theoretisch würde ich diesen Helm jetzt ausziehen, meine Balaklava und Handschuhe dort reinlegen und den Helm an Lucas übergeben, der neben mir auftaucht, um alles auf eigens dafür vorgesehenen Maschinen zu trocknen.

Doch stattdessen befestige ich das Lenkrad, das ich zum Aussteigen abnehmen musste, wieder in meinem Auto und verlasse den vorderen Bereich der Garage, immer noch mit meinem Helm auf dem Kopf.

Lucas versteht den Wink mit dem Zaunpfahl. Er ist erfahren und weiß, wenn ein Rennfahrer sauer ist und keinen Bock hat, sich der Welt zu stellen.

Das weiß offenbar auch Vivien, meine Pressesprecherin, die im Durchgang der Garage auf mich wartet, um mich zu den obligatorischen Presseinterviews abzuholen.

Sie folgt mir wortlos in den hinteren Teil der Garage, wo ich zwischen den Ersatzteilen einen kleinen, engen Bereich mit einem Klappstuhl habe, in den ich mich zurückziehen kann.

Seufzend lasse ich mich auf den Stuhl fallen, nehme den Helm ab, ziehe die Handschuhe aus und reiche alles an Lucas weiter, der mir zunickt und verschwindet.

Ich rechne es ihm hoch an, dass er mich nicht auch, wie Kenneth es zuvor getan hat, mit ein paar mitleidigen Worten zu trösten versucht.

Denn es gibt rein gar nichts schönzureden. Ich bin aktuell einfach nicht gut genug, um vorne mitzufahren. Punkt.

»Hey ähm..., wenn du willst, gönn dir noch zwei Minuten zum Runterkommen. Ich warte am Eingang auf dich, ja? Und ich soll dir von Riley ausrichten, dass du dich gelassen und hoffnungsvoll geben sollst, statt wütend und aggressiv auf die Fragen der Journalisten zu reagieren. Du sollst sowas sagen wie: *Das Rennen und die Punktevergabe sind morgen, nicht heute. Natürlich lief es nicht optimal, aber noch ist alles möglich und ich freue mich auf eine rasante Aufholjagd.«*

Ich sehe, das Kinn auf meinen Handrücken gestützt, zu Viv auf und ziehe einen Mundwinkel in die Höhe. Vielleicht sollte ich ihr erklären, dass ich auch ohne ihre Hilfe weiß, wie PR funktioniert und dass ich kein Kindermädchen brauche, das mir vorplappert, was ich zu tun und zu lassen habe. Aber sie macht bloß ihren Job und will lediglich das Beste für das Team und mich, weshalb ich nur zustimmend brumme und mir jeglichen bissigen Kommentar verkneife.

»Schön. Dann ... sehe ich dich gleich draußen.«

Sie dreht sich um und geht sichtlich erleichtert schnellen Schrittes davon.

Und ich? Ich bleibe zurück, um mich mental auf die bevorstehenden Fragen der Journalisten vorzubereiten, die mit Sicherheit mal wieder darauf abzielen werden, mich ins Straucheln zu bringen.

Denn was verkauft sich besser, als eine reißerische Story?

Friede-Freude-Eierkuchen interessiert doch niemanden. Die Leute wollen Gossip und Drama und das nicht zu knapp.

Doch diesen Gefallen werde ich ihnen nicht tun.

»Austin ... so haben Sie sich Ihren Wechsel in die *Serie del Rey* sicherlich nicht vorgestellt. Wie ist es für Sie, im Mittelfeld zu fahren, während Ihr Teamkollege Dante Di Santo um die Pole Position kämpft?«

Der Journalist hält mir mit einem unschuldigen Lächeln das Mikro unter die Nase, während sein Kameramann direkt auf mein Gesicht zoomt, um meine Reaktion auf seine Frage für die Zuschauer in Deutschland einzufangen.

»Es gibt sicherlich noch Verbesserungspotenzial und zum Glück war das hier bloß die Qualifikation und nicht das Rennen, womit sich mir die Chance bietet, morgen in die Punkte zu fahren«, antworte ich mit einem zuckersüßen Lächeln, obwohl es in meinem Inneren brodelt und ich am liebsten in die Luft gehen würde.

Das hier ist schon das fünfte Interview dieser Art. Ich habe keine Lust mehr und doch besagen die Regeln der *Serie del Rey*, dass ich alle Journalisten abarbeiten muss, bevor ich von hier verschwinden darf und leider sind das viele. Zu viele.

Viv reicht mir meine Wasserflasche, damit ich trinken kann, weil mein Hals vom vielen Reden schon ganz trocken ist. Dann zückt sie wieder ihr Aufnahmegerät und lotst mich zum nächsten Journalisten, der mich mit ähnlich provokanten Fragen aus der Reserve zu locken versucht. Ebenfalls vergeblich.

Die anderen vier Fahrer, die auch im zweiten Teil der Qualifikation ausgeschieden sind, konnten längst verschwinden, weil sie für unterlegene Teams fahren und sich folglich kaum ein Journalist für sie interessiert.

Doch dass einer der Fahrer von *Titan Racing*, dem wohl erfolgreichsten Team der *Serie del Rey*, es nicht bis in die dritte und letzte Qualifikationsrunde geschafft hat, weckt das Interesse aller. Vor allem, wenn dieser Fahrer neu ist und es genügend Zweifler gibt, die ihn für ungeeignet erachten.

Ich hatte gehofft, diese Zweifler und Nörgler hier in Australien mit einer soliden Leistung verstummen zu lassen. Doch aktuell sieht es nicht danach aus.

Während Dante gerade auf Platz zwei gefahren ist und morgen von der ersten Startreihe aus ins Rennen gehen wird, liege ich zehn Plätze und fünf Startreihen hinter ihm.

Na super.

Meine Laune bessert sich bloß minimal, als wir endlich das letzte Interview beenden und ich Vivien in unser Team Haus folge, wo nach der Qualifikation, dem offiziellen Ende des Tages, nur noch wenig los ist.

»Das hast du echt gut hinbekommen«, lobt sie mich und drückt wohlwollend meinen Arm.

»Na wenigstens etwas«, murmele ich und verabschiede mich von ihr, weil sie jetzt jedes einzelne Wort, das ich während der letzten halben Stunde im Austausch mit den Journalisten gesagt habe, abtippen und archivieren muss.

Das tut sie, damit wir gegebenenfalls rechtlich

dagegen vorgehen können, wenn irgendein Journalist falsch über unser Interview berichtet, Sätze aus dem Kontext reißt, oder wichtige Informationen unter den Tisch fallen lässt, um vorsätzlich ein trügerisches Bild zu schaffen.

Ich bleibe zurück und schaue mich suchend nach Lucas um, sehe ihn jedoch nirgendwo, weshalb ich mir den heißen Tee, den ich jetzt dringend brauche, um runterzukommen, wohl selbst bestellen muss.

Leider hält sich vom Catering Personal gerade nur Skye in diesem Bereich des Team Hauses auf, was dann wohl bedeutet, dass ich mit ihr Vorlieb nehmen muss.

Zwar widerstrebt es mir, mit ihr zu reden, doch das Kratzen in meinem Hals, das ich schon seit den Interviews verspüre, verheißt nichts Gutes und ich kann auf keinen Fall riskieren, über Nacht krank zu werden.

Skye lehnt an der Bar im hinteren Teil des Team Hauses und unterhält sich so angeregt mit jemandem, dass sie mich nicht bemerkt, als ich näherkomme.

»Ich weiß ja nicht, ob Austin Ashcroft die richtige Wahl für das Team war. Der Junge taugt einfach nichts«, höre ich ihren Gesprächspartner, der mit dem Rücken zu mir steht, sagen.

Skye lächelt bei seiner Bemerkung und ich glaube schon, dass sie Luft holt, um ihm bei seiner Aussage zuzustimmen. Doch die Worte, die unmittelbar darauf ihren Mund verlassen, haben rein gar nichts mit Zustimmung gemein.

»Wir sollten nicht vorschnell urteilen, Lionel. Ich kenne Austin schon sehr lange und weiß, dass er ein extrem guter Rennfahrer ist. Sie werden sehen, in zwei oder drei Rennen fährt er um den Sieg mit. Wir müssen ihm nur etwas Zeit geben, sich einzugewöhnen und ihn nicht schon vor dem ersten Rennen abschreiben. Seien Sie doch so gut und geben ihm eine faire Chance, ja?«

Bei Skyes unerwarteter Verteidigung bleibe ich wie angewurzelt stehen und starre sie ungläubig an.

Wieso nutzt sie diese perfekte Steilvorlage nicht, um mich fertig zu machen? Um den Druck auf mich von außen weiter zu erhöhen und meinen Rausschmiss so zu beschleunigen?

Warum in aller Welt verteidigt sie mich? Damit handelt sie doch gegen ihr persönliches Interesse. Vor allem nach unserem heftigen Streit gestern Abend, bei dem ich sie ziemlich arg angegangen bin. Nicht, dass sie es nicht verdient hätte, aber es wäre gelogen zu behaupten, dass ich mich danach nicht schlecht gefühlt habe.

Nicht schlecht genug, um mich bei ihr zu entschuldigen, zumal sie auch ganz schön ausgeteilt hat, aber immerhin schlecht genug, um mich nun, wo der Gast bei meinem Anblick beschämt das Weite sucht, zu einem kleinen Lächeln durchzuringen.

»Du hast mich verteidigt«, sage ich und rücke zu ihr auf.

Sie trägt wie immer ihre Teamuniform. Das zarte Flieder sieht zum Niederknien aus, denn sie wirkt darin wie eine Märchenprinzessin, was sie ja eigentlich auch ist.

Es sollte mir nicht auffallen und erst recht nicht

gefallen, aber Skye, daran gibt es nichts zu rütteln, ist eine absolute Schönheit.

Auch, als sie jetzt ihre Lippen missbilligend aufeinanderpresst und die Arme kampflustig vor der Brust überkreuzt. Anscheinend war ihre Sympathie mir gegenüber also nur von kurzer Dauer.

»Bilde dir bloß nichts darauf ein«, entgegnet sie schmallippig. »Ich habe es für das Team getan, nicht für dich. Negative Presse sorgt für schlechte Stimmung und verunsichert Investoren. Also tue ich, was ich kann, um für gute Presse zu sorgen. Das hat rein gar nichts mit dir zu tun.«

Ich runzele die Stirn und werfe ihr einen missbilligenden Blick zu. »Also hast du eben gelogen? Das, was du zu dem Gast gesagt hast ... es war alles nur gelogen?«

»Tja, das wüsstest du jetzt wohl gern, was?«, kontert sie und lässt mich, ohne dass ich überhaupt dazu komme, meine Bestellung bei ihr aufzugeben, einfach stehen.

Na vielen Dank auch.

9
SKYE

Es ist Sonntag. Race Day. Und das erste Rennen der neuen Saison. Das heißt ... falls es stattfindet.

Denn das steht aktuell noch in den Sternen und sorgt für ordentlich Aufregung in der *Serie del Rey*.

Über Nacht hat es zu regnen begonnen. Zwar waren Schauer angekündigt gewesen, jedoch kein über Stunden anhaltender Starkregen, der dafür sorgt, dass der gesamte Albert Park hier in Melbourne nun unter Wasser steht und kein sicherer Rennstart gewährleistet werden kann.

Nicht, dass sie es nicht versucht hätten.

Das Safety Car ist schon mehrmals auf die Strecke geschickt worden, um die Konditionen auszuloten. Doch jedes Mal lautete das Ergebnis: Zu gefährlich.

Deshalb ist der Rennstart auf unabsehbare Zeit

nach hinten verschoben worden, was das Worst-Case-Szenario für alle Beteiligten ist.

Für die Fahrer, weil es sie komplett aus ihrem Rhythmus bringt, was die sportliche und mentale Vorbereitung betrifft. Für das Catering, weil sich alle Gäste im Warmen tummeln und niemand vor die Tür gehen möchte, was für ein enormes Serviceaufkommen und einen Mangel an Platz sorgt. Für Allegra und Dakota, weil sie die Gäste im Team Haus und in der Hospitality bei Laune halten müssen. Und für die Ingenieure und Mechaniker, weil es hunderte mögliche Szenarien und Strategien für das Rennen zu besprechen gibt. Denn der Regen mischt alle Karten neu.

Ein einziger Unfall kann den Letzten zum Ersten machen. Es braucht dazu nur eine Safety Car Phase und das richtige Boxenstopp Fenster. Nur eine Massenkarambolage. Nur ein Fahrer, der mit der nassen Fahrbahn nicht gut zurechtkommt ... eine Variable kann hier und heute alles verändern. Und darauf müssen sich alle Beteiligten, obwohl es eigentlich unmöglich ist, das zu tun, vorbereiten.

Ich schnappe mir den Karton mit den Bananen, Äpfeln, Energie Riegel und Sandwiches und laufe durch den Regen im Eiltempo hinüber zur Garage, wo ich die Snackbar der Ingenieure und Mechaniker auffüllen will.

Keiner von ihnen hat während dieses Chaos Zeit, ins Team Haus zu kommen, um etwas zu essen und zu trinken. Also befindet sich für sie in der hinteren Ecke der Garage ein kleiner Bereich mit Essen und Trinken, der an Tagen wie diesem permanent aufgefüllt werden muss.

Normalerweise würde eine Catering Chefin so etwas zwar nicht tun und es stattdessen ihrem Team überlassen, doch eine flache Hierarchie, wo jeder bei allem mitanpackt, ist mir wichtig. Ich mag es nicht, mir die Rosinen rauszupicken und anderen die unliebsame Arbeit aufzutragen. Also tue ich es auch nicht, sondern helfe dort, wo Not am Mann ist. Chefin hin oder her.

Vollkommen durchnässt komme ich in der Garage an. Die Tropfen laufen meine Wangen hinab und rollen auf mein Shirt, doch es stört mich nicht weiter.

Heute sieht jeder, der hier arbeitet, aufgrund des Regens derangiert aus.

Ich trage die randvolle Kiste vor mir her, biege rechts in einen schmalen Korridor ab und entdecke Austin, der an die Wand gelehnt in der Ecke steht und die Augen geschlossen hält.

Für ihn ist es heute besonders hart, weil dies sein allererstes Rennen in der *Serie del Rey* ist und die Bedingungen dafür kaum schlechter sein könnten.

Fast tut er mir leid. Aber eben nur *fast*.

Ein Teil von mir ist nämlich der festen Überzeugung, dass er es nicht anders verdient hat.

Ich will schon an ihm vorbeigehen, weil ich aus eigener Erfahrung weiß, dass man Fahrer in ihrer Konzentration und Vorbereitung nicht stören darf, als er vor dem Karton den Arm ausstreckt und mich so zum Anhalten zwingt.

»Hi«, sage ich und bemühe mich um einen

neutralen Tonfall, weil ich ihn vor dem Rennstart nicht verärgern, oder gar aus dem Konzept bringen will. »Was gibt's?«

Er sieht mich aus seinen blaugrünen Augen mit diesem vertrauten Blick, der mich in der Vergangenheit immer so schrecklich durcheinandergebracht hat, an und ich muss mir eingestehen, dass er das auch heute noch tut.

»Kann ich bitte einen Riegel haben?«, fragt er mit ungewöhnlich zahmer Stimme.

»Klar. Welchen?«, gebe ich zurück, verlagere das Gewicht und wühle mit einer Hand in der Kiste.

»Schoko, falls du hast.«

Ich ziehe einen Eisweißschokoriegel hervor und halte ihn Austin hin.

Er nimmt ihn mir ab, wobei seine warmen Finger sanft über meine Knöchel streichen, was dazu führt, dass ich um ein Haar den ganzen Karton fallen lasse.

Seine Berührung löst ein Prickeln in mir aus, das sich wie ein elektrischer Impuls durch meinen gesamten Körper zieht.

Ich beiße die Zähne zusammen und hoffe inständig, dass mein Gesichtsausdruck Austin nicht das verrät, was gerade in mir vor sich geht.

»Danke«, sagt er leise, während er den Riegel öffnet, ihn zwischen seine Lippen schiebt und einen kleinen Bissen davon nimmt, wobei er mich keine Sekunde lang aus den Augen lässt.

Er wirkt dabei vollkommen entspannt, doch sein intensiver Blick zeigt mir, dass er genau weiß, was seine Berührung in mir ausgelöst hat.

»Schon gut«, murmele ich kaum hörbar und will schon weitergehen, als er mich erneut stoppt.

Dieses Mal mit seiner Stimme.

»Wie läuft's denn so, Skye?«

Wie es denn so läuft?

Ist das sein Ernst?

Seit wann steht Austin Ashcroft auf Smalltalk mit mir? Hat der Regen womöglich sein Gehirn weggeschwemmt, oder wieso ist er auf einmal so scharf auf meine Gesellschaft?

»Chaotisch. Das haben Tage wie diese so an sich«, antworte ich wortkarg, weil ich mit dieser ungewohnten Situation gerade sichtlich überfordert bin.

»Dafür wirkst du aber erstaunlich ruhig«, kommentiert er, nimmt mir die Kiste ab und trägt sie für mich zu der Snack Station der Mechaniker und Ingenieure, wo sich aktuell niemand außer uns aufhält.

»Ist das jetzt ein Kompliment, oder was?«, wundere ich mich und stemme skeptisch die Hände in die Hüften, nur um sie kurz darauf wieder fallen zu lassen, weil ich mich unter Austins Laserblick nackt und unbeholfen fühle.

»Nein«, sagt er und sein Blick verfinstert sich, so als sei ihm gerade bewusst geworden, dass er in den letzten Minuten aus unerfindlichen Gründen nett zu mir gewesen ist.

»Es ist eine Feststellung, Prinzessin. Mehr nicht.«

Ich schnaube verächtlich und wende mich zum Gehen, als mich Austin ein drittes Mal zum Innehalten bringt.

»Wer hätte das gedacht, was?«

Ich drehe mich zu ihm um und hebe fragend eine Augenbraue. »Was? Wer hätte *was* gedacht?«

Ein selbstgefälliges Grinsen breitet sich auf seinem Gesicht aus. »Dass ich mal ein berühmter Rennfahrer werde und du mich bedienen musst. Das nennt man dann wohl Karma, oder?«

Seine hämischen Worte sorgen dafür, dass ich benommen nach hinten taumele, direkt in die Arme von Liam, Dante Di Santos Manager, der mich lachend auffängt.

»Hoppla, Süße. Nicht so stürmisch. Alles okay bei dir?«

Er sieht in mein verkrampftes Gesicht und augenblicklich erlischt das Lächeln auf seinen Lippen.

»Was ist los, Skye?«, fragt er, ganz der starke Beschützer, den ich so an ihm schätze.

»Nichts«, wiegele ich ab und lasse zu, dass er mir dabei hilft, mein Gleichgewicht wieder zu finden. »Es ist nichts.«

»Bist du sicher?«

Er sieht von mir zu Austin, der uns mit einem grimmigen Blick aus schmalen Schlitzen bedenkt.

»Ja. Bin ich. Wolltest du zu mir?«, erkundige ich mich und ignoriere Austin und seine fiesen Sprüche. Jedenfalls versuche ich es.

Der Kerl hat weder meine Zeit, noch meine Aufmerksamkeit verdient. Im Gegensatz zu Liam, der seit Dantes Verpflichtung für *Titan Racing* zu einem guten Freund geworden ist, mit dem ich mir auch durchaus mehr hätte vorstellen können, wenn nur der

Funke zwischen uns übergesprungen wäre. Doch das ist er leider nicht, weshalb wir einvernehmlich beschlossen haben, als Freunde durchs Leben zu gehen.

Und entgegen dem, was über Freundschaften zwischen Mann und Frau so behauptet wird, funktioniert das bei uns beiden erstaunlich gut.

»Ich wollte dich fragen, ob du mir eine Mango und einen Joghurt für Dante bringen lassen könntest. Er will seinen Blutzuckerspiegel oben halten, während wir auf die Startfreigabe warten.«

»Natürlich«, beeile ich mich zu sagen. »Das erledige ich sofort. Wo soll ich es hinbringen?«

»In das Büro der Ingenieure, hier in der Garage. Dante geht mit ihnen gerade die Pitstop Strategien durch.«

Ich nicke und schenke Liam ein Lächeln. »Gib mir fünf Minuten, okay?«

Er erwidert mein Lächeln und haucht mir einen Kuss auf die Stirn. »Super. Danke, mein Schatz. Bis gleich.«

»*Schatz?*«, vernehme ich zu meiner Linken ein verärgertes Knurren, kaum dass Liam um die Ecke gebogen ist.

Irritiert sehe ich hoch und bemerke, dass Austin unser Gespräch belauscht hat.

»Er nennt dich *Schatz*? Vögelt ihr zwei etwa?«

Ich schnappe empört nach Luft und entgegen meinem eigentlichen Wunsch, so schnell wie möglich einen ganzen Ozean zwischen uns zu bringen, stapfe ich wütend auf ihn zu und baue mich vor ihm auf, was mir nur bedingt gelingt, weil er einfach so viel größer ist als ich.

Mal abgesehen davon, dass ihn mein Liebesleben, in dem seit Jahren aufgrund meines arbeits- und reiseintensiven Jobs Ebbe herrscht, nichts angeht, stört mich der empörte Ton, mit dem er mich bedenkt.

»Sag mal, Austin Arschloch Ashcroft, haben sie dich als Kind eigentlich von der Kuschelrunde ausgeschlossen, oder warum bist du derart sozial gestört und unterbemittelt, hm?«

Austin beugt sich zu mir hinab. Sein Gesicht ist dem meinen so nah, dass ich seinen nach Schoko riechenden Atem auf meinen Lippen schmecken kann.

»Kuscheln, ja? *Kuscheln* ist was für Weicheier, Skye. Ich bringe Frauen lieber um den Verstand, statt mit ihnen zu kuscheln. Aber es wundert mich nicht, dass jemand wie du voll aufs Kuscheln abfährt, *Schatz*.«

Seine Worte triefen vor Sarkasmus und in seinen leuchtenden Augen tobt ein dunkles Gewitter, das wütende Blitze in meine Richtung schießt.

Dieses Mal kann ich meine Tränen nicht vor ihm verbergen.

Seine Gemeinheiten treffen mich mitten ins Herz, wo sie wie ein scharfer Schnitt brennen und mich von innen heraus zerreißen.

Es ist, als hätten mein Herz und meine Seele eine direkte Verbindung zu meinen Tränen, die nun heiß und salzig aus meinen Augen laufen, auf meine Wangen tropfen und an meinem Gesicht hinabrollen.

Als Austin das bemerkt, verändert sich etwas in

seinem Blick und so etwas wie Reue und Wehmut blitzen darin auf.

Er streckt den Arm nach mir aus und öffnet den Mund, um etwas zu sagen, doch ich schüttele energisch den Kopf, mache auf dem Absatz kehrt und laufe, so schnell mich meine Beine tragen, davon.

10

AUSTIN

Ich sehe Skye hinterher und bin wütend. Wütend auf mich. Und wütend auf sie.

Wütend auf mich, weil ich es mal wieder auf die Spitze getrieben und sie verletzt habe. Darin bin ich, seit wir uns kennen, nämlich besonders gut. Und wütend auf sie, weil sie diese Wirkung auf mich hat, die mich komplett durcheinanderbringt und in mir Gefühle weckt, die ich nicht empfinden will.

Ich hasse diese Frau.

Naja ... jedenfalls *will* ich sie hassen, seitdem ich sie vor vielen Jahren kennengelernt habe. Doch ich kann es nicht. Ich kann sie nicht hassen. Ich kann sie nicht hassen, weil ich sie liebe. Ja, richtig ... ich *liebe* diese Frau, obwohl ich mir nichts sehnlicher wünsche, als sie zu hassen. Ich *will* sie nicht lieben und ich setze alles daran, ihr meine Gefühle nicht zu offenbaren. Sie soll und darf nicht wissen, was ich für sie empfinde.

Also lasse ich sie glauben, dass ich sie hasse. So wie eben.

Als mir aufgefallen ist, dass in meinen Worten Bewunderung für ihre Fähigkeit, an chaotischen Tagen wie diesen ruhig und gelassen zu bleiben, mitschwang, habe ich diesen verräterischen Kuschelkurs sofort korrigiert.

Mit Erfolg.

Jedenfalls, wenn man Erfolg daran bemisst, wie sehr man einen Menschen mit seiner Reaktion verletzen kann.

Jetzt fühle ich mich wie ein riesengroßes Arschloch, was ich, zugegebenermaßen, auch bin.

Das Bild der weinenden Skye hat sich in meine Netzhaut gebrannt und lässt mich nicht mehr los. Diese Tränen ... sie sind das Produkt *meiner* Worte. Und die Minuten wertvoller Lebenszeit, die sie nun damit verbringt, traurig zu sein, habe *ich* ihr geraubt. Wie schon so oft.

Aber wer konnte auch ahnen, dass ich, selbst nach Jahren, in denen wir uns nicht mehr gesehen haben, noch immer so verschossen in sie bin? Ich habe versucht, es zu leugnen. Mich selbst belogen. Mir eingeredet, dass ich sie nicht ausstehen kann. Und doch kannte ich die Wahrheit die ganze Zeit.

Ich liebe ausgerechnet die Frau, die für das steht, was ich verabscheue und ich kann nichts dagegen tun.

Mein Herz schreit mich an, Skye nachzulaufen. Mich bei ihr zu entschuldigen. Ihr meine Gefühle endlich zu gestehen.

Doch mein Verstand verbietet es mir.

Und noch während Herz und Verstand miteinander kämpfen, schiebt sich Lucas in mein Sichtfeld und zieht meine Aufmerksamkeit auf sich.

»Sie starten in einer halben Stunde. Der Regen hat nachgelassen und sie versuchen jetzt, das Wasser von der Strecke abzuleiten«, informiert er mich.

Ich nicke und spüre, wie mein Herz bei seinen Worten zu rasen beginnt.

Es ist also so weit. Mein erstes Rennen in der *Serie del Rey*. Es wird stattfinden.

Heute.

Adrenalin mischt sich mit Angst zu einem sprudelnden Gebräu aus Aufregung, Vorfreude und Zweifel und ich kann fühlen, wie sich mein Körper von innen heraus mit Adrenalin auflädt und erhitzt.

»Ist gut. Ich komme gleich«, entgegne ich und deute mit dem Kinn auf den kleinen, versteckten Raum neben den Reifenstapeln, die allesamt in Heizdecken eingewickelt sind. »Ich muss nur noch schnell ...«

Lucas versteht, ohne dass ich den Satz beende und ihm sage, dass ich noch aufs Klo will.

Denn entgegen den Gewohnheiten mancher Kollegen, bin ich kein Fahrer, der im Cockpit in seinen Rennanzug pinkelt. Dabei ist das gar nicht mal so ungewöhnlich, wenn man bedenkt, dass die Fahrer in der *Serie del Rey* oftmals bis zu zwei Stunden im Auto sitzen, ohne die Möglichkeit zu haben, anzuhalten und eine Pipi-Pause einzulegen, während sie aber kontinuierlich trinken müssen, um leistungsfähig zu bleiben.

Ich verriegele die Tür hinter mir, lehne mich dagegen, ohne jedoch das Licht anzuschalten und atme tief ein, dann wieder aus.

Das hier ... es passiert wirklich. Mein größter Traum erfüllt sich, wenn auch Jahre zu spät. Und während die meisten Menschen wohl überglücklich darüber wären, dass ihr Traum endlich Wirklichkeit wird, so bin ich einerseits unendlich dankbar dafür, andererseits jedoch voller Zweifel darüber, ob ich dem gewachsen bin.

Die Antwort darauf werde ich heute unweigerlich herausfinden. Denn auf der Strecke kann man weder Talent noch Können vortäuschen. Entweder man hat es, oder man hat es nicht. Und bisher sah alles danach aus, als hätte ich es nicht. Zumindest nicht mehr. Denn mein Meisterschaftssieg in der *Serie2* beweist, dass das nicht immer so war.

Ein kalter Schweißfilm bildet sich auf meiner Stirn und mein Hals wird trocken. Mein Magen dreht sich wie die Trommel einer Waschmaschine und ich fühle mich als würde ich in dem Wasser der Trommel ertrinken. Mein Kopf ist leer und doch rasen die Gedanken wie ein Wirbelsturm durch meinen Körper und erschüttern mich bis ins Mark. Mein Herz klopft so laut in meiner Brust, dass ich es laut und deutlich hören kann. Es pocht und pumpt so kraftvoll, dass meine Ohren dröhnen und meine Finger zittern.

Noch nie in meinem Leben bin ich derart aufgeregt gewesen. Jede Faser meines Körpers scheint sich unter dieser inneren Anspannung zu verkrampfen und doch ist da dieses Prickeln tief in mir, das mir einen Funken Hoffnung verleiht, der mich innerlich antreibt und mich dazu bringt, die Augen zu öffnen und mich dieser Herausforderung zu stellen.

Es wird Zeit. Und ich bin bereit, meinem Schicksal ins Gesicht zu sehen.

Mein Herz schlägt gegen meine Rippen, so als wolle es sich befreien und ich spüre, wie mein Blick hinter dem Visier des Helms verschwimmt. Jedoch nicht wegen den Regentropfen, die darauf fallen und daran hinab-perlen, sondern wegen des Adrenalins, das jetzt, als die Ampel am Ende der Boxengasse auf Grün schaltet und das laute Röhren von zwanzig Boliden die Zuschauer zum Jubeln bringt, durch meinen Körper rauscht.

Ich stehe relativ weit vorn in der Schlange der wartenden Autos, die sich nun in Bewegung setzen und nacheinander auf die Strecke fahren.

Um in die Startaufstellung, den Grid, zu gelangen, müssen wir einmal die komplette Strecke umrunden, was unter normalen Umständen kein Problem darstellt, in dem Starkregen, der vor zwei Minuten wieder eingesetzt hat, jedoch ein gefährliches Unter-fangen ist.

Ich würde meinen kompletten Besitz darauf verwetten, dass mindestens ein Auto während der Fahrt in die Startaufstellung ins Kiesbett rutscht und ich bete inständig, dass nicht ich es bin.

Als ich das Gaspedal minimal antippe, erwachen

die eintausend PS, die mich umschließen, sofort zum Leben.

Mein *Titan Racing* Bolide mit der Nummer siebzehn folgt dem vorausfahrenden Auto und begibt sich auf den Weg zum Grid.

Die Sicht ist miserabel, weil der Regen, der von oben auf mich herabfällt, noch zusätzlich zu dem Spray der vorausfahrenden Autos für eine undurchdringliche Wand aus Wasser sorgt. Ich spüre, wie das Auto in jeder Kurve rutscht und kaum, dass ich drei Kurven gefahren bin, sehe ich den ersten Rennwagen im Kiesbett stecken.

Ich ermahne mich, vom Gas zu gehen und nichts zu riskieren. Doch gleichzeitig will ich Temperatur in die Reifen bringen, in der Hoffnung, dass ich dann mehr Grip habe. Leider schließt das eine das andere aus, was in einer unangenehmen Rutschpartie resultiert, während derer ich per Funk mitgeteilt bekomme, dass noch zwei weitere Autos abgeflogen sind und sich der Rennstart verzögert, bis auch diese geborgen werden konnten.

Ich reihe mich auf dem Grid in meiner Startposition ein, wo bereits die Mechaniker auf mich warten und hieve mich aus dem Cockpit.

Lucas hält einen Schirm über mich und ich entdecke Kenneth, der mich zu sich an den Rand des Grids winkt.

»Falls wir starten, dann hinter dem Safety Car«, sagt er und nimmt seine Kopfhörer ab, über die er mit dem Rest des Teams in der Garage, an der Pitwall und auf dem Grid verbunden ist.

»*Falls*?«, hake ich nach.

Er blickt in den Himmel, der in einen tiefgrauen, bedrohlich wirkenden Schleier gehüllt ist.

»Der Regen hat wieder zugenommen. Ich glaube nicht, dass sie das Risiko eingehen werden, euch fahren zu lassen. Das würde an Selbstmord grenzen. Aber warten wir es ab.«

Ich seufze und sehe mich auf dem Grid um. Es ist ein buntes Gewusel aus Rennwagen, Mechanikern, Ingenieuren, Presse, VIPs und Regenschirmen. Alle laufen und reden wild durcheinander. Es herrscht Hektik, weil keiner weiß, wie und wann es weitergeht.

Um mich nicht davon anstecken zu lassen, wende ich dem Chaos den Rücken zu und blicke zu der überdachten Zuschauertribüne, die bis auf den letzten Platz gefüllt ist und auf der die Zuschauer nun aufspringen und jubeln, als sie entdecken, dass ich mich ihnen zugewandt habe.

Ich erwidere ihr Winken und knirsche mit den Zähnen, weil es hier anscheinend nirgendwo einen Ort gibt, an dem man seine Ruhe haben kann. Man steht unter permanenter Beobachtung. Sei es von den fast einhunderttausend Zuschauern, die die Ränge füllen, oder von den dutzenden Fernsehkameras aus aller Welt, die um einen herumschleichen.

Das ist dann wohl eine der Schattenseiten des Ruhms und die Art von psychologischem Druck, die man aushalten muss.

Der Regen nimmt zu, was ich an dem Geräusch der Regentropfen, die auf Lucas' Schirm prasseln, erkenne.

Wenn sie uns jetzt ins Rennen schicken, wird das

eine Rutschpartie, wie es die Welt noch nicht gesehen hat. Doch je mehr ich darüber nachdenke, desto besser gefällt mir die Idee, weil es unter diesen Bedingungen allein auf das fahrerische Können ankommt und die Technik vollkommen in den Hintergrund rückt. So könnte ich allen Zweiflern und Kritikern beweisen, dass ich Talent und Können zu einer unschlagbaren Kombination vereine und es verdiene, für *Titan Racing* zu fahren.

Doch leider werden meine Hoffnungen keine fünf Minuten später vorerst zunichte gemacht, als Kenneth mich davon in Kenntnis setzt, dass die Rennleitung sich dazu entschlossen hat, den Rennstart ein weiteres Mal zu verschieben.

»Wenn du mich fragst, war es das. Die endgültige Absage ist nur noch eine Frage der Zeit. Aber letztendlich weiß man nie, was in den Köpfen der Rennleitung vor sich geht. Also fahr das Auto an die Box und geh dich ins Team Haus duschen, damit du dir nicht den Tod holst, während wir auf eine Entscheidung der *AOS* warten.«

Ein enttäuschtes Raunen geht durch die Ränge, als die Zuschauer durch die Lautsprecher von dem abermals verschobenen Start erfahren und als ich in meinen Boliden steige, um das Auto zurück an die Box zu fahren, spüre auch ich eine unzufriedene Leere, die sich in meinem Inneren ausbreitet.

Ich schnappe mir einen der Schirme, die am Boxenausgang lehnen und gehe zügig in Richtung des Team Hauses, um den nassen Rennanzug abzustreifen und warm zu duschen. Denn mittlerweile sind die Temperaturen kräftig abgekühlt, sodass ich die Kälte wie eisige Finger auf meiner Haut spüren kann.

Der Paddock ist geradezu menschenleer, weil alle Gäste, Reporter und Teammitglieder in den umliegenden Gebäuden, Zelten und Trucks Schutz vor dem Regen suchen. Das Wasser schwimmt auf dem Asphalt des Paddocks und in der Mitte hat sich ein kleiner, reißender Bach gebildet.

Ich bin noch etwa fünfzig Meter vom Eingang des Team Hauses entfernt, als ich Skye entdecke, die mit einer großen Box vollkommen ungeschützt durch den Regen läuft.

Offenbar kommt sie gerade aus der Gäste Hospitality, die über den Garagen liegt und bringt, was auch immer sich in diesem Karton befindet, ins Team Haus.

Ich ändere meinen Kurs und gehe ihr schnellen Schrittes entgegen.

Das blonde, lange Haar ist vollkommen durchnässt und tropft auf ihre Kleidung, die wie eine zweite Haut an ihrem zierlichen Körper klebt.

Sie trägt die sommerliche Version der Team Uniform, bestehend aus einem knieumspielenden Rock, einer Bluse und Ballerinas, was bei diesen Temperaturen das garantierte Rezept für eine fette Erkältung ist. Offenbar wurde auch sie von dem unerwarteten Wetterumschwung überrascht. Denn heute Morgen hat es zwar schon geregnet, doch mit zwanzig

Grad Außentemperatur war es, im Gegensatz zu jetzt, auszuhalten.

Als sie aufblickt und mich entdeckt, bleibt sie wie angewurzelt stehen, nur um dann den Kopf zu senken und hastig an mir vorbeizulaufen.

Will sie etwa so tun, als hätte sie mich nicht gesehen?

Wir hatten Augenkontakt, verdammt. Ich weiß, dass sie weiß, dass ich weiß, dass sie mich gesehen hat. Aber bitte ..., wenn sie dieses Spiel unbedingt spielen möchte ... dann spiele ich eben mit.

»Lass mich den Karton nehmen und du nimmst stattdessen den Schirm, ja? Du bist vollkommen durchnässt«, sage ich und greife danach, doch Skye hält den Karton fest umklammert und geht stur weiter.

»Skye ... jetzt komm schon. Lass mich dir helfen«, versuche ich es erneut.

»Ich brauche deine Hilfe nicht. Lass mich einfach in Ruhe«, entgegnet sie verärgert und versucht, mir den Karton, nach dem ich greife, zu entreißen.

»Du holst dir den Tod, wenn du noch länger damit rumläufst. Außerdem solltest du nicht so schwer tragen. Das ist doch keine Arbeit für Frauen.«

So wie ich diese Worte ausspreche, weiß ich, dass ich mir damit keinen Gefallen getan habe. Ich meine es nur gut und doch habe ich Skye damit das Gefühl gegeben, sie sei schwach und minderwertig, weil sie eine Frau ist.

Jede andere Frau hätte wahrscheinlich verstanden, dass ich einfach nur helfen will, aber Skye wertet es aufgrund unserer Vorgeschichte als einen weiteren

Angriff auf sie und funkelt mich wütend an. Sie bleibt stehen, lässt den Karton fallen und stemmt die Hände in die Hüften.

»Ich habe schon verstanden, dass du mich hasst, Austin. Botschaft angekommen. Du musst es mir nicht bei jeder sich bietenden Gelegenheit unter die Nase reiben, okay? Wieso gehst du mir nicht einfach aus dem Weg, hm? Warum musst du mich so quälen? Soll ich mich etwa bei dir dafür entschuldigen, dass ich existiere? Ist es das, was du willst?«

Der Regen prasselt wie ein Meer aus Tränen auf uns hinab und ist neben Skyes zitternder Stimme das einzige Geräusch, das ich in diesem Sturm der Gefühle noch wahrnehme.

Ihre verletzten Worte schneiden die feuchte, kalte Luft wie ein scharfes Messer und treffen mich mitten ins Herz. Ich will etwas antworten. Irgendetwas sagen, um den Schmerz in ihren blauen, unschuldigen Augen zu lindern, aber mein Kopf ist wie leergefegt und unfähig, einen zusammenhängenden Satz zu bilden. Stattdessen starre ich Skye einfach nur an, wie sie da vor mir steht. Durchnässt und wütend. Zerbrechlich und doch so unglaublich stark.

Ich trete an sie heran, sodass mein Schirm sie vor dem niederfallenden Regen schützt, auch wenn sie längst vollkommen durchnässt ist.

Und dann ... dann tue ich etwas, von dem ich mir vor Jahren geschworen habe, es nie wieder zu tun, egal wie richtig und perfekt es sich damals auch angefühlt hat.

Ich beuge mich zu Skye hinab, lege meine Hand an

ihre rosige Wange und streiche mit dem Daumen darüber.

»Ich hasse dich nicht, Skye. Ich *will* dich hassen, aber … ich tue es nicht«, flüstere ich an ihren Lippen und spüre dabei die unerklärliche Anziehungskraft, die mich dazu verleitet, meine Lippen auf die ihren zu legen und sie zärtlich zu küssen.

Ihre Lippen sind weich und wärmen mich wie die ersten Sonnenstrahlen eines erwachenden Tages, die den Frost der Nacht vertreiben und die Welt in ein buntes, leuchtendes Lichtermeer tauchen.

Sie schmeckt süßer als jede Schokolade und besser als jeder Cocktail an einem Sommerabend. Berauschend und lieblich tanzen die Schmetterlinge durch meinen Körper und verdrängen mit ihrem Flügelschlag die Gedanken an die Realität, die mit jeder Sekunde, die meine Lippen auf denen von Skye verweilen, immer weiter in den Hintergrund rückt. Alles, was in diesem Moment zählt, ist dieser Kuss. Der Kuss, von dem ich weiß, wie unglaublich er sich anfühlt. Von dem ich weiß, was er mit mir anrichtet. Von dem ich weiß, wie schwach, verletzlich und willenlos er mich macht. Und den ich aus all diesen Gründen nie wieder spüren wollte.

Dennoch stehe ich jetzt hier und lasse zu, dass mich die Magie dieses Kusses erneut verzaubert und in seinen Bann zieht. Mit all seinen Konsequenzen.

Skye stöhnt leise an meinen Lippen und ihre Hände wandern von ihren Hüften in meine Haare, wo sich ihre Finger in meinen Strähnen vergraben und mein Gesicht an das ihre ziehen.

Sie will diesen Kuss offenbar genauso sehr wie ich.

Und das beruhigt und ängstigt mich gleichermaßen.

Es beruhigt mich, weil ich nichts gegen ihren Willen tue und meine Gefühle nicht einseitig sind. Und es ängstigt mich, weil ich nicht will, dass sie diese Gefühle erwidert. Weil *ich* nicht stark genug bin, um mich von ihr fernzuhalten und ich mir wünsche, dass *sie* es für mich tut. Dass sie mich verabscheut und mir verbietet, ihr nahe zu sein. Diesen Wunsch würde ich respektieren und wäre damit gezwungen, meine Gefühle für sie zu unterdrücken.

Doch wenn sie mich, so wie jetzt, voller Leidenschaft und Verlangen zurückküsst, bin ich davon so weit entfernt wie die Erde vom Mond.

In meinem Kopf blitzen Bilder auf, wie ich Skye unter die heiße Dusche ziehe und sie gegen die Wand gelehnt mit weit gespreizten Beinen und festen Stößen nehme, während die heißen Nebelschwaden unsere nackten, erhitzten Körper wie eine samtige Decke umhüllen.

Ihre vollen, weichen Brüste pressen sich dabei gegen meinen Oberkörper und wippen sanft im Takt meines Beckens, das sich in Skyes Schoß vergräbt und sie zum Schreien bringt.

Unter meinem Rennanzug bildet sich bei diesen verbotenen Gedanken eine fette Beule in meinem Schritt, die sich auffordernd gegen Skyes Bauch drängt und darum bettelt, von ihr verwöhnt zu werden.

»Lass mich rein«, raune ich heiser und seufze ergeben, als Skye daraufhin ihre Lippen für mich öffnet.

Keine Sekunde später gleitet meine Zunge in ihre feuchte, warme Höhle und erkundet neugierig ihren süßen, süchtig machenden Geschmack nach Lust, Leidenschaft und sehnsüchtigem Verlangen.

Mittlerweile hat der Regen uns beide komplett durchnässt. Dennoch küssen wir einander weiter, als wäre das hier unser letzter Atemzug, weil unsere Küsse wie Sonnenstrahlen sind, die uns von innen heraus von der äußeren Kälte wärmen.

Erst, als sich neben uns jemand räuspert, schnellen wir erschrocken auseinander und realisieren, was wir in den letzten Minuten getan haben.

Nämlich ausgerechnet das, was wir niemals hätten tun dürfen.

11

SKYE

»Entschuldigt die Störung, aber ich bin auf der Suche nach den Autogrammkarten von Dante und dir, Austin, die sich, glaube ich, in diesem Karton befinden, oder?«, fragt Riley, der es nicht gelingt, ihr schelmisches Grinsen unter dem Regenschirm vor uns zu verbergen.

Ich sehe von der grinsenden Riley zu dem Karton bei meinen Füßen und knirsche schuldbewusst mit den Zähnen.

Das waren vielleicht mal Autogrammkarten. Aber ich befürchte, dass sie jetzt vollkommen durchweicht und unbrauchbar sind, weil ich die grandiose Idee hatte, sie auf den nassen Asphalt fallen zu lassen und Austin Ashcroft zu küssen, statt sie zu Riley ins Team Haus zu tragen, wo sie sie mit den Fahrern für die gelangweilten Fans signieren wollte.

Doch statt dem nachzugehen, worum mich meine

Freundin und Kollegin gebeten hat, knutsche ich im Paddock für alle sichtbar mit einem Fahrer der *Serie del Rey*. Noch dazu mit dem Fahrer, den ich auf den Tod nicht ausstehen kann, weil er keine Gelegenheit auslässt, mich zu schikanieren und zu verletzen. Und das schon seit unserer Jugend.

Dennoch habe ich den Fehler von damals wiederholt und ihn erneut geküsst, obwohl ich mir schon vor Jahren geschworen habe, das nie wieder zu tun.

»Es tut mir so leid, Riley ...«, stammele ich und hebe den durchweichten Karton eilig auf meine Arme.

»Lass mich das doch bitte ...«, meint Austin, dem die Situation ebenso peinlich ist wie mir und greift nach dem Karton, doch ich drehe mich energisch von ihm weg.

»Du hast schon genug getan. Jetzt geh endlich und lass mich in Ruhe«, fauche ich, wobei sich die Wut, die ich empfinde, vor allem gegen mich selbst richtet.

Denn ja, er hat mich zuerst geküsst, aber ich habe ihn zurückgeküsst und ihm somit zu verstehen gegeben, dass es in Ordnung für mich ist. Mehr noch: Dass es mir *gefällt*, von ihm geküsst zu werden und ich mehr davon will.

Bei der Erinnerung an unseren heißen, ausdauernden Kuss muss ich schlucken.

Habe ich wirklich meine Hände in seinen zerzausten Haaren vergraben und lustvoll an seinem Mund gestöhnt? Und hat er tatsächlich seinen steifen, geschwollenen Schwanz an meinem Bauch gerieben und mich damit feucht werden lassen?

Ich presse die Lippen fest aufeinander und würde

alles dafür geben, die Zeit zurückzudrehen, um es ungeschehen machen zu können.

Nicht, dass dieser Kuss nicht absolut phänomenal und wunderschön gewesen wäre. Aber wenn es jemanden auf diesem Planeten gibt, mit dem ich lieber Kopfnüsse statt Lippenbekenntnisse austauschen würde, dann ist das eindeutig Austin Ashcroft.

»Du solltest duschen, Austin. Wenn sie das Rennen wider Erwarten doch noch starten, willst du nicht vollkommen durchnässt und halb erfroren ins Cockpit steigen. Also los, hau schon ab«, eilt Riley mir zur Hilfe, weil Austin noch immer wie eine Wand vor mir steht und sich weigert, mir aus dem Weg zu gehen.

»Was ist mit Skye? Sie ist auch total nass«, wendet Austin skeptisch ein, während sein besorgter Blick an mir hinabwandert und mich vollkommen verwirrt.

»Oh, da bin ich mir sicher, mein Lieber. Welche Frau wäre nach so einem Kuss nicht total nass?«, kichert Riley und schlägt sich ertappt die Hand vor den Mund.

»Riley«, zische ich warnend und setze mich eiligen Schrittes in Bewegung. Mein Kopf ist rot wie eine überreife Tomate und meine Ohren glühen förmlich vor Scham.

Schlimm genug, dass Austin und ich uns geküsst haben. Dass Riley uns dabei auch noch erwischt hat, macht das Ganze zu einer Katastrophe unvorstellbaren Ausmaßes. Denn meine Freundin ist der wohl neugierigste Mensch der Welt und wird mich zweifellos wie einen Schweizer Käse löchern, bis sie jedes noch so kleine Detail aus mir herausgepickt hat.

Und wenn es etwas gibt, über das ich nicht reden möchte, dann über Austin, mich und unsere Vergangenheit.

Doch Rileys amüsierter Blick, mit dem sie mich bedenkt, als sie nun zu mir aufschließt und ihren Schirm über mich hält, lässt Böses erahnen.

»Sag nichts«, seufze ich und steige die Treppen zum Team Haus hinauf.

»Tu ich nicht. Aber dafür solltest *du* Tante Riley umso mehr sagen. Zum Beispiel, warum du wie ein verliebter Teenager mitten im Paddock mit unserem neuen Fahrer knutschst.«

»Psssssst. Nicht so laut«, ermahne ich sie und stelle den durchweichten Karton auf den Boden vor dem Schreibtisch in ihrem provisorischen Büro. »Das darf niemand wissen.«

»Schätzchen, wenn das niemand wissen darf, solltet ihr euch vielleicht nicht mitten im Paddock küssen«, grinst Riley und schüttelt belustigt den Kopf.

Mein Herz beginnt bei ihren Worten zu rasen, weil mein von Austins Kuss vernebelter Verstand nur langsam wieder zu sich kommt und ich jetzt erst das volle Ausmaß von dem begreife, was wir da eben getan haben.

»Hat uns außer dir noch jemand gesehen?«, frage ich atemlos und fasse mir an mein wild klopfendes Herz.

»Keine Sorge«, sagt Riley beruhigend. »Austin hat euch mit seinem XXL-Schirm, den er wie eine Wand vor euch gehalten hat, vor neugierigen Blicken bewahrt. Außerdem treibt sich bei dem Regen sowieso niemand im Paddock herum. Außer natürlich, er oder sie macht sich Sorgen um seine Freundin, weil sie am Telefon versprochen hat, in fünf Minuten mit den Autogrammkarten im Team Haus zu sein, sie aber nach fünfzehn Minuten noch immer nicht dort aufgetaucht ist. Deshalb wollte ich nach dir sehen. Ich hatte Angst, dass du auf dem Weg von der Hospitality ins Team Haus ausgerutscht, oder gefallen bist.«

Ich blicke ertappt zu Boden und murmele eine leise Entschuldigung, was Riley mit einer wegwerfenden Handbewegung quittiert.

»Kein Grund, ein schlechtes Gewissen zu haben. Jetzt zieh dir erst mal trockene Sachen über, damit du dich nicht erkältest. Ich mache uns derweil einen heißen Tee. Dann setzen wir uns dort drüben neben die Heizung und du erzählst mir, was es mit Austin Hottie Ashcroft und dir auf sich hat. Außer natürlich, du willst, dass deine liebste Freundin vor Neugierde stirbt. Aber dann wärst du wirklich eine miese, fiese und kaltherzige Freundin. Und da wir beide wissen, dass du das nicht bist, wirst du wohl in den sauren Apfel beißen und mir alles erzählen müssen. Also dann: Bis gleiiich«, trällert Riley fröhlich und schwebt kichernd davon.

Na super.

Aus der Nummer komme ich definitiv nicht mehr raus. Bei Allegra, Dakota und Kenzie vielleicht. Aber ganz sicher nicht bei Riley.

Sieht so aus, als wäre mein Schicksal besiegelt.

Als ich in meiner Ersatzkleidung und mit trocken gerubbelten Haaren zehn Minuten später die Toilette verlasse, höre ich auf der gegenüberliegen Seite die Dusche hinter der verschlossenen Tür rauschen.

Bei dem Gedanken daran, dass sich Austin gerade wenige Meter von mir nackt einseift, beginnt es auf meiner Haut aufgeregt zu prickeln.

Ich will mir Austin nicht nackt vorstellen und auch nicht, wie ich gemeinsam mit ihm unter dieser heißen Dusche stehe, wir unseren Kuss dort vertiefen und er mich an südlicheren Stellen meines Körpers küsst, bevor er meine Schenkel öffnet und seinen steifen Schwanz tief in mich schiebt, um mich mit rhythmischen Stößen in seinen Armen zum Kommen zu bringen.

Himmel!

Was ist bloß los mit mir?

Woher kommen diese völlig unangebrachten, schmutzigen Gedanken und dann auch noch ausgerechnet mit dem Typ, der mir mein Leben schon immer so hochmotiviert zur Hölle gemacht hat?

Das ist doch absurd. Ich sollte mich selbst wirklich mehr lieben, als mich einem Typen hinzugeben, der nur Schlechtes für mich im Sinn hat, ganz egal wie lockend und verboten aufregend sich seine Küsse auch anfühlen mögen.

Eilig reiße ich den Blick von der geschlossenen Tür

und gehe zu Riley, die an einem Tisch in der Ecke sitzt und mir zuwinkt. Sie deutet auf den Platz ihr gegenüber, direkt bei der Heizung, auf dem eine dampfende Tasse Tee auf mich wartet.

Auf dem Weg zu ihr kläre ich kurz mit meinem Team ab, ob ich irgendwo gebraucht werde, oder ich mir eine kurze Pause gönnen kann. Als ich mich davon vergewissert habe, dass alles läuft, wie es soll, lasse ich mich Riley gegenüber nieder und wärme meine Hände an der heißen Teetasse, auf der das *Titan Racing* Team Logo prangt.

»Fängst du von selbst an zu erzählen, oder muss ich dich dafür mit Fragen bombardieren?«, fragt Riley, nachdem ich einen Schluck aus meiner Tasse getrunken habe und das Unvermeidbare weiter hinauszögere.

Ich rutsche nervös auf meinem Platz hin und her und sehe mich verstohlen um, um sicherzugehen, dass uns auch niemand belauscht.

Doch alle Anwesenden sind so sehr mit sich selbst beschäftigt, dass niemand etwas von Rileys Inquisition mitbekommt.

»Also es ist so ...«, beginne ich, woraufhin Riley den Kopf senkt und das Kinn nach vorne schiebt, so als wolle sie mich anstoßen, endlich weiterzureden und sie nicht länger auf die Folter zu spannen.

»Austin und ich kennen uns von früher. Wir ... wir sind beide Rennen gefahren und waren demnach ...« Ich räuspere mich. »Konkurrenten.«

Riley gibt einen verblüfften Laut von sich, wagt es jedoch nicht, mich zu unterbrechen. Wahrscheinlich befürchtet sie, ich könne sonst aufhören zu reden und ihr die Details der Geschichte vorenthalten.

»Ich habe schon früh mit dem Motorsport angefangen. Es liegt in unserer Familie. Wie du weißt, stamme ich aus einer sehr angesehenen und wohlhabenden Adelsfamilie. Eigentlich waren es immer nur die Männer der Whitmore Dynastie, die Autorennen gefahren sind. Doch als mich mein Vater als Kind mit nach Goodwood genommen hat, war es um mich geschehen und ich wollte unbedingt Rennfahrerin werden. Glücklicherweise hat er mich daraufhin nicht ausgelacht, sondern mich gefördert und so kam es, dass ich es tatsächlich sehr schnell sehr weit nach oben schaffte.«

Rileys Mundwinkel zucken bei meinen Ausführungen, doch obwohl ich der festen Überzeugung bin, dass ihr viele Fragen auf den Lippen brennen, lässt sie, ganz der PR-Profi, meine Erzählung unkommentiert, um meinen Redefluss nicht zu unterbrechen.

»Austin verfolgte dasselbe Ziel wie ich. Nur, dass er, im Gegensatz zu mir, aus eher ärmlichen Verhältnissen stammt und ihn die mangelnde Liquidität in der Realisierung seines großen Traums stetig ausgebremst hat. Mit anderen Worten: Er hatte das Talent, es zu schaffen, aber nicht das notwendige Geld. Motorsport ist teuer. Extrem teuer. Es reicht schon lange nicht mehr, einfach nur gut zu sein. Du musst es dir auch leisten können. Und das war bei Austin nicht der Fall, weshalb er immer mal wieder Rennen aussetzen musste, weil er nicht das notwendige Startgeld zusammenbekam, oder er sich nur zwei und nicht vier Reifen leisten konnte.«

»Verstehe«, murmelt Riley. »Deshalb nennt er dich also ständig *Prinzessin*.«

Ich nicke zustimmend. »Er ist der Meinung, dass ich es nur so weit nach oben geschafft habe, weil mein Vater mir alles finanziert und mir meine Siege somit quasi gekauft hat, während er nie wirklich eine Chance hatte, weil der finanzielle Nachteil ihm nie eine gleichberechtigte Ausgangsposition ermöglichte.«

»Gekränktes Männerego lässt grüßen«, witzelt Riley. »Was für ein Idiot.«

Ich zucke mit den Schultern. »Ich kann seinen Standpunkt schon verstehen. Das Leben ist nicht fair und wenn du arm geboren wirst, gibt es erst einmal nichts, was du daran ändern kannst. Vielleicht, wenn du erwachsen bist, ja. Aber nicht, wenn du einen Traum hegst, den du vor dem Erwachsen werden verwirklichen musst, weil du sonst zu alt dafür bist.«

»Das mag sein, aber dein Können und Talent anzuzweifeln, bloß weil er mittellos geboren wurde, ist ein bisschen zu einfach gedacht, oder?«, kontert Riley und trinkt einen Schluck aus ihrer Tasse. »Dein Vater hätte dir zwar das beste Material kaufen können, aber fahren musstest du diese Rennen immer noch selbst. Und kein Material der Welt ist so gut, als dass es eine mangelnde fahrerische Leistung ausgleichen könnte, zumal in den Regularien – auch in den Nachwuchsklassen – klar ausgelegt ist, wie und womit die Autos gebaut werden müssen. Da bringt dir selbst das beste Material der Welt nicht viel.«

Rileys ehrliche Worte sorgen dafür, dass sich meine verkrampften Schultern, von denen ich nicht einmal bemerkt habe, dass ich sie während meiner Erzählung angespannt hatte, etwas lockern. Ich kenne Riley gut genug, um zu wissen, dass sie niemals etwas sagen würde, nur damit ich mich besser fühle. Sie ist ehrlich und direkt und genau aus diesen Gründen zählt sie zu meinen besten Freundinnen. Auch wenn die Wahrheit unbequem und hässlich wäre, würde sie mir diese dennoch nicht vorenthalten, weil Ehrlichkeit und Offenheit tief in ihr verwurzelt sind.

»Ich denke, dass man sich darüber streiten kann und ich verstehe auch, dass Austin sich benachteiligt gefühlt hat. Aber, was mich wirklich verletzt, ist, dass er keine Gelegenheit ausgelassen hat, mir zu sagen und zu zeigen, dass ich in seinen Augen nichts wert bin und ich es allein meiner Abstammung verdanke, dass ich es im Motorsport so weit geschafft habe. Austin hat mich nie respektiert. Er hat meine Siege nie anerkannt. Keinen einzigen davon. Für ihn war ich nie ebenbürtig. Er hat mich immer für das gehasst, was ich bin. Nur leider kann ich nicht ändern, wer ich bin. Also gab es für mich nie eine Chance, mich seinem Hass zu entziehen. Ich bin nun mal eine Whitmore. Reich und privilegiert. Ob ich das will, oder nicht.«

Das Klirren von Rileys Teetasse, die sie geräuschvoll auf den Tisch stellt, lässt mich aufblicken. »Alles gut bei dir?«

»Das fragst *du mich*?« Riley schiebt energisch ihren Stuhl zurück, steht auf und zieht mich in eine stürmische Umarmung, die mir die Luft abschnürt.

»Ich hab' dich ganz doll lieb, Skye Whitmore und es ist mir scheißegal, ob du arm wie eine Kirchenmaus oder reich wie eine Kaiserin bist. Nichts davon ändert etwas daran, wie unglaublich warmherzig, talentiert, fleißig und wunderschön du bist, okay? Lass dir von niemandem etwas anderes einreden. Und schon gar nicht von einem so unterbelichteten Vollidioten wie Austin Arschloch Ashcroft.«

Ihre Worte bringen mich zum Lächeln und ich erwidere ihre Umarmung, weil es genau die wärmende, freundschaftliche Liebe ist, die ich nach diesem gedanklichen Ausflug in meine Vergangenheit jetzt brauche.

»Warum hast du mit dem Rennfahren aufgehört?«, will Riley wissen, als sie sich wieder auf ihrem Platz niederlässt und sich ein Stück Schokolade in den Mund schiebt, das uns eine der Kellnerinnen angeboten hat.

Ihre Frage trifft mich, auch wenn sie nicht unerwartet kommt. Es ist die logische Konsequenz meiner Erzählung. Denn schließlich verdiene ich mein Geld heute nicht mehr *auf*, sondern *neben* der Rennstrecke. Es ist deshalb vollkommen verständlich, dass Riley nach dem Grund dieses ungewöhnlichen Karrierewechsels fragt.

Allerdings ist das ein Thema, über das ich nicht reden möchte und kann. Nicht hier. Nicht jetzt. Und nicht mit ihr. Die Emotionen, die damit einhergehen, würden mich zerstören. Und Austin gleich mit. Und obwohl ich ihm rein gar nichts schulde, will ich ihn davor bewahren und schützen.

Also sage ich bloß: »Ich hatte einen Unfall. Und

danach war nichts mehr wie zuvor. Aber das ist lange her und ich habe damit abgeschlossen. Mein Leben gefällt mir, so wie es jetzt ist und es gibt nichts, was ich daran ändern möchte.«

Riley sieht mich eine Zeit lang prüfend an und ich kann spüren, dass sie weiß, dass ich ihr etwas verschweige. Doch zu meiner Erleichterung geht sie nicht weiter darauf ein, sondern wechselt mit dem für sie so typisch, diebischen Grinsen das Thema.

»Na schön, Miss Geheimnisvoll. Dann erzähl mir stattdessen doch mal, warum du ausgerechnet mit dem Typen knutschst, der dich angeblich so abgrundtief hasst. Denn das ergibt für mich so gar keinen Sinn.«

Ich kaue nervös auf meiner Unterlippe und schaue mich verstohlen nach Austin um, der jedoch nirgendwo zu sehen ist. Entweder hat er sich nach der Dusche in seinen Fahrerraum zurückgezogen, oder er ist bei den Ingenieuren und Mechanikern in der Garage.

»Wir ... also ... wir haben uns schon einmal geküsst. Damals, in der *Serie3*. Ich hatte den Grand Prix von Belgien gewonnen. Austin wurde zweiter und das seiner Meinung nach nur, weil ich das bessere Auto hatte. Wir haben gestritten. Heftig gestritten. Und auf einmal drückt er mich mitten im Streit auf dem Weg zum Podium gegen die Wand im Treppenhaus und küsst mich. Es war ...« Ich schlucke und fasse mir bei der Erinnerung an seinen stürmischen, wütenden Kuss an den Hals, wo ich noch immer seine Hand, die meine Kehle fest umschlungen hält, zu spüren glaube. »Es war unglaublich. Sein Kuss ... er hat mich fliegen lassen. Ich habe mich gefühlt wie ein Feuerwerk der Emotionen, das gezündet wird. Leicht, berauschend und hoch explosiv. Es ... es ist schwer in Worte zu fassen.«

Riley grinst in ihre Tasse hinein und schnaubt amüsiert. »Das musst du nicht. Ich weiß genau, wie es sich anfühlt, wenn dich der Mann, den du eigentlich hasst, auf einmal küsst, glaub mir.«

Ich erwidere ihr Grinsen bei der Erinnerung daran, wie Dante Di Santo und sie sich anfangs bekriegt und dann plötzlich genauso leidenschaftlich geliebt haben.

Doch das mit Austin und mir ist etwas anderes. Ich hasse ihn nicht. Das habe ich noch nie. Aber er hasst mich. Auch wenn er behauptet, dass er es nicht tut.

»Er hat damals behauptet, er hätte mich bloß geküsst, damit ich endlich den Mund halte und ihn nicht weiter nerve.«

»Und das hast du ihm geglaubt?«, fragt Riley spöttisch. »Bitte!«

Ich zucke mit den Schultern. »Warum sonst hätte er das tun sollen?«

Sie legt den Zeigefinger an ihre Wange und spitzt nachdenklich die Lippen. »Na mal überlegen. Vielleicht, weil er insgeheim auf dich steht, aber sein Macho Ego nicht wahrhaben will, dass er ausgerechnet in die Frau verschossen ist, die ihn auf der Rennstrecke bei den Eiern packt und ihm den Arsch versohlt?«

»Riley ...« Ich kichere und schüttele ungläubig den Kopf. »Das glaube ich nicht. Austin war nie in mich verschossen.«

»Sicher?«

Ich nicke. »Ja, ganz sicher. Er hatte immer Freundinnen. Ständig wechselnde, wunderschöne und super attraktive Freundinnen. Da passe ich nicht ins Bild. Ich war dünn, blass und schüchtern. Keine dieser perfekt geschminkten, kurvigen und sexy Frauen, die einen Mann allein mit ihrem Augenaufschlag um den Verstand bringen.«

»Und doch hat Austin dich geküsst. Damals und … heute. Mal angenommen, wir glauben ihm, dass er das damals nur getan hat, um dich zum Schweigen zu bringen. Was war dann heute seine Ausrede? Warum hat er dich heute geküsst?«

Tja … das ist eine gute Frage.

»Keine Ahnung«, erwidere ich aufrichtig. »Ich habe ihn gefragt, warum er mich dermaßen hasst und er hat geantwortet, dass er das nicht tut und … mich geküsst.«

Riley atmet geräuschvoll aus und lehnt sich mit einem wissenden Lächeln in ihrem Stuhl zurück. »Er hasst dich also nicht, sondern küsst dich. Mehrmals. Und das nicht zu wenig, Süße. Bei eurem Kuss bin selbst ich feucht geworden. Und ich date einen extrem versauten, wilden und hemmungslosen Rennfahrer, der es mir nach allen Regeln der Kunst an den verrücktesten Orten dieser Welt besorgt. Also will das was heißen.«

»Was … was meinst du damit?«, stammele ich sichtlich verunsichert.

»Das weißt du, Skye. Und wenn nicht, solltest du dringend mal darüber nachdenken.«

Das Klingeln ihres Handys unterbricht unsere Unterhaltung genau in dem Moment, in dem ich sie unbedingt fortführen will.

Doch die Verkündung des definitiven Rennabbruchs sorgt dafür, dass mit einem Mal Aufbruchstimmung herrscht und jede von uns auf ihren Posten zurückkehren muss, um Presse und Gäste zu verabschieden und um die Fracht für das nächste Rennen vorzubereiten.

Denn alles, was wir für dieses Rennen aufgebaut haben, muss jetzt auch wieder abgebaut und verpackt werden. Und das bedeutet eine Menge Arbeit und wenig Zeit zum Reden.

Vielleicht ist das auch besser so.

12
AUSTIN

Vor dem Grand Prix von Bahrein findet auch an diesem Mittwochnachmittag wieder das alljährliche Kartrennen von *Titan Racing* statt.

Von Dante weiß ich, dass die Chefetage von *Titan Racing* dem Team in Bahrein jedes Jahr ein Kartrennen ermöglicht, in dem die Mitarbeiter in verschiedenen Teams gegeneinander um den Sieg fahren können und es für alle einen kostenlosen Imbiss und *Gute Laune* Musik gibt.

Solche Teambuilding Events scheinen bei *Titan Racing* einen hohen und wichtigen Stellenwert zu haben, denn neben dem Kartrennen in Bahrein, gibt es auch noch einen Karaoke Abend während des Japan Grand Prix, einen Steak Abend während des US Grand Prix und einen Pizza Abend während des Italien Grand Prix.

Vielleicht ist das eine der Geheimzutaten, warum

dieses Team seit Jahren so erfolgreich und die Harmonie im Team so greifbar ist. Denn wenn Menschen sich wertgeschätzt, respektiert und wohl fühlen, spornt sie das zu Höchstleistungen an und motiviert sie, ihr Bestes zu geben.

Als ich heute an der Kartbahn mit Dante aus dem Auto steige, ist dort schon ordentlich was los. Das alkoholfreie Bier fließt bereits, die ersten Hot Dogs liegen schon auf dem Grill und die Musik dröhnt aus den Lautsprechern, während die Teammitglieder lachen und ausgelassen miteinander plaudern.

Ich lasse meinen Blick über die Bahn schweifen, während ich mit Dante zu dem Event gehe. Einige der Anwesenden drehen bereits die ersten Runden in ihren Karts, um sich mit der Strecke vertraut zu machen. Ihre Helme blitzen in der Sonne, die an dem wolkenlosen Himmel scheint und die Verbremser vermischen sich mit dem Klang der Musik, genauso wie der Geruch von verbranntem Gummi mit dem Duft von durchgebratenen Hot Dogs.

»Ich liebe dieses Team«, ruft Dante mir zu und klopft ein paar seiner Mechaniker, die gerade über die beste Rennlinie diskutieren, zur Begrüßung auf die Schulter. »Na Jungs, was geht?«

Ich geselle mich zu meinen Mechanikern und bin überrascht, als sie mir eröffnen, dass auch ich heute zum Einsatz kommen werde.

Eigentlich dachte ich, dass ich mich entspannt zurücklehnen und das wilde Treiben von der Seitenlinie aus beobachten kann. Doch falsch gedacht.

Sowohl Dante, wie auch ich müssen unser Können heute in einem vierer Team unter Beweis stellen.

»Kann ich mal die Aufstellung der Teams sehen?«, bitte ich Kenneth, der mir sein Handy vor die Nase hält.

Meine Augen huschen über die Liste bis ich meinen Namen entdecke. Ich fahre als Letzter und bilde eine Gruppe mit Kenneth und zwei meiner Mechaniker. Dante hingegen fährt mit Carl, seinem Renningenieur, Linus, seinem ersten Mechaniker und Byron, unserem Team Manager, der gleichzeitig auch Allegras Freund ist und den alle, die ihn besser kennen, nur Hunter nennen.

Ich will Kenneth das Handy gerade wieder zurückgeben, als mein Blick an einem Namen hängen bleibt, der mich innehalten lässt.

Skye Whitmore.

Überrascht hebe ich den Kopf und sehe mich um, kann sie jedoch nirgendwo entdecken.

»Skye fährt auch?«, frage ich deshalb an Kenneth gewandt.

Er lacht. »Na sicher. Die ist ein echter Adrenalinjunkie und eine verdammt gute Rennfahrerin. Ihr Team hat letztes Jahr gewonnen. Und das Jahr davor auch.«

»Tatsächlich?«, murmele ich und spüre, wie der altbekannte Kampfgeist in mir erwacht.

Nach einem weiteren Blick auf die Liste weiß ich, dass sie mit zwei von Dantes Mechanikern, sowie seinem Manager, Liam, ein Team bildet und als Letzte an den Start gehen wird.

Somit fährt sie ihr Rennen also gegen mich.

Ich horche in mich hinein und versuche, herauszufinden, was diese Erkenntnis in mir auslöst.

Da ist Vorfreude. Denn mein letztes Rennen gegen Skye liegt bereits mehrere Jahre zurück. Und obwohl ich es nie zugeben würde, hat gegen sie zu fahren stets mein Bestes zu Tage gefördert. Denn um Skye Whitmore zu schlagen, musste man alles geben.

Dieser Umstand wiederum sorgt dafür, dass sich die Vorfreude in mir mit Nervosität vermischt, weil ich mir unmöglich von Skye den Sieg stehlen lassen kann.

Vor allem, weil wir hier alle mit dem gleichen Material und den gleichen Voraussetzungen starten. Wenn also jemand mit einem unfairen Vorteil ins Rennen geht, dann sind das einzig Dante und ich, weil es unser Beruf ist, Rennen zu fahren und wir die meiste Übung darin haben.

Sollte Skye also gegen mich gewinnen, muss ich diesen Sieg ohne Wenn und Aber anerkennen. Zum ersten Mal in meinem Leben.

So weit darf ich es auf keinen Fall kommen lassen.

Ich spüre, wie die Aussicht auf einen lustigen, geselligen Nachmittag und die Absicht, mein Team besser kennenzulernen von dem Willen, um jeden Preis zu siegen, abgelöst wird und ich mich innerlich anspanne.

Das ist doch absurd. Schließlich geht es hier um nichts. Es ist ein Team Building Nachmittag. Und doch weiß ich, dass mein Ego es nicht verkraften würde, wenn ausgerechnet Skye mich heute schlägt. Bei einem Sieg von Dantes Team wäre mein Ego vielleicht angekratzt, aber Skye würde es definitiv vernichten.

Als ich erneut aufsehe, geht sie gerade mit den anderen Mitgliedern ihres Teams zu den Karts, um sich einzufahren. Ihre Freundinnen Riley, Dakota und Allegra begleiten sie angeregt plaudernd.

Ich sehe, wie Dante sich zu Riley gesellt, ihr einen Kuss auf die Stirn gibt und etwas zu Skye und Liam sagt, was diese laut lachen lässt.

Bevor ich mich eines Besseren besinnen kann, setzen sich meine Füße auch schon in Bewegung und stoppen erst, als ich bei der erheiterten Gruppe angelange.

»Du fährst?«, frage ich an Skye gewandt und spare mir die Begrüßung.

Sie sieht an sich hinab und deutet auf ihren Rennanzug, in dem sie noch genauso heiß aussieht, wie damals.

»Sieht ganz so aus. Hast du ein Problem damit?«

Ich schüttele den Kopf und bemerke, dass uns die anderen neugierig beäugen und ihre Gespräche verstummen.

»Ob ich ein Problem damit habe, zu gewinnen? Wohl kaum. Hast du denn ein Problem damit, zu verlieren?«

Skye schnaubt verächtlich. »Das hätte ich allerdings. Aber da ich nicht verlieren werde, muss ich mir diese Frage zum Glück gar nicht erst stellen.«

»Das werden wir dann ja sehen«, kontere ich und gehe mit ihr zu den Gokarts. »Lust auf ein kleines Rennen, so zum Warmwerden?«

Ich höre, wie Dante im Hintergrund leise lacht.

»Erinnern dich die beiden Streithähne an jemanden, Baby?«

»Aber sowas von«, entgegnet Riley und kichert. »Sie lieben sich. Sie wissen es nur noch nicht.«

Bei ihren Worten zucke ich erschrocken zusammen, weil sie offenbar wissen, was ich um jeden Preis zu verheimlichen versuche. Nämlich, dass ich seit Jahren bis über beide Ohren in Skye verliebt bin, obwohl kein Tag vergeht, an dem ich nicht versuche, sie stattdessen zu hassen.

»Du fängst aber nicht an zu heulen, wenn ich dich überrunde, oder?«, sage ich deshalb mit vor Sarkasmus triefender Stimme, um bloß nicht den Eindruck zu erwecken, dass mir diese Frau etwas bedeutet.

»Halt einfach die Klappe und such' dir ein Kart aus, Austin«, faucht Skye genervt.

»Ich lasse dir gern den Vortritt, Prinzessin.«

Sie hebt den Zeigefinger und schüttelt energisch den Kopf. »Vergiss es. Sonst heißt es nachher wieder, ich hätte das bessere Auto gehabt und nur deshalb gewonnen. Ich sag dir was: Warum suchst *du* mir nicht mein Kart aus, hm? Such das deiner Meinung nach schlechteste und lahmste Kart für mich aus und du wirst sehen, dass ich dich damit trotzdem mühelos hinter mir lasse.«

Ich quittiere ihre Forderung mit einem müden Lächeln und deute auf die zwei Karts in der ersten Reihe.

»Wir nehmen die da. Du links, ich rechts. Zehn Runden, eine Aufwärmrunde. Riley gibt das Kommando. Letzte Chance, auszusteigen, Prinzessin.«

Skye setzt als Antwort demonstrativ ihren Helm auf und klappt entschieden das Visier herunter.

Na schön. Ganz wie sie will.

Dante kommt zu mir und klopft mir auf die Schulter. »Viel Glück, Kumpel. Du wirst es brauchen.«

Dann dreht er sich zu dem Rest des Teams um, das nichts von unserem kleinen Privatrennen mitbekommen hat, steckt zwei Finger in den Mund und pfeift laut.

»Hey Leute. Alle mal herkommen. Hier gibt es gleich eine richtig geile Show zu sehen.«

Skyes und mein Kart stehen nebeneinander an der Startlinie.

Riley geht mit einer Zielflagge in die Mitte der Kartbahn, etwa zwei Meter vor uns. Sie trägt heute einen schwarzen Ledermini, ein schwarzes, weit ausgeschnittenes Top und schwarze, schwere Boots. Damit macht sie ihrem Ruf als wilder Vamp alle Ehre.

Dante, der sie von der Seitenlinie aus mit raubtierhaften Blicken vernascht, scheint eindeutig zu gefallen, was seine Freundin da trägt.

Ich habe dafür jedoch kein Auge. Denn die einzige Frau, die mich interessiert, sitzt im Kart neben mir und ist festentschlossen, das bevorstehende Rennen gegen mich zu gewinnen.

»On your marks«, ruft Riley, woraufhin Skye und ich bis zu der Markierung vorfahren.

»Ready«, ertönt es, kaum dass wir unsere Positionen eingenommen haben.

Mein Puls schnellt in die Höhe und pocht laut in meinen Ohren.

»Set.«

Ich atme ein letztes Mal tief ein.

»Go.«

Entschlossen trete ich das Gaspedal durch und spüre den Fahrtwind, der keine Sekunde später an meinem Helm vorbeizischt.

Skye und ich jagen Kopf an Kopf auf die erste Kurve zu. Ich kann sie aus meinen Augenwinkeln sehen. Wir sind gleich auf. Die Frage ist, wer zuerst bremsen wird. Sie oder ich.

Skye ist innen, hat somit einen kleinen Vorteil, weil ich die Außenlinie und damit den weiteren Weg durch die Kurve nehmen muss.

Sie nutzt den minimalen Vorsprung und sichert sich am Kurvenausgang die Ideallinie, womit sie nun offiziell vor mir ist.

Fuck!

Ich besinne mich darauf, dass wir uns lediglich in der ersten von zehn Runden befinden und mir noch über neun Runden bleiben, um sie zu überholen und hinter mir zu lassen.

Doch zu meinem Leidwesen hält sich Skye hartnäckig und blockt jedes meiner Überholmanöver erfolgreich ab.

Jedes Mal, wenn wir an der Start- und Zielgeraden

vorbeikommen, jubeln die Teammitglieder und feuern uns an.

Es freut mich, dass sie Spaß haben, aber ich hätte bedeutend mehr Spaß, wenn ich Skye endlich überholen könnte.

Runde vier geht zu Ende und noch immer hänge ich an ihrem Hinterrad.

Bisher bin ich fair und umsichtig gefahren, doch jetzt wird es Zeit, es auf die harte Tour zu versuchen. Schließlich ist das hier ein Autorennen und kein netter Spaziergang im Park. Wenn Skye gewinnen will, muss sie sich auf einen Angriff von mir einstellen.

In der nächsten Kurve täusche ich links an, ziehe dann allerdings rechts vorbei, sodass ich nur noch eine halbe Kartlänge hinter ihr liege.

Theoretisch müsste ich zurückstecken, weil sie vorne liegt, doch ich bleibe innen und biete ihr damit zwei Optionen: Entweder sie öffnet die Lenkung und vermeidet damit eine Berührung, oder sie geht auf Kollisionskurs und riskiert, dass wir uns gegenseitig abschießen.

Ich lasse es darauf ankommen und jubele innerlich, als sie nachgibt und ich durch die eigentlich nicht vorhandene Lücke schlüpfe, was mir die Führung sichert.

Na also! Geht doch!

Ich trete das Gaspedal durch und versuche, Distanz zwischen uns zu bringen, doch zwei weitere Runden vergehen und Skye klebt an meinem Hintern wie ein Schatten, der jede meiner Bewegungen imitiert und mich zu einem Fehler verleiten will, der es ihr ermöglicht, die Führung zurückzugewinnen.

Sie ist noch immer dieselbe kleine Raubkatze wie damals. Ständig auf der Jagd. Lauernd. Blutrünstig. Und bereit, im richtigen Moment zuzuschlagen.

Doch ich bin wachsam. Und fest entschlossen, zu gewinnen.

Auch wenn sie mich nicht entkommen lassen will, vorbeilassen werde ich sie auf keinen Fall. Denn obwohl ich nie Geld besessen habe, so hatte ich von jeher eine Sache, die mir niemand nehmen konnte: den unbändigen Willen zu gewinnen.

Und genau dieser lässt mich jetzt über die Strecke fliegen. Kurve um Kurve. Runde für Runde.

Egal, was Skye versucht, ich lasse sie nicht vorbei, auch wenn sie mir das Leben verflucht schwer macht.

Doch ausgerechnet in der letzten Kurve trete ich eine Millisekunde zu spät auf die Bremse und komme ins Rutschen. Skye nutzt diese winzige Schwäche eiskalt aus und zieht neben mich.

Kopf an Kopf rasen wir aus der Kurve auf die Zielgerade, auf der Riley mit der Zielflagge bereitsteht.

Ich blende alles um mich herum aus. Höre nichts, außer meinen eigenen Herzschlag. Sehe nichts, außer die schwarz-weiß karierte Flagge, die ich um jeden Preis als Erster erreichen muss.

Ich trete das Gaspedal so fest durch, dass mein Fuß schmerzt und rase mit einem hauchdünnen Vorsprung vor Skye über die Ziellinie.

Holy Shit! Das war knapp.

Ich drehe eine weitere Runde, in der ich versuche,

die geschockten Gesichtszüge unter meinem Helm unter Kontrolle zu bringen, damit die anderen nicht sehen, dass ich mir wegen Skye fast in die Hose gemacht habe und atme tief durch, um meinen Herzschlag wieder auf eine gesunde Anzahl pro Minute zu senken.

Als ich eine Runde später neben Riley abbremse, aufstehe und meinen Helm ausziehe, blicke ich mit einem aufgesetzten, triumphierenden Lächeln auf Skye hinab, die zwei Sekunden nach mir ankommt und ebenfalls ihren Helm abnimmt.

»Dafür, dass es hier einzig und allein aufs Können ankam, warst du gut, Prinzessin, wenn auch nicht gut genug. Aber das überrascht ja weder dich noch mich.«

Ich lächele herablassend und presse die Zähne fest aufeinander, als bei meinen Worten ein trauriges Flackern durch ihre Augen huscht.

»Wie siehts aus, willst du dem Sieger nicht gratulieren, Whitmore?«

Skye funkelt mich wütend an und deutet auf die zweite Kurve. »Das Manöver war nicht fair. Hätte ich nicht nachgegeben, wären wir beide abgeflogen.«

»Das nennt sich *Racing*, Prinzessin. Wenn du nicht bereit bist, *all in* zu gehen und alles für den Sieg zu riskieren, hast du auf der Rennstrecke nichts verloren. Ist vielleicht besser, dass du deine Karriere damals so leichtfertig weggeschmissen hast.«

Skye sieht mich fassungslos an, dabei sage ich nur die Wahrheit. Die mag hart und ungemütlich sein, aber so what? That's life. So ist das beschissene Leben nun mal, ob man will, oder nicht. Und wenn ihr das noch niemand gesagt hat, wird es höchste Zeit, dass ich es tue.

Statt einer Antwort macht sie auf dem Absatz kehrt und stampft wütend davon.

»Lauf nur weg«, rufe ich ihr verärgert hinterher. »Das kannst du ja am besten.«

Als Reaktion darauf streckt sie die Hand in die Höhe und zeigt mir den Mittelfinger.

Sag mal … geht's noch?

Ich will ihr gerade nachgehen und sie für diese respektlose Geste zur Rede stellen, als ich Dantes Hand auf meiner Schulter spüre.

»Lass sie. Wütende Frauen sind wie Dynamit. Und du bist leider das Feuerzeug, das sie entzündet. Im Bett ist das geil, auf der Rennstrecke lebensgefährlich. Also lass uns jetzt das Rennen fahren, wegen dem wir heute alle hier sind, ja? Skye kriegt sich schon wieder ein.«

»Na gut«, murmele ich, sehe Skye aber dennoch wehmütig hinterher. »Das Manöver war doch okay, oder? Hartes Racing, ja. Aber nicht illegal.«

Dante verzieht grinsend das Gesicht. »Es war das dreckige, wenn auch legale Manöver eines ehrgeizigen Rennfahrers, der es auf die saubere Art nicht geschafft hätte, sie zu überholen. Das weißt du so gut wie ich. Und sie weiß es auch.«

Als Dante meinen verblüfften Gesichtsausdruck auffängt, zuckt er amüsiert mit den Schultern. »Sorry, Kumpel. Aber das ist die Wahrheit, auch wenn sie dir nicht gefällt.«

13
AUSTIN

»Noch ein Glas Wasser?«, fragt mich eine der Catering Girls, als ich am Donnerstagabend des England Grand Prix, der in diesem Jahr als erstes Europarennen in den April vorgezogen wurde, zusammen mit Toni, Byron und Dante im Motorhome zu Abend esse.

»Nein, danke«, entgegne ich und halte verstohlen Ausschau nach Skye, die ich heute kaum zu Gesicht bekommen habe.

Nicht, dass ich das müsste, um mich gut zu fühlen, aber dennoch war ein Tag ohne sie irgendwie ein verlorener Tag. Selbstverständlich würde ich das nie zugeben, aber das muss ich auch nicht. Es reicht vollkommen, dass ich das insgeheim, ganz tief in meinem Inneren, weiß, um mich maßlos darüber zu ärgern.

»Ich denke, dass wir kommende Saison mit einem

eigenen Team in der *F-Series* einsteigen sollten«, sagt Byron in diesem Moment und zieht damit meine Aufmerksamkeit auf sich.

»In der *Female Series*?«, hake ich nach und schiebe mir noch eine Gabel von meinem Lachs in den Mund.

»Ja. Sie wird von Jahr zu Jahr beliebter und abgesehen von den PR-Vorteilen, die wir uns dadurch verschaffen könnten, würden wir auch Frauen im Motorsport fördern und ihnen eine Chance geben, ihren Traum von einer professionellen Rennsportkarriere zu leben.«

Toni brummt zustimmend. »Ich sehe darin auch nur Vorteile. Es gibt so viele talentierte Frauen im Motorsport und so wenig Möglichkeiten für sie, ihr Potenzial zu entfalten. Das sollten wir ändern. Und ein eigenes Team in der *F-Series* wäre zumindest ein Anfang.«

»Wenn ihr das wirklich tun wollt, solltet ihr Skye unbedingt eines der beiden Cockpits geben«, sprudelt es aus mir heraus, bevor ich mich bremsen und mir auf die Zunge beißen kann.

Wieder einmal bewahrheitet sich die altkluge Weisheit, dass man erst denken und dann sprechen sollte.

Denn jetzt sind drei Augenpaare auf mich gerichtet und wollen wissen, was es mit meiner Forderung auf sich hat, wobei Dantes schelmisches Grinsen mir verrät, dass er genau weiß, warum ich das gesagt habe.

»Skye?«, wundert sich Toni. »*Unsere* Skye? Skye Whitmore? Die Chefin des *Titan Racing* Caterings?«

»Mhhm, genau die”, murmele ich, nun deutlich

verhaltener, weil ich gerade meinen Plan, nach außen hin vorzugeben, Skye nicht ausstehen zu können, selbst zerstöre. Und zwar so richtig.

»Wie kommst du ausgerechnet auf Skye?«, will Toni wissen und beugt sich interessiert vor.

Sieht ganz so aus, als müsste ich jetzt in den sauren Apfel beißen, frei nach dem Motto, wer *A* sagt, muss auch *B* sagen. Das nächste Mal halte ich vielleicht besser die Klappe und sage gar nichts.

»Wir ... also ... Skye und ich ... wir ...«

Ich breche ab und schüttele innerlich den Kopf über mich selbst. Das ist ja nicht zum Aushalten.

»Skye und ich sind früher gegeneinander Rennen gefahren, zuletzt in der *Serie3*. Irgendwann hat sie dann ihre Karriere aufgegeben, ich habe weitergemacht. Als wir vor ein paar Wochen im Kartrennen in Bahrein gegeneinander angetreten sind, habe ich erkannt, dass sie immer noch richtig schnell ist. Ich glaube, dass sie in der Lage ist, Rennen in der *F-Series* zu gewinnen. Und vielleicht sogar die Meisterschaft.«

Toni pfeift anerkennend. Da er in Bahrein erst am Freitag angereist ist, hat er von den Ereignissen auf der Kartrennbahn offenbar nichts mitbekommen, weshalb das hier neu für ihn ist.

»Was meint ihr? Ihr wart doch auch dabei, oder?«, fragt er an Byron und Dante gewandt.

Byron nickt beipflichtend. »Austin hat recht. Skye ist wirklich schnell unterwegs. Sie hat definitiv Talent. Wenn man ihre rennsportliche Vergangenheit berücksichtigt, klingt die Idee gar nicht mal so abwegig.«

»Dante?«

Dante sieht zu mir und grinst. Der Typ ist echt ein Dauergrinser und wäre er nicht so entspannt, lässig und cool, würde mich das echt nerven.

»Skye hat es drauf, ja. Sie hat dem Grünschnabel hier ordentlich den Hintern versohlt. Vielleicht sollten wir ihr Austins Cockpit geben und schauen, ob sie es im Gegensatz zu ihm aufs Treppchen schafft.«

»Vielen Dank auch, du Penner«, zische ich in Dantes Richtung und ernte dafür ein selbstgefälliges Lächeln.

»Aber immer doch.«

Leider hat Dante nicht ganz unrecht mit seiner Stichelei. Obwohl ich seit dem ausgefallenen Australien Grand Prix mittlerweile schon drei Rennen für *Titan Racing* bestritten habe, war mein bestes Resultat bisher Platz fünf. Zwar habe ich mich von Rennen zu Rennen gesteigert, doch vier Rennen mit nur einem *Titan Racing* Fahrer auf dem Podium bedeutet für uns aktuell Platz zwei in der Konstrukteurswertung. Und zwar hinter *Racing Rosso*.

Dass das nicht akzeptabel ist, leuchtet mir ein und ich reiße mir ja auch tagtäglich den Arsch auf, um dieses Ranking schnellstmöglich umzukehren, aber es braucht eben seine Zeit. Und leider ist Zeit etwas, von dem man in der *Serie del Rey* nicht viel hat, wenn es darum geht, sich zu beweisen.

Noch während ich in meinen düsteren Gedanken festhänge, höre ich Toni rufen: »Skye, Schätzchen, kommst du mal zu uns rüber?«

Augenblicklich spannt sich mein Körper an wie

eine Katze, die Gefahr wittert und nicht weiß, ob sie sich totstellen oder fliehen soll.

Ich kann Skye riechen, noch bevor ich sie sehe. Es ist ihr lieblicher, sinnlicher Duft nach pudrigen Veilchen, der meine Sinne flutet und meine Kopfhaut wie eine entspannende Massage zum Prickeln bringt.

»Brauchst du etwas, Toni?«, höre ich sie in einer Stimmlage sagen, die einzig den Menschen vorbehalten ist, die sie mag.

Also nicht mir.

Ich wage es nicht, aufzusehen, weil ich befürchte, dass mich ihr Blick gleich erdolchen wird. Also sehe ich hochkonzentriert auf die Serviette vor mir und warte darauf, dass mein Todesurteil gefällt wird.

»Wir sprachen eben darüber, dass wir gerne mit einem eigenen Team in der *F-Series* an den Start gehen würden und Austin meinte, dass du eine geeignete Kandidatin für eines der *Titan Racing* Cockpits wärst. Ich wusste ja gar nicht, dass du auch mal Rennen gefahren bist. Davon hast du mir nie was erzählt. Lass uns die Tage doch mal in Ruhe sprechen, ja? Ich würde gerne mehr darüber erfahren und wer weiß, vielleicht wäre die *F-Series* ja tatsächlich eine Möglichkeit für dich.«

Stille.

Es ist so leise in dieser Etage des Motorhomes, dass man selbst die nicht anwesenden Flöhe niesen hören könnte, während alle darauf warten, dass Skye sich äußert.

Doch das tut sie nicht.

Also nehme ich all meinen Mut zusammen und sehe zu ihr auf.

Ein Fehler.

Denn in ihren zornig funkelnden, meerblauen Augen tobt ein Sturm, der mich fest ins Visier genommen hat.

»Das ist wirklich lieb von dir, Toni. Aber ich bin mit meiner Arbeit für das Team glücklich und zufrieden. Mit meiner Vergangenheit und allem, was dazugehört, habe ich schon vor langer Zeit abgeschlossen und habe kein Interesse daran, sie wieder aufleben zu lassen. Ich wünsche euch noch einen schönen Abend.«

Während ihre höflichen, aber bestimmten Worte an Toni adressiert sind, gelten sie in Wahrheit jedoch mir. Und zwar jedes einzelne davon.

Jedes einzelne Wort ist ein Giftpfeil, der zielgenau mein schlechtes Gewissen trifft und mich zutiefst verlegen zurücklässt.

14
SKYE

Ich gehe in die Küche, die sich im an das Motorhome angrenzenden Container befindet, um mit dem Koch über das morgige Menü zu sprechen. Doch bevor ich das tue, reiße ich die Tür des Kühlschranks auf und schnappe mir eine der Schokoladenpudding Schüsseln, sowie den größten Löffel, den ich finden kann.

Mit vor Wut zitternden Fingern tauche ich den Löffel in das braune Zuckermeer und schiebe es mir in den Mund. Die Geschmacksexplosion der Zuckermoleküle, oder wie auch immer man das nennt, besänftigt mich und sorgt dafür, dass ich mit jedem Bissen ruhiger werde.

Ich kann nicht fassen, dass Austin bei meinem Boss über mich getratscht hat. All die Jahre habe ich alles daran gesetzt, unter dem Radar zu fliegen. Ich wollte nicht, dass man weiß, zu welcher Familie ich gehöre und auch nicht, dass ich es fast bis zur Profirennfahrerin geschafft hätte.

Ich wollte einfach nur Skye sein. Nicht die reiche, privilegierte Prinzessin, die ich immer für Austin war.

Doch dank ihm sind jetzt all meine Mühen der letzten Jahre zunichte gemacht worden und ich werde mich fortan mit Fragen, Neckereien und Getuschel auseinandersetzen müssen.

Na vielen Dank auch.

Kaum, dass ich die Schüssel Schokoladenpudding geleert habe und sie abspüle, öffnet sich die Tür zur Küche.

Ich setze ein gezwungenes Lächeln auf, weil ich nicht will, dass Chen, unser Koch, meine miese Laune bemerkt und wende mich ihm zu.

Doch leider ist es nicht Chen, der da eben zur Tür hereingekommen ist, sondern Austin.

Mein Lächeln fällt wie ein Kartenhaus unter einem Windstoß in sich zusammen, als ich ihn in seinen lässigen, tiefsitzenden Jeans, dem Teamshirt, das um seine Arm-, Hals- und Bauchmuskulatur spannt, sowie den verstrubbelten Haaren entdecke.

»Das hier ist nur für Personal«, sage ich und widme mich wieder meiner Schüssel und meinem Löffel, die ich nun hochkonzentriert säubere. Selbst dort, wo sie schon blitzeblank sauber sind.

»Können wir reden?«, fragt Austin, wobei das Knirschen seiner Zähne dafür sorgt, dass mir die Haare zu Berge stehen.

»Wie wäre es, wenn du zur Abwechslung mal schweigst, Ashcroft? Du redest für meinen Geschmack nämlich viel zu viel. Vor allem über andere. Wieso hast du Toni von meiner Vergangenheit erzählt? Die geht niemanden etwas an.«

Meine Stimme klingt sauer und vorwurfsvoll und spiegelt meine Gefühle eins zu eins nach außen wider. Normalerweise versuche ich das, was ich fühle, stets vor der Außenwelt zu verbergen, aber bei Austin Ashcroft gelingt mir das in den seltensten Fällen.

»Ich habe es doch bloß gut gemeint. Toni hat erwähnt, dass er darüber nachdenkt, mit *Titan Racing* in die *F-Series* einzusteigen, weil er sich dafür einsetzen will, dass auch Frauen ihren Traum von einer Karriere im Motorsport verwirklichen können. Und da habe ich deinen Namen in den Ring geworfen, weil es immer dein großer Traum war, Rennfahrerin zu werden. Und weil ... also, weil ..., weil du echt gut darin bist.«

Was sagt er da?

Hat er gerade tatsächlich ...

Ich traue meinen Ohren kaum und bin der festen Überzeugung, dass mir mein Verstand gerade einen Streich spielt. Austin Ashcroft würde niemals zugeben, dass ich eine gute und talentierte Rennfahrerin bin. Eher würde er sich die Zunge abbeißen, oder für immer schweigen.

Langsam drehe ich mich zu ihm um.

»Hast du gerade wirklich gesagt, dass ich eine echt gute Rennfahrerin bin, oder habe ich mir das nur eingebildet?«

Meine Augen fixieren sein Gesicht, verfolgen jede seiner Regungen, weil nichts auf der Welt mich in diesem Moment mehr interessiert, als seine Antwort auf diese eine Frage.

Er windet sich wie eine Schlange auf dem staubigen Sandboden, während er in seinem Inneren einen Kampf mit sich auszufechten scheint, auf dessen Ausgang ich so gespannt bin, wie ein kleines Kind auf die Geschenke des Weihnachtsmanns.

»Hast du oder hast du nicht?«, lege ich nach und stemme die Hände in die Hüften.

»Schon möglich, dass ich das gesagt habe«, versucht Austin sich rauszureden. Er schiebt die Hände in die Hosentaschen seiner Jeans und blickt stur zu Boden.

»Hat es sehr weh getan?«

»Was?«, murmelt er verdutzt.

»Zuzugeben, dass ich Talent und Können besitze. Denn früher hast du immer das genaue Gegenteil davon behauptet. Also gibst du zu, dass du all die Jahre gelogen hast?«

»Wo, wo, wo ... jetzt mal langsam.« Austin hebt abwehrend die Hände und kommt auf mich zu. »Lass uns doch die Kirche im Dorf lassen, Skye. Warum müsst ihr Frauen bloß immer so dramatisch sein?«

»*Dramatisch*?« Meine Stimme ist drei Oktaven höher, als sie es für gewöhnlich ist, was wohl daran liegt, dass mich Austins Wortwahl auf die Palme bringt. »Was bitte ist an meiner Frage *dramatisch*?«

Ich schüttele fassungslos den Kopf und gehe zur Arbeitsplatte hinüber, wo ein Schneidebrett und ein scharfes Messer neben zehn Karotten liegen, die kleingeschnitten werden müssen.

Definitiv nicht meine Aufgabe, aber wenn ich meine Hände nicht sofort mit etwas beschäftige, kann es gut sein, dass ich sie an Austins Hals platziere, um ihn zu erwürgen.

Nicht, dass ich ihn nicht auch mit dem Messer in der Hand erdolchen könnte, aber im Moment hat das Karotten Konfetti Vorrang.

»Du kannst ja wohl kaum bestreiten, dass du immer das beste Material und die besten Mechaniker hattest, oder?«, kontert Austin.

Ich rolle genervt mit den Augen. Nicht schon wieder dieses leidige Thema.

»Geld kauft einem so einiges, Austin. Aber sicher kein Talent und kein fahrerisches Können. Außerdem bin ich doch nicht die Einzige, die damals viel Geld hatte. Was ist mit Caleb, Juarez und Simelli, hm? Auf denen hast du nie herumgehackt, obwohl sie allesamt mit richtig viel Kohle aufgewartet haben. Mit ihnen hast du abgeklatscht, als sie gegen dich gewonnen haben. Ihnen hast du auf dem Podium die Hand geschüttelt. Nur mir war das nie vergönnt. Warum, Austin? *Warum*? Warum hast du nie zugeben können, dass ich schlicht und ergreifend besser war als du?«

»Weil du es nicht warst.«

»Und ob ich das war, verdammt nochmal!«

Ich ramme das Messer mit der Wucht meiner Worte in das Schneidebrett, rutsche jedoch an dem feuchten Holz ab, sodass ich mir stattdessen den Handrücken aufschlitze.

»Shit!« Ich sehe auf meine Hand hinab, durch die ein stechender Schmerz zuckt. Keine Sekunde später quillt dunkles, rotes Blut aus dem Schnitt und benetzt meine Hand wie eine zurückkehrende Flut den Strand.

Ich schmecke Eisen. Gleichzeitig zieht sich meine Kehle zu und ich bekomme keine Luft, weil ich kein Blut sehen kann.

Noch zwei, maximal drei Sekunden, dann werde ich umfallen, wie ein angestoßener Dominostein.

Vor mir beginnt sich alles zu drehen und ich spüre, wie meine Beine unter mir schlaff und kraftlos werden. Sie brechen weg und ich gehe hilflos zu Boden.

Den Aufprall spüre ich schon nicht mehr.

15
AUSTIN

Als Rennfahrer denkt man nicht in Sekunden, sondern in Hundertstelsekunden. Denn oftmals entscheidet eine Hundertstelsekunde Vorsprung über Sieg und Niederlage.

Und in diesem speziellen Fall entscheidet sie darüber, ob Skye auf den harten Boden fällt, oder in meine Arme.

Ohne auch nur einen Wimpernschlag darüber nachzudenken, springe ich nach vorn und fange sie auf. Es ist ein instinktives Handeln, getrieben von meinem Herz, das Skye beschützen und retten will.

Wie eine kleine, leblose Puppe liegt sie nun da und rührt sich nicht, während das Blut von ihrer Hand auf den weißen Boden tropft.

»Was für eine verfluchte Scheiße«, murmele ich und sehe mich hektisch um.

Unter der Spüle entdecke ich einen Stapel mit

sauberen Küchentüchern. Ich strecke mich und hangele mit den Fingerspitzen nach zwei der Tücher.

Eilig verbinde ich damit, so eng es möglich ist, Skyes Hand, um ihre Blutung zu stoppen.

Dann nehme ich sie auf meine Arme und gehe mit ihr zu dem Stuhl, der bei dem Tisch am anderen Ausgang der Küche steht.

Ich setze Skye vorsichtig darauf ab und lege ihren Oberkörper auf den Tisch, damit sie mir nicht vom Stuhl kugelt. Dann laufe ich zurück zum Waschbecken, fülle ein Glas mit kaltem Wasser und nehme mir ein weiteres Küchentuch, das ich ebenfalls in kaltes Wasser tränke.

Am liebsten würde ich den Teamarzt rufen, aber dann würde Skye mich sicherlich endgültig killen, sobald sie wieder zu sich kommt, weshalb ich stattdessen selbst Arzt spiele und hoffe, dass ich sie nicht aus Versehen umbringe, sondern es schaffe, sie wieder zurückzuholen.

Ich weiß noch von damals, dass Skye kein Blut sehen kann und dass das der Grund ist, warum sie zu Boden gegangen ist. Also schiebe ich den Stuhl mit Skye darauf zurück, was trotz ihrer zierlichen Statur eine echte Herausforderung ist und lege ihre Beine auf den Tisch, damit der Kreislauf sich wieder stabilisiert.

Dann wische ich ihr mit dem kalten, nassen Tuch über Nacken und Gesicht und tatsächlich, keine zwanzig Sekunden später, öffnet sie flatternd ihre Augenlider und sieht sich verwundert um.

»Willkommen zurück«, flüstere ich sichtlich

erleichtert und scheiße in diesem Moment darauf, ob man mir meine Sorge um Skye ansieht oder nicht.

»Was ist passiert?«, will sie wissen und nimmt einen Schluck Wasser aus dem Glas, das ich ihr reiche.

»Wir haben ...« Ich suche fieberhaft nach dem richtigen Wort, »*diskutiert* ... und du hast dich mit dem Messer da drüben«, ich deute mit der Hand zur Arbeitsfläche, »geschnitten.«

Skye folgt meinem Fingerzeig und ihr Blick verfinstert sich. »Ich erinnere mich. Du meintest, ich sei dramatisch.«

Ich lächele und lasse mich auf den Hintern fallen, wo ich tief durchatme und meine versteinerten Schultern entspanne. »Bist du ja auch. Dein Abgang eben ist der beste Beweis dafür.«

»Du hast dir Sorgen um mich gemacht«, stellt Skye fest. »Warum? Wenn ich sterbe, müsstest du dich wenigstens nicht mehr über meine Existenz aufregen.«

»Sag sowas nicht.« Ich runzele missbilligend die Stirn und kneife die Augen zusammen. Allein der Gedanke daran, dass Skye sterben könnte, katapultiert mich zu einem düsteren Tag in die Vergangenheit, den ich am liebsten für immer aus meinem Gedächtnis streichen würde.

»Warum?«, fragt Skye irritiert.

»Weil es nicht stimmt.«

»Du würdest mich also *nicht* lieber tot als lebendig sehen?«

»Nein«, sage ich nachdrücklich. »Mit wem soll ich mich sonst streiten, Prinzessin? Und jetzt lass den

Scheiß. Wir sollten zum Team Doc gehen, damit er deine Hand verbinden kann.«

Skye schüttelt den Kopf. »Erst, wenn du zugibst, dass du all die Jahre gelogen hast. Dass du Angst vor mir hattest und deshalb immer behauptet hast, ich sei bloß wegen des Geldes meiner Familie so gut.«

Ich stehe auf und wasche mir am Waschbecken Skyes Blut von den Händen. Das schenkt mir ein paar Sekunden Zeit, um über meine Antwort nachzudenken und sorgt dafür, dass ich ihr dabei nicht ins Gesicht sehen muss.

»Ich hatte keine Angst, okay?«

»Was war es dann?«

Unerwiderte und ungewollte Liebe.

Ich habe mich ausgerechnet in das Mädchen verliebt, das für alles stand, was ich verabscheute. Das ich für meinen schweren Start ins Leben verantwortlich gemacht habe. Und statt, dass dieses Mädchen mir, wie alle anderen Mädchen in ihrem Alter, hechelnd hinterherläuft und um meine Aufmerksamkeit buhlt, steigt sie vollkommen unbeeindruckt von meinem Charme in ihren verfluchten Rennwagen und zieht mir eiskalt die Hosen aus.

Aber das kann ich ihr wohl kaum sagen.

»Hör zu, wie du eben schon zu Toni sagtest: Du hast mit deiner Vergangenheit abgeschlossen. Und ich habe das auch. Also lassen wir sie doch ruhen und konzentrieren uns stattdessen auf die Gegenwart. Ich bin gekommen, um mich bei dir zu entschuldigen. Ich habe Toni bloß von deinem Talent erzählt, weil ich geglaubt habe, dir damit einen Gefallen zu tun. Dich zu verärgern war nicht meine Absicht und unter uns gesagt, verstehe ich noch immer nicht, wieso du dich so darüber aufregst. Denn nachdem ich dich ins Spiel gebracht habe, kam sowohl von Byron, wie auch von Dante, Zustimmung. Ich bin also nicht der Einzige, der glaubt, dass du in der *F-Series* gute Chancen hättest.«

Ich trockne meine Hände ab, lehne mich mit der Hüfte gegen die Ablage und drehe mich zu Skye um, die ihre schlanken Beine, die ich mir lieber nicht genauer ansehe, vom Tisch nimmt und auf den Boden stellt.

Ich gebe mir alle Mühe, mich auf ihr Gesicht zu konzentrieren, das langsam wieder an Farbe gewinnt und nicht etwa an ihre seidigen, zarten Beine, über die ich eben notgedrungen streichen musste, als ich sie auf den Tisch gelegt habe.

Nur leider gelingt mir das nicht, weil plötzlich Bilder vor meinem inneren Auge aufblitzen, wie sich Skyes sündige Beine um meine Hüften schlingen und mich antreiben, tief in sie zu stoßen.

Puh.

Ich reibe mir über das heiße Gesicht.

Gar nicht gut.

Kann mal jemand ein beschissenes Fenster öffnen und kalte Luft reinlassen?

Suchend sehe ich mich um, kann zu meinem Leidwesen jedoch nirgendwo eines entdecken.

»Die *F-Series* ist nur für Frauen«, meint Skye.

»Was du nicht sagst, Einstein. Falls du es noch nicht gewusst haben solltest, das F in der *F-Series* steht für Female«, spotte ich, weil ich dringend damit aufhören muss, ihr zu zeigen, wie wichtig sie mir ist.

»Wieso soll ich nur gegen Frauen fahren, wenn ich auch Männer schlagen kann? Das habe ich mehr als einmal unter Beweis gestellt. Wenn überhaupt, hätte ich damals in die *Serie del Rey* gehört, aber ganz sicher nicht in die *F-Series*, die sowieso nur zu PR-Zwecken existiert, um den Leuten vorzugaukeln, wie tolerant und offen es im Motorsport angeblich zugeht.«

»Das stimmt so nicht. Die *F-Series* ist mehr als ein PR-Konstrukt«, widerspreche ich.

»Ist sie nicht.«

»Ist sie wohl.«

»Nein.«

»Doch.«

»Nein.«

»Doch.«

»Doppel nein.«

»Dreifach doch.«

Ich atme tief und geräuschvoll ein. Dann wieder aus.

Na schön. Sieht ganz so aus, als würden wir hier auf keinen gemeinsamen Nenner kommen. Mal wieder.

»Wie dem auch sei: Du hast deinen Standpunkt klar gemacht. Keine *F-Series* für dich. Ist angekommen. Betrachten wir diese Diskussion als beendet.«

Skye sieht mich schweigend an. So, als läge ihr noch etwas auf der Seele. Ich stehe einfach nur da und bin unfähig, mich ihren meerblauen Augen zu entziehen. Also erwidere ich ihren Blick und schweige ebenfalls.

»Du verletzt mich, indem du mich für so etwas vorschlägst, weil es so aussieht, als würdest du mir nicht zutrauen, gegen dich und die ganz großen Namen zu fahren«, sagt sie schließlich und sieht traurig zur Seite.

Ich glaube, so etwas wie Tränen der Enttäuschung in ihren Augen glitzern zu sehen, für die mal wieder ich verantwortlich bin.

Ich wünsche mir wirklich, dass ich zur Abwechslung mal der Grund für ihr Lachen und für das Leuchten in ihren Augen sein kann. Doch dazu müsste ich ihr die Wahrheit sagen und das Risiko eingehen, dass sie nicht genauso empfindet wie ich.

Und so gern ich auch mutig und stark wäre, so muss ich mir doch eingestehen, dass ich das genaue Gegenteil davon bin. Denn ich schweige lieber und bewahre mir die Träume an heiße Küsse mit Skye, als dass ich meine Gefühle für sie laut ausspreche und mich und meine Werte damit verrate. Auch wenn dieses Vorhaben mit jedem Tag, an dem ich sie sehe, mehr bröckelt.

Es war für mich früher immer undenkbar, mich auf Skye einzulassen. Auf die Frau, die immer alles geschenkt bekam. Die nie für etwas arbeiten musste. Die nicht wusste, wie sich harte Arbeit, Angst, Schweiß und Zweifel anfühlen. Die ihren Sieg ausgeschlafen und entspannt einfahren konnte, während ich die ganze Nacht an meinem Auto geschraubt und auf dem Parkplatz geschlafen habe, weil ich mir kein Hotelzimmer leisten konnte.

Nie und nimmer hätte ich mich auf die Frau eingelassen, die alles hatte, was man sich wünschen konnte und es nicht zu schätzen wusste.

Und doch habe ich mich seit unserer ersten Begegnung aus mir unerklärlichen Gründen zu ihr hingezogen gefühlt. Egal, was ich dagegen getan habe, ich konnte diese Gefühle nicht unterbinden. Im Gegenteil. Sie wurden immer stärker. So stark, dass ich sie eines Tages auf dem Weg zur Siegerehrung allen Ernstes geküsst habe.

Der wohl beste Kuss meines Lebens.

Bei der Erinnerung daran, huscht ein kleines, melancholisches Lächeln über mein Gesicht, das jedoch sofort von der nachfolgenden Erinnerung an den Unfall und Skyes Verschwinden ausgelöscht wird.

Ich räuspere mich und bevor ich mir auf die Zunge beißen und es mir verbieten kann, spreche ich, angetrieben von Skyes Tränen, auch schon eine Einladung aus, von der ich nie etwas hätte verraten dürfen.

Doch dafür ist es jetzt wohl zu spät.

»Was, wenn du die Chance bekämst, unter Beweis zu stellen, wie gut du wirklich bist?«

Skye blinzelt ihre Tränen weg und sieht mich irritiert an. »Was meinst du damit?«

»Ein Rennen, bei dem es egal ist, wer du bist und wo du herkommst. Ein Rennen, bei dem es nur darum geht, wie schnell und gut du bist.«

»Wie beim Kartfahren in Bahrein?«, fragt sie verwundert.

Ich lache leise und schüttele den Kopf. »Das war Kindergarten. Nein. Das hier ist ein paar Nummern größer, Prinzessin. Street Racing. Auf dem alten Flugplatz in Cornash. Der Sieger erhält 20.000 Pfund. Alle anderen gehen leer aus.«

Bei meinen Worten entfährt ihr ein erstauntes Schnauben. »Du fährst illegale Autorennen? Bist du verrückt geworden?«

»Nicht illegal. Nur exklusiv. Das Land ist im Privatbesitz. Und der Besitzer hat nichts dagegen. Im Gegenteil. Er stellt selbst ein Team.«

»Und wo willst du das Auto dafür herbekommen?«

Ich zwinkere Skye zu. »Du fragst zu viel. Wenn du Antworten willst, komm heute Abend um einundzwanzig Uhr zum Parkplatz der geschlossenen Eishalle in Bitmore. Ich warte dort auf dich.«

Skye sprachlos zu sehen, ist eine ganz neue Erfahrung für mich. Eine, an die ich mich durchaus gewöhnen könnte.

Denn so, wie sie mich jetzt mit ihren wunderschönen, ungläubig dreinschauenden Augen ansieht, wirkt es, als hätte ich ihr gerade einen Orgasmus geschenkt, von dessen Stärke und Ausmaß sie selbst vollkommen überrascht ist.

Eine anregende, wenngleich verbotene Vorstellung.

»Du solltest dem Teamarzt zuvor aber unbedingt noch deine Hand zeigen. Nicht, dass du sonst nachher noch behauptest, du hättest nicht gewonnen, weil deine Hand verletzt ist. Das zählt nämlich nicht. Keine Ausreden. Wie ich schon sagte: Heute Abend geht es allein ums Können. Ich bin gespannt, ob du den Mut dafür aufbringen wirst, Prinzessin.«

SKYE

Als ich eine Stunde später in der Hotellobby eintreffe, entdecke ich Allegra, Riley und Dakota, die an einem Tisch der Hotelbar sitzen und über irgendetwas lachen.

Ich gehe zu ihnen herüber und lasse mich auf den leeren Stuhl plumpsen, den sie für mich freigehalten haben.

»Da bist du ja. Ist alles in Ordnung?«, fragt Allegra besorgt und mustert mich eindringlich.

Als ihr Blick an meiner verbundenen Hand hängen bleibt, sieht sie fragend zu mir auf.

»Was ist passiert?«

Ich zucke die Achseln und sehe mich nach dem Kellner um. »Nichts weiter. Ich habe mich geschnitten. Alles halb so wild.«

»Bist du sicher?«, hakt Riley nach und nippt an ihrem Cocktail. »Du hast dir nicht zufällig eine

Messerstecherei mit Austin Ashcroft geliefert, weil er Toni vorgeschlagen hat, dich in der *F-Series* an den Start zu schicken?«

»Woher ...«

Ich breche mitten in der Frage ab.

Dante. Natürlich.

Riley datet Dante und Dante saß bei dem Gespräch zwischen Austin und Toni mit am Tisch.

»Dante meinte, dass du sehr wütend gewirkt hast. Aber warum denn eigentlich? Es war doch zur Abwechslung mal eine nette Geste von ihm, oder?«, bohrt Riley weiter nach.

»Das mag sein. Aber wenn ich Rennen fahre, dann in der besten Rennserie, die es gibt und nicht in irgendeiner Frauen-Only Klasse, weil es gut fürs Image ist, Frauen zu unterstützen.«

Allegra, Dakota und Riley tauschen einen vielsagenden Blick miteinander, von dem ich nicht verstehe, was er bedeuten soll.

»Süße ... es ist nun mal faktisch bewiesen, dass Männer Frauen biologisch in mancherlei Hinsicht überlegen sind. Zum Beispiel in der *Serie del Rey*. Der weibliche Körper ist einfach nicht dafür gemacht, fünfzig oder sechzig Runden lang einer Kraft von bis zu 5G standzuhalten. Und wenn du ehrlich bist, weißt du das auch«, sagt Allegra vorsichtig, so als ob sie befürchte, ich könne jeden Moment aufspringen und beleidigt davonrennen.

Und damit hat sie vielleicht gar nicht mal so Unrecht. Denn seitdem Austin Ashcroft wieder in mein Leben getreten ist, bin ich ein Wirbelwind der

Gefühle, wo zuvor jahrelang absolute Windstille geherrscht hat. Kein Wunder, dass es meine Freundinnen überrascht. Sie kennen diese lebendige Seite an mir nicht, die nur Austin mit seiner unausstehlichen Art in mir zum Vorschein zu bringen vermag. Für sie war ich immer die schüchterne, zurückhaltende und stille Skye, die keiner Fliege was zuleide tun konnte.

»Kann es sein, dass es hier um etwas ganz anderes geht?«, wagt Dakota einen Vorstoß und bedeutet dem Kellner, uns Nachschub zu bringen.

»Was meinst du?«, frage ich stirnrunzelnd.

»Kann es sein, dass es hier in Wirklichkeit um Austin geht?«

»Riley!« Ich sehe meine Freundin vorwurfsvoll an. »Hast du etwa geplaudert und ihnen von dem Kuss erzählt?«

An dem Raunen, das Dakota und Allegra entfährt, erkenne ich, dass die beiden keine Ahnung davon hatten, was Riley mir nun auch grinsend bestätigt.

»Ich habe dichtgehalten. Aber jetzt, wo du die Katze netterweise aus dem Sack gelassen hast, können wir ja endlich offen darüber reden.«

»Du hast *Austin Ashcroft* geküsst?«, zischt Allegra ungläubig. »Wann?«

»In Australien. Und es war nicht das erste Mal. Die beiden haben eine gemeinsame Rennfahrervergangenheit. Sie sind in derselben Rennserie gefahren, waren Konkurrenten und haben sich gehasst, aber eben auch geknutscht«, frohlockt Riley belustigt und kichert.

»*Was?*« Dakotas fassungsloser Gesichtsausdruck

lässt mich erröten. »Warum hast du uns das nicht erzählt?«

»Weil …, weil …« Ich nestele an dem Reißverschluss meiner Jacke und suche fieberhaft nach dem Grund für meine Verschwiegenheit. »Ich schätze, weil ich selbst nicht weiß, was das zwischen uns ist. Eigentlich hassen wir uns und doch … naja … küssen wir uns. Also jetzt schon länger nicht mehr, aber … aber …«

»Aber du hättest auch nichts dagegen, wenn doch?«, hilft mir Riley auf die Sprünge und beißt sich grinsend auf die Unterlippe.

Ich seufze resigniert. »Selbst wenn … Er ist ein Arschloch.«

»Das ist Dante auch. Ein Arschloch mit einem wunderschönen, dicken, langen Schwanz, der in jedem meiner Löcher beeindruckende Feuerwerke entfacht und einem Mund, der zwar einen Haufen Scheiße redet, aber leckt und küsst wie ein wahrer Weltmeister.«

Bei Rileys schwärmerischer Bemerkung bricht lautes Gelächter am Tisch aus, was uns die Aufmerksamkeit der umliegenden Tische einbringt, an denen andere Teammitglieder sitzen, die den Abend, wie wir auch, entspannt ausklingen lassen wollen, bevor morgen offiziell das Rennwochenende des britischen Grand Prix' beginnt.

»Ich glaube, dass es dir gar nicht so sehr darum geht, dich gegen die Männer in der Welt des Motorsports zu behaupten. Es geht dir viel mehr darum, dich gegen *einen* Mann im Motorsport zu behaupten. Gegen Austin Ashcroft. Du willst das, was er dir nie gegeben hat, was du dir aber schon immer gewünscht hast: Seine Anerkennung und seinen Respekt. Und warum? Weil du in ihn verschossen bist und es dich ärgert, dass ausgerechnet der Mann, den du am meisten beeindrucken willst, immun dagegen scheint«, schlussfolgert Riley und lehnt sich zu mir vor. »Stimmt's oder habe ich Recht?«

»Das ist doch Unsinn«, erwidere ich schwach, was mir von Riley den warnenden Finger einbringt.

»Darf man seine besten Freundinnen belügen? Das gibt Minuspunkte auf dem Karma Konto.«

»Selbst wenn es so wäre: Austin kann mich nicht ausstehen.«

»Und weil er dich nicht ausstehen kann, küsst er dich. Sehr logisch, Skye.« Dakota zwinkert mir zu und nippt an ihrem Drink. »Kann es sein, dass hier zwei Angsthasen am Werk sind, von denen keiner den ersten Schritt machen will, weil jeder feige abwartet, was der andere tut, um sich bloß nicht zu blamieren?«

Ich mustere meine Freundin, die seit ihrer Beziehung zu dem milliardenschweren CEO und Immobilien Tycoon Grayson Parker viel entspannter, glücklicher und ausgeglichener wirkt.

Ihre Worte hallen in meinem Kopf nach und ich muss mir eingestehen, dass sie damit nicht ganz unrecht hat.

Zumindest, was mich betrifft.

Denn wie es in Austin aussieht, kann ich nicht beurteilen. Ich weiß nicht, was er denkt oder fühlt. Ich weiß nur, dass er mich heute Abend zu einem Autorennen auf einem verlassenen Flugplatz eingeladen hat.

Und wenn ich wissen will, wie er über uns denkt, dann ist diese Einladung die vielleicht beste Möglichkeit, genau das herauszufinden.

Ich spiele mit dem Gedanken, meinen Freundinnen davon zu erzählen, doch ein Blick auf die Uhr meines Handy Displays lässt mich erschrocken feststellen, dass wir schon halb acht haben. Wenn ich noch duschen, mich umziehen und es rechtzeitig bis neun Uhr zu dem Parkplatz schaffen will, an dem Austin auf mich wartet, bleibt mir für Erzählungen keine Zeit mehr, sondern lediglich für eine Entscheidung: Tue ich es oder tue ich es nicht?

17
AUSTIN

Ich bin aufgeregt an diesem Abend. Und der Grund dafür ist nicht, dass ich schon sehr lange nicht mehr an einem solchen Rennen teilgenommen habe, sondern weil ich nicht weiß, ob Skye kommen wird. Und weil ich nicht weiß, ob ich mir wünsche, dass sie kommt, oder ob ich mir wünsche, dass sie kneift.

Was ist bloß in mich gefahren, sie zu dieser geheimen Party einzuladen? Ich meine ... sie könnte mich hochgehen lassen. Mich bei Toni oder Byron verpfeifen.

Immerhin schlage ich mir, statt an einem Rennwochenende brav beizeiten im Bett zu liegen und mich für die morgigen Trainingssessions auszuruhen, heute die Nacht um die Ohren. Und meine Leistungen in der *Serie del Rey* sind nicht so prickelnd, als dass ich mir das erlauben könnte.

Im Gegenteil. Ich wäre gut damit bedient, diesen Mist sein zu lassen und mich vor morgen noch einmal so richtig auszuschlafen.

Aber als ich erfahren habe, dass Greg wieder eines seiner legendären Rennen veranstaltet, musste ich einfach zusagen.

Der Grund dafür reicht Jahre zurück und hat nicht zuletzt auch etwas mit Skye zu tun, die in diesem Moment an meine Fensterscheibe klopft.

Ich war so in meinen Gedanken versunken, dass ich nicht bemerkt habe, wie sie auf den ansonsten leeren Parkplatz gefahren ist, der sich kaum mehr als zehn Fahrtminuten vom Teamhotel befindet.

Ich bedeute ihr, auf der Beifahrerseite einzusteigen und entriegele die Tür für sie.

Während sie an der Motorhaube vorbei zur Beifahrerseite geht, sauge ich ihren Anblick gierig in mich auf.

Sie trägt enganliegende Jeans, ein Shirt und eine Lederjacke. Ihre blonden Haare sind offen und lockig, so als hätte sie sie gewaschen, aber keine Zeit mehr gehabt, sie zu föhnen. Sie fallen ihr locker über die Schultern und umrahmen ihr hübsches, natürliches Gesicht, in dem man Makeup vergebens sucht.

Solange ich Skye kenne, hat sie noch nie so etwas wie Lidschatten oder Rouge angerührt. Höchstens mal einen Lippenstift und etwas Wimperntusche, was es umso erstaunlicher macht, dass sie dennoch eine absolute Schönheit ist und zwar ganz ohne künstliche Hilfsmittel.

Bei Skye muss man nicht erst eine Maske abwischen, um zu erkennen, was man bekommt. Nein, bei Skye bekommt man, was man sieht. Unverfälscht und ehrlich.

Vielleicht ist das einer der Gründe, warum sie mich seit jeher so fasziniert.

Als sie die Beifahrertür öffnet, zieht ein kühler Luftschwall durch das Wageninnere und schärft meinen Verstand, der bis eben von den Erinnerungen an die Frau, die sich nun neben mir in den Sitz gleiten lässt, vernebelt gewesen ist.

»Du machst gern einen auf geheimnisvoll, oder, Ashcroft?«, kommentiert sie spöttisch und schließt schwungvoll die Tür hinter sich.

»Überhaupt nicht. Aber ich dachte mir, dass du bestimmt nicht mit mir zusammen gesehen werden willst. Schon gar nicht abends«, entgegne ich und spüre einen Stich in meiner Brust, als sie daraufhin zustimmend nickt.

»Gut mitgedacht. Also, wie es aussieht, bin ich hier. Dann erzähl doch mal: Wie läuft das jetzt ab?«

»Neugierig bist du ja gar nicht, oder?« Ich schnaube amüsiert und greife nach Skyes bandagierter Hand, die in ihrem Schoß liegt.

Es ist eine Geste, über die ich nicht nachdenke und über deren Ausmaß ich mir erst bewusst werde, als mein Daumen über ihren verletzten Handrücken streicht und ich höre, wie sie neben mir scharf die Luft einzieht.

Abrupt lasse ich ihre Hand los.

»Tut mir leid, ich ... also ich wollte bloß ... ich ...«

»Schon gut«, murmelt sie und streicht sich mit

ihrer verletzten Hand die Haare hinter das Ohr. »Wollen wir dann?«

Meine Antwort auf ihre Frage ist das Starten des Motors. Kurz darauf setzt der Wagen sich in Bewegung und wir fahren schweigend durch die Nacht.

Eigentlich hätte ich die Stille, die im Auto herrscht, mit Musik übertönen können, doch irgendwie finde ich es schöner, einfach nur neben Skye zu sitzen, während wir gemeinsam durch die Dunkelheit fahren.

Ihr süßer Duft nach Veilchen erfüllt den Innenraum des Wagens und lässt meine Kopfhaut prickeln.

Ich würde liebend gern meine Nase in ihrem Haar vergraben und ihren Geruch tief in mich aufsaugen, doch ich vermeide es, auch nur in ihre Richtung zu sehen, weil ich mir bei ihr nicht über den Weg traue.

Nach etwa einer halben Stunde erreichen wir ein weitläufiges Waldgelände, das ein hohes Eisentor vor uneingeladenen Besuchern schützt. Als meine Scheinwerfer das Tor erhellen, tritt jemand hinter dem breiten Baumstamm zu unserer Linken hervor und kommt zum Wagen.

Ich lasse die Scheibe herunter und sage: »7-3-5-7.«

Er nickt und geht wortlos hinüber zum Tor, das er schwungvoll aufstößt. Gerade weit genug, dass ich hindurchfahren kann.

Während ich den Wagen über den Waldweg manövriere, spüre ich Skyes bohrenden Blick auf mir.

»Was?«, frage ich, ohne sie dabei anzusehen.

»Das frage ich *dich*. Was war *das* denn eben?«

»Das Einlasstor. Wie ich schon sagte: Das hier ist eine exklusive Party. Hier kommt nicht jeder rein.«

»Und wieso kommst *du* hier rein?«, will sie erstaunt wissen.

»Ich bin hier in der Gegend aufgewachsen.«

»Weiß ich. Und?«

»Diese Rennen haben mir einen großen Teil meiner Motorsportkarriere finanziert. Ohne sie hätte ich es nicht bis in die *Serie3* geschafft«, gestehe ich.

»Tatsächlich?«

Die Verblüffung in Skyes Stimme animiert mich dazu, weiterzusprechen, obwohl ich ihr keinerlei Erklärung schuldig bin.

»Ich habe neben der Schule in der Werkstatt von Greg, dem Besitzer des alten Flugplatzes, gearbeitet. Dabei ist mir aufgefallen, dass er nicht nur Autos repariert, sondern sie auch tunt. Als ich ihn darauf angesprochen habe, hat er mich zu einem dieser Rennen mitgenommen. Ich war damals erst vierzehn. Und als ich kapiert habe, wie viel Geld man dabei gewinnen kann, habe ich Greg überredet, mich als Teil seines Teams an den Start zu schicken. Ich hatte weder das Geld für eine eigene Karre noch die Startgebühr. Aber ich hatte Talent. Und das hat Greg erkannt. Also ließ er mich fahren und zahlte mir für jeden Sieg einen Anteil aus, der wiederum in meine Rennsportkarriere floss.«

»Das wusste ich nicht«, flüstert Skye und bringt mich damit zum Lachen.

Es ist ein bitteres Lachen, weil mir ihre Aussage vor Augen führt, aus welch unterschiedlichen Welten wir stammen.

Sie, die Tochter aus reichem Hause, die nie für etwas arbeiten musste und ich, der mittellose Junge aus dem Drecksloch, der sich jeden Penny hart erkämpfen musste.

»Natürlich wusstest du das nicht, Skye. Wie auch? Ich habe nie jemandem davon erzählt. Und selbst wenn: In deiner Welt voller Möglichkeiten gibt es keinen Platz für Geschichten wie die meine. Bei dir ging es doch immer nur darum, in welcher Farbe du deinen Helm als nächstes lackierst, während ich mir den Kopf darüber zerbrochen habe, wie ich das Benzin für das nächste Rennen bezahlen soll, oder wen ich noch um einen Gefallen für einen neuen Satz Reifen bitten kann.«

»Was ist mit deiner Familie?«

Bei ihrer Frage krallen sich meine Finger fester um das Lenkrad.

»Meine Familie war der Meinung, dass ich keine Chance habe, es bis nach oben zu schaffen und dass ich mein Geld lieber sparen und einen anständigen Beruf erlernen soll«, antworte ich mit vor Sarkasmus triefender Stimme. »Sie haben mir meine Karriere nicht ausgeredet, aber sie haben mich auch nicht darin unterstützt, weshalb wir über die Jahre immer weiter auseinandergedriftet sind. Ich hasse sie nicht, aber sie sind auch kein Teil meines Lebens mehr, weil sie nicht für mich da waren, als ich sie am meisten gebraucht habe.«

»Das tut mir leid, Austin.«

Ihre Stimme klingt ehrlich. Und traurig. So, als würde es sie schmerzen, was mir widerfahren ist. Dabei will ich ihr Mitleid nicht, weil es meine Gefühle für sie und den Drang, mich in ihr zu verlieren, nur noch verschlimmert.

»Muss es nicht. Ich komme klar«, entgegne ich schroff und beschleunige den Wagen, weil ich in der Ferne das Flutlicht des Flugplatzes entdecke und der wummernde Bass der Musik uns schon entgegenhallt.

»Mag sein, aber es tut mir trotzdem leid, dass du es so schwer hattest. Hättest du etwas gesagt ... ich hätte dir geholfen, weißt du?«

Ich werfe ihr einen spöttischen Blick zu, obwohl mich ihre warmen Worte tief in meinem geschundenen Herzen berühren.

»Mit dem Geld deines *Vaters*? Nein danke. Ich wollte keine Almosen. Ich wollte mir nicht nachsagen lassen, dass ich es nur geschafft habe, weil jemand anderes mir geholfen hat. Ich wollte es aus eigener Kraft schaffen.«

»Nun ...« Skye wendet sich mir zu und aus den Augenwinkeln sehe ich, dass sie lächelt. »Das hast du. Im Gegensatz zu mir hast du es bis ganz nach oben geschafft, Austin. Du bist jetzt dort, wo wir immer sein wollten.«

»Also gibst du offiziell zu, dass ich der Bessere von uns beiden bin?«, frage ich und bringe den Wagen auf einem schon recht gefüllten Parkplatz am Rande des Flugplatzes zum Stehen.

Skye öffnet die Tür und steigt aus. Ich denke schon, dass sie mir die Antwort schuldig bleibt, doch dann, gerade als ich ebenfalls aussteigen will, steckt sie ihren Kopf noch einmal ins Wageninnere und zwinkert mir keck zu.

»Never.«

Obwohl ich mich über diese Aussage ärgern sollte, muss ich grinsen, weil ich nichts anderes erwartet habe.

Was die Frage, wer von uns beiden der bessere Rennfahrer ist, angeht, werden Skye und ich wohl nie einer Meinung sein.

Und vielleicht ist das auch gut so. Denn so ein kleiner Streit hier und da birgt durchaus auch seine Vorzüge.

Ich steige ebenfalls aus, werfe die Tür ins Schloss und deute mit dem Kinn auf das heruntergekommene Gebäude vor uns.

»Da entlang.«

»Austin, Mann, wie geht's dir?«, begrüßt mich Greg lachend und schlägt mir kumpelhaft auf die Schulter. »Hab dich lange nicht gesehen, außer im Fernsehen. Da sehe ich deine Visage neuerdings fast jedes Wochenende, ob ich will oder nicht. Nur leider viel zu weit hinten. Wann klappt's denn mal mit dem Podium, hm?«

Ich versetze ihm einen spielerischen Fausthieb in die Seite und grinse, weil er schon immer eine verdammte Nervensäge gewesen ist, die es wie kein anderer verstand, mich aufzuziehen.

»Wer ist denn deine bezaubernde Begleitung?«

Greg richtet seinen neugierigen Blick auf Skye, die lächelnd die Hand hebt. »Ich bin Skye.«

»Nein!« Gregs Augen weiten sich ungläubig. »Etwa *die* Skye?«

»Ähm ... welche Skye ist denn *die* Skye?«, fragt sie verunsichert und schielt zu mir herüber.

Ich forme mit den Lippen eine stumme Warnung, die Greg natürlich eiskalt ignoriert. Wenn er mich in die Scheiße reiten kann, tut er das mit Vergnügen.

So auch jetzt.

»Na *die* Skye, gegen die Austin in der *Serie4* und in der *Serie3* ständig verloren hat«, gluckst Greg vergnügt.

»*Ständig*? Von wegen.« Ich rolle genervt die Augen. »Ich habe auch oft genug gegen sie gewonnen.«

»In deinen Träumen vielleicht«, entgegnet Skye neckend und verzieht das Gesicht zu einer Grimasse.

»In seinen Träumen hat er ganz andere Dinge mit dir angestellt, Schätzchen, glaub mir«, flüstert Greg und zwinkert mir zu.

»Zum Beispiel sie zum Teufel gewünscht. Das meintest du doch, nicht wahr?«, zische ich in einem schneidenden Tonfall, der keinen Zweifel daran lässt, dass meine nächsten Worte Gregs Kehle durchtrennen werden, wenn er nicht augenblicklich die Klappe hält.

Zum Glück scheint Skye aufgrund der Lautstärke, die auf dem alten Flugplatz herrscht, Gregs letzten Kommentar nicht gehört zu haben. Und da ich will, dass das auch so bleibt, fasse ich sie behutsam am Ellbogen und dirigiere sie zu der ehemaligen Start- und Landebahn.

»Wir sehen uns später, Boss«, rufe ich Greg zu und warte seine Antwort gar nicht erst ab.

Das Wummern von lauter Hip-Hop Musik erfüllt das Gelände und das Flutlicht beleuchtet einen Teil der Strecke, die es nachher zu bewältigen gilt. Ein anderer Teil liegt in völliger Dunkelheit, sodass wir allein auf die Scheinwerfer der Autos angewiesen sein werden.

Gut einhundert Menschen tummeln sich um Sportwagen verschiedenster Marken und Aufmachung. Sie plaudern, trinken und tanzen. Wie bei einer richtig geilen Party eben. Mit dem Unterschied, dass diese Party erst richtig losgeht, wenn die Teams nachher in K.O. Runden gegeneinander um den Sieg über die Strecke heizen werden.

»Hi. Kann ich bitte eure Handys haben?«, bittet ein Typ Anfang zwanzig, der uns zwei Zettel mit einer Nummer gibt. »Mit dieser Nummer könnt ihr sie nachher wieder auslösen, wenn ihr die Party verlassen wollt.«

Skye sieht mich fragend an.

»Was heute Nacht passiert, soll nicht nach außen getragen werden. Diese geheimen, exklusiven Rennen finden nur deshalb immer wieder statt, weil hier absolute Geheimhaltung herrscht. Das war bedeutend einfacher, als es noch keine Handys und keine sozialen Medien gab. Aber da heutzutage einfach alles gefilmt und ins Netz gestellt wird, hat Greg sich dazu entschieden, ein striktes Handyverbot auszusprechen.«

Skye reicht dem Typ ihr Handy und runzelt skeptisch die Stirn. »Und du glaubst, das funktioniert?

Denkst du wirklich, dass hier jeder sein Handy abgibt und niemand heimlich filmt oder fotografiert?«

Ich zucke die Achseln. »Bisher war es zumindest immer so. Diskretion ist Greg super wichtig. Wer sich nicht daran hält, fliegt raus und bekommt in der Szene keinen Fuß mehr auf den Boden.«

»Na dann«, lenkt Skye ein und dreht sich einmal um die eigene Achse. »Wo ist dein Auto oder gehst du mit dem Auto, mit dem wir hergekommen sind, an den Start?«

Ich schüttele den Kopf und deute mit dem Zeigefinger in ihre Richtung. »Nein. Wir fahren den Subaru dort drüben.«

»*Wir*?«

»Na, … du und ich. Was denkst du denn, warum du heute hier bist? Ich dachte, du wolltest Rennen fahren.«

Skyes verblüffter Gesichtsausdruck lässt mich schmunzeln.

»Was denn, Prinzessin, hat es dir etwa die Sprache verschlagen? Hast du Schiss?«

»N … nein. Natürlich nicht. Ich bin bloß … überrascht, weil ich keine Ahnung habe, wie das hier abläuft.«

»Es ist eigentlich ganz einfach. Insgesamt zwanzig Teams treten in K.O. Runden gegeneinander an, wobei jede K.O. Runde aus zwei Teams besteht. Das schnellere Team kommt weiter. Das Verliererteam scheidet aus. Die Teams, die am Ende übrig bleiben, fahren dann in einem letzten Rennen um den Sieg. Jedes Team besteht dabei aus zwei Fahrern, die sich bei jedem

Rennen als Fahrer und Beifahrer abwechseln. Noch Fragen?«

Ich schenke Skye ein zufriedenes Lächeln und verfolge belustigt ihre Reaktion.

Schockiert trifft es wohl am ehesten. Doch Skye wäre nicht Skye, wenn sich der anfängliche Schock in ihren Augen nicht in ein vorfreudiges Funkeln verwandeln würde.

Sie liebt den Adrenalinrausch, den einem ein Rennauto schenkt genauso wie ich. Das sehe ich an ihrem Atem, der jetzt schnell und flach wird, weil ihr Puls in die Höhe schießt und dieses unbeschreibliche Prickeln ihren Körper erfasst, das ihn erbeben lässt. Ich sehe es an ihren Lippen, die sie jetzt mit ihrer Zunge befeuchtet, weil sie vor Aufregung plötzlich ganz trocken sind. Und ich sehe es an ihren zur Faust geballten Händen, die es kaum erwarten können, endlich das Lenkrad zu umfassen und loszufahren.

»Eine Frage habe ich noch«, flüstert sie heiser vor Erregung und sieht zu mir auf.

Ihr leidenschaftlicher Blick, in dem das heiße Feuer des Lebens brennt, lässt mich erschaudern, weil ich mich darin wiedererkenne, wie in einem Spiegelbild meiner Seele.

Ich beuge mich zu ihr hinab und meine Stimme ist kaum mehr als ein dunkles Raunen als ich sage: »Frag mich, Skye.«

Ihre Lippen öffnen sich leicht und die Spannung zwischen uns knistert so laut, dass sie die Luft um uns herum förmlich vibrieren lässt.

»Warum fährst du mit mir in einem Team? Ich

dachte, ich hätte weder Talent noch Können und hätte meine Siege bloß dem Geld meines Vaters zu verdanken«, wispert sie, wobei ihre Lippen beinahe die meinen berühren.

»Tja, Prinzessin. Heute ist der Tag der Wahrheit. Denn heute, hier und jetzt, bekommst du die einmalige Chance, mich vom Gegenteil zu überzeugen. Was sagst du? Stellst du dich der Wahrheit, oder läufst du wieder vor ihr davon, so wie damals? Die Entscheidung liegt allein bei dir, Skye.«

18

SKYE

Austins ausgelassenes, unverfälschtes Lachen erfüllt den Innenraum des umgebauten Subaru, als ich um die vorletzte Kurve drifte und der Kies wie ein Wolkenbruch gegen die Scheiben schlägt.

Wir sind mittlerweile im Halbfinale angekommen und haben die vorherigen Rennen mit Leichtigkeit gewonnen. Auch, wenn ich es mir nur ungern eingestehe: Wir sind ein Spitzenteam. Vielleicht, weil wir einander aufgrund unserer jahrelangen Rivalität in- und auswendig kennen. Weil wir wissen, wie der andere tickt. Wo seine Stärken und Schwächen liegen. Und vor allem, dass wir ihm auf der Rennstrecke vertrauen können.

»Gut genommen. Hätte ich kaum besser hinbekommen«, ruft er, als wir die Zielgerade herunterdonnern und als erster die schwarz-weiß karierte Zielflagge erreichen.

Ich schnaube belustigt und werfe ihm einen raschen Seitenblick zu.

»Entschuldige bitte, aber du hättest es, wenn überhaupt, nur *schlechter* hinbekommen. In den Linkskurven hast du noch immer die meiste Zeit liegen lassen. Daran solltest du arbeiten, Ashcroft.«

Ich bringe den Wagen zum Stehen und will mich abschnallen. Doch Austins Hand, die sich über die meine legt, hält mich davon ab.

»Gutes Rennen, Whitmore. Ehrlich«, flüstert er und lächelt so sanft, dass mein Herz für einen Moment aus dem Takt und ins Stolpern gerät.

Seine Hand ist warm und vertraut und ich muss mich zusammenreißen, um sie nicht in die meine zu legen und mit meinen Fingern über seine samtige Haut zu streichen.

Um die plötzliche Intimität zwischen uns zu überspielen, räuspere ich mich und entziehe ihm meine prickelnde Hand.

»Würdest du das noch einmal wiederholen, wenn ich mein Handy zurückbekomme, damit ich es abspeichern und als meinen Weckton einstellen kann?«

Austin zieht amüsiert die Brauen in die Höhe. »Du willst also jeden Morgen von mir geweckt werden, Whitmore, ja? Sag bloß, du bist heimlich in mich verliebt. Ich meine ... ich könnte das total verstehen. Schließlich bin ich ein echt geiler Typ.«

»Bitte«, entgegne ich spöttisch, spüre aber zu meinem Leidwesen, wie sich meine Wangen mit einer verräterischen Röte überziehen, weil seine Worte ins Schwarze getroffen haben.

»Du bist vieles, aber ganz sicher kein *echt geiler Typ*«, erwidere ich lässig, wobei meine Stimme leicht zittert.

»Ach, ist das so? Dann erzähl doch mal, was ich in deinen Augen so bin. Na los, komm schon. Trau dich.«

Er lehnt sich ein wenig näher zu mir, sodass sein Duft nach Zitrus und einer dezenten, maskulinen Note in meine Nase steigt und dafür sorgt, dass sich zu der Röte auf meinen Wangen nun auch noch ein Kribbeln auf meiner Kopfhaut gesellt.

»Bestenfalls interessant. Aber eigentlich eher ...«

»*Interessant?*«, unterbricht er mich und schneidet eine erheiterte Grimasse. »Interessant ist ein Adjektiv, das man für eine Tier-Doku auf Netflix, oder eine Stadtführung durch London verwenden würde, aber doch nicht für einen so tollen Kerl wie mich.«

»Du siehst dir Tier-Dokus auf Netflix an?«, versuche ich das Thema zu wechseln. »So zum Einschlafen, oder weil du dich mit den Faultieren identifizierst?«

Austin lacht laut auf. »Ich bin doch kein Faultier. Vielmehr ein Leopard. Elegant, geschmeidig, schnell und absolut faszinierend.«

»Sicher«, schnaube ich. »Du bist die personifizierte Raubkatze, Ashcroft.«

»Und als solche sehe ich mir abends zum Einschlafen sicher keine Tier-Dokus auf Netflix an«, kontert er.

»Sondern?«

Ich beiße mir auf die Zunge! Was tue ich hier eigentlich? Warum stelle ich ihm diese Frage? Das grenzt eindeutig an Flirten und das ist das Letzte, was ich mit Austin Ashcroft tun sollte. Überhaupt sollte ich schleunigst aus diesem Wagen steigen, in dem die Luft immer dünner und mir immer heißer wird.

»Hm … gut möglich, dass ich im Bett selbst zum Tier mutiere und so lange mit meinen weiblichen Artgenossen kämpfe, bis ich erschöpft und vollkommen leergepumpt zusammenbreche und einschlafe.«

Ich schlucke und spüre, wie die Röte in meinen Wangen meinen Hals hinab zu meinem Dekolleté kriecht.

Einmal habe ich Austin unfreiwillig dabei erwischt, wie er eine seiner damaligen Freundinnen hinter der Box gevögelt hat und was ich da gesehen habe … ich schlucke erneut. Naja … sagen wir so … es hat mir an einsamen Abenden, in denen ich mich in die Rolle seiner damaligen Freundin geträumt habe, schon einige Orgasmen beschert.

Zweifellos ist Austin ein Tier. Wie er sie damals an die Wand gelehnt genommen hat … so roh und wild und hemmungslos …

Genauso roh, wild und hemmungslos, wie er mich damals auch geküsst hatte.

Ein Klopfen an der Fensterscheibe lässt mich erschrocken zusammenzucken.

»Himmel!« Ich fasse mir ans Herz und drehe mich mit hochrotem Kopf dem Fenster zu. Dann lasse ich die Fensterscheibe herunter und genieße die kalte Luft, die mir entgegenschlägt und mich zur Besinnung kommen lässt.

Das war wirklich überfällig.

»Noch zehn Minuten bis zum Finale. Seid ihr bereit?«, fragt Greg grinsend.

Ich sehe zu Austin, der zustimmend nickt und nicke ebenfalls. »Sind wir.«

»Na dann. Bis gleich.«

Er tippt sich mit der Hand an die Stirn und verschwindet im Lichtermeer des Flugplatzes zwischen der bunten Ansammlung aus feiernden, angeheiterten Menschen, die tanzen, trinken und jede Menge Spaß zu haben scheinen.

Ich nippe kurz an der Wasserflasche in der Mittelkonsole. Mehr um Zeit zu schinden, als dass ich durstig bin.

»Weißt du, was du bist, Austin?«

Er lächelt mich mit diesem verschmitzten Lächeln, das mein Herz aufgeregt gegen meine Rippen schlagen lässt, an und legt abwartend den Kopf schief. »Na jetzt bin ich aber gespannt.«

»Du bist anstrengend. Richtig anstrengend.«

Seine Mundwinkel zucken bei meinen Worten belustigt und ich bin froh, als er sich in den Sitz zurücksinken lässt und er mir nicht mehr so nahe ist.

»Anstrengend, hm? Na wenn das mal nicht deine Umschreibung für unwiderstehlich ist.«

»Träum weiter, Ashcroft«, murmele ich und steige aus. Doch mein Herz pocht immer noch viel zu schnell, was sich zu meinem Leidwesen in meiner Stimme niederschlägt und Austin unmöglich überhören kann.

Er geht mir unter die Haut. Heute Abend mehr denn je. Und ich habe keine Ahnung, wie lange ich mich dieser Anziehung noch widersetzen kann. Denn ich bin nicht die Einzige, die hier flirtet. Er tut es auch.

Und was das zu bedeuten hat, will ich mir lieber gar nicht erst ausmalen, weil ich mich vor der Antwort und den Konsequenzen, die das mit sich bringt, fürchte.

19
AUSTIN

Skye und ich lauschen an mein Auto gelehnt, Gregs Ansage, der die Finalisten bekanntgibt und den finalen Rennstart ankündigt.

Jetzt geht es also um alles. Um Sieg oder Niederlage. Und um 20.000 Pfund Preisgeld.

Doch seltsamerweise verspüre ich nicht den unbändigen Drang nach einem Triumph, der mich sonst vor jedem Rennstart immer erfasst. Womöglich, weil ich schon längst gewonnen habe. Und zwar in dem Moment, in dem Skye zu mir ins Auto gestiegen ist. Den Abend mit ihr zu verbringen, hat mich mehr erfüllt, als es ein Sieg auf dem alten Flugplatz je könnte.

Ich weiß nicht, wann ich das letzte Mal so viel Spaß hatte. Vielleicht noch nie. Meiner großen Leidenschaft, dem Rennsport nachzugehen und dabei die Frau an meiner Seite zu wissen, der schon seit Jahren mein

Herz gehört, ist die perfekte Kombination aus Adrenalin und Glück.

Ich wünsche mir in diesem Moment, die Welt anhalten zu können. Denn gerade jetzt fühle ich mich so erfüllt, zufrieden und angekommen, wie noch nie zuvor in meinem Leben.

Skyes Gesicht ziert ein übermütiges Funkeln, das ihre Augen zum Strahlen bringt und mich völlig in den Bann zieht. Zum ersten Mal bin ich indirekt der Grund für dieses Leuchten und ich würde alles dafür geben, nie wieder etwas anderes für sie zu sein, als der Ursprung ihres Glücks.

Sie so zu sehen, verleiht mir das Gefühl, als hätte ich die Ziellinie bereits überquert, lange bevor das Rennen überhaupt begonnen hat.

»Wir starten in zwei Minuten«, beendet Gregs Stimme diesen kleinen, magischen Moment, in dem ich Skye unbemerkt beobachten durfte.

Sie wendet sich mir zu und öffnet die Beifahrertür. Auf ihren süßen Lippen liegt ein vorfreudiges Lächeln, doch in ihren Augen erkenne ich Aufregung und Nervosität.

Ich weiß, wie sie sich jetzt fühlt. Ich weiß, dass das Adrenalin gerade wie flüssige Elektrizität durch ihre Venen rauscht und ihren Körper zum Kribbeln bringt. Dass die Aufregung den Puls zum Rasen und den Atem zum Rasseln bringt. Und dass ihre Wahrnehmung in diesem Moment durch die Anspannung viel intensiver wirkt. Der Herzschlag beschleunigt sich, doch die Zeit scheint zu verlangsamen. Es ist ein nicht in Worte zu fassendes Paradox, das den Auftakt von etwas Großem,

Unaufhaltsamen ankündigt, das einen wie eine Welle mit sich reißt und in einen Sog zieht, der einem das Gefühl gibt, fliegen zu können, während der Boden unter den Füßen verschwindet.

»Bereit?«, fragt sie mich und sieht mich dabei aus ihren großen, blauen Augen vertrauensvoll an.

Sie ist gewillt, gemeinsam mit mir in dieses Auto zu steigen und ihr Schicksal in meine Hände zu legen.

Dabei habe ich dieses Vertrauen nicht verdient. Ich habe ihr in all den Jahren nie das Gefühl gegeben, mir vertrauen zu können. Trotzdem tut sie es. Das ist der wahrscheinlich größte Vertrauensbeweis, den ich jemals erhalten habe. Und er wird ausgerechnet von dem Menschen erbracht, den ich in meinem Leben am meisten verletzt und bestraft habe, statt der Stimme meines Herzens zu folgen und ihn zu beschützen und zu lieben.

Ein Fehler, den ich bitter bereue. Aber vielleicht ist es noch nicht zu spät, zu erkennen, dass der wahre Wert eines Menschen nicht in seiner Unfehlbarkeit liegt, sondern in seiner Fähigkeit, aus Fehlern zu lernen und seine Zukunft anders zu definieren, als ihn die Entscheidungen seiner Vergangenheit geprägt haben.

»Nicht ganz«, sage ich und räuspere mich.

Skye zieht überrascht die Stirn kraus und hält mitten in der Bewegung inne. »Was ist los, Austin?«

»Ich will, dass du das Finale fährst.«

»Ich ... ich verstehe nicht ...«, stammelt Skye sichtlich überrascht. »Ich bin doch das Halbfinale gefahren, also sitzt du jetzt im Finale hinter dem Steuer.«

»Die Regeln besagen, dass im Finale jeder der beiden Fahrer fahren darf. Die Entscheidung liegt beim Team. Und ich würde mir wünschen, dass du fährst«, entgegne ich und gehe zu ihr hinüber, während ich ihrem Blick standhalte.

»Aber ... warum?«

Ich lege meine Hand an ihre Wange und streiche mit dem Daumen sanft darüber. »Weil ich dir vertraue, Skye. So, wie du mir. Nur, dass ich dein Vertrauen nicht verdiene. Ich habe nichts getan, was dein Vertrauen in mich rechtfertigt. Also fährst du.«

Sie zögert, so als könne oder wolle sie nicht glauben, was hier gerade geschieht. Doch dann erkennt sie die Ernsthaftigkeit in meinem Blick und ein subtiles, fast unmerkliches Zittern erfasst sie, bevor sie entschlossen ihre Schultern strafft und tief durchatmet.

»Du meinst das wirklich ernst, oder?«, fragt sie mit gefasster Stimme, so als wolle sie auch den letzten noch vorhandenen Zweifel ausräumen.

»Todernst«, flüstere ich und stütze meine Hände links und rechts neben ihrem Kopf an dem Rahmen meines Subarus ab.

Für einen Moment ist es still zwischen uns. Einzig unser Atem, der unsere Lippen streift, füllt die Stille, während wir den Partylärm um uns herum ausblenden.

Gerade gibt es nur Skye und mich.

Schließlich nickt sie langsam, so als hätte sie eine folgenschwere Entscheidung getroffen, die nicht nur das Rennen betrifft.

»Okay«, wispert sie zwei Herzschläge später und atmet geräuschvoll aus. »Ich fahre.«

»Du fährst«, echoe ich und mir wird bewusst, dass sie in diesem Augenblick nicht nur die Kontrolle über das Auto übernimmt, sondern auch über einen Teil meines Herzens, den ich ihr längst überlassen habe.

»Gut so. Denk daran, die nächste Kurve weiter außen anzufahren. Die hast du beim letzten Mal zu eng genommen«, rufe ich Skye zu, die in einem Höllentempo über die Rennstrecke heizt.

»Austin ... *ich* fahre, schon vergessen?«

Sie sieht grinsend zu mir herüber, während sie mit über zweihundert Sachen auf die nächste Kurve zuhält.

»Kannst du bitte auf die Straße schauen?«, mahne ich und muss zugeben, dass mir der Arsch gerade ziemlich auf Grundeis geht.

Denn Skye ist zwar schon in den vorherigen Rennen zügig unterwegs gewesen, aber gerade schraubt sie die Messlatte noch ein gewaltiges Stück höher.

Wir haben unsere Gegner längst hinter uns gelassen und hier geht es nicht mehr länger darum, sie zu schlagen, sondern unsere eigenen Erwartungen an uns selbst zu übertreffen.

Skye bremst abrupt ab, sodass ich in meinem Sitz

nach vorne geschleudert und von meinem Gurt zurück in den Sitz gepresst werde.

Die Reifen quietschen und doch trifft sie den Scheitelpunkt der Kurve perfekt.

Sie dreht das Lenkrad in einer präzisen Grad-Kombination, erst nach rechts, dann nach links und tritt wieder voll aufs Gas.

Keine Sekunde später beschleunigen wir aus der Kurve heraus und biegen auf die nächste Gerade.

Ich lasse die Luft, die in meine Lungen gepresst wurde, entweichen und sehe zu Skye hinüber.

Ihr Blick ist hochkonzentriert und nach vorn gerichtet, doch ihre Mundwinkel umspielt ein verträumtes Lächeln, das mir zeigt, wie sehr sie das hier liebt.

Sie ist voll in ihrem Element und die lebensbejahende, losgelöste Aura, die sie wie glänzender, goldener Sternenstaub umgibt, macht sie zu dem wohl schönsten Wesen, dem ich je begegnet bin.

Skye fliegt durch die Kurven und über die Geraden und was eigentlich Minuten sind, kommt mir vor, wie wenige Millisekunden.

Als wir die Ziellinie überqueren, schaue ich sie noch immer an.

Die Flagge interessiert mich nicht. Die 20.000 Pfund Preisgeld interessieren mich nicht.

Mich interessiert nur Skyes übermütiger Jubelschrei. Die Freudentränen in ihren Augen. Und das Strahlen in ihrem Gesicht. Sie alle sind Spiegelbilder ihrer Seele, die das Gefühl von absoluter Erfüllung, grenzenloser Freiheit und süßem Glück in einem losgelösten Tanz von Molekülen manifestieren, der uns beide in eine Welt entführt, in der nur wir existieren.

Der Drang, Skye zu küssen, der mich schon den ganzen Abend lang gequält hat, wird übermächtig und noch bevor wir zum Stehen kommen, beuge ich mich zu ihr, umfasse ihr Kinn und lege meine Lippen auf die ihren.

Es ist ein kurzer, ungestümer und wilder Kuss, in dem eine stumme Einladung mitschwingt, deren Bedeutung ich nicht auszusprechen vermag.

Ich sehe, wie sich Skyes Augen bei meinem Kuss vor Freude weiten. Ihre Wangen sind gerötet und ihr glückseliges Lächeln überstrahlt nun selbst die Dunkelheit der Nacht, die uns umgibt.

Ich atme ihren verführerischen Duft nach pudrigen Veilchen tief ein, sauge ihn in mich auf und lasse mich von ihrem Glück anstecken, während sich die Welt um uns herum weiterdreht. Doch für uns bleibt sie still und wir finden uns in einem Moment wieder, in dem alles möglich erscheint.

Ein Moment, der alles zwischen uns verändert.

Ein Moment, der einen Rückzieher unmöglich macht.

»Lass uns fahren, Prinzessin«, flüstere ich mit rauer Stimme an ihren Lippen. »Ich möchte unseren Sieg mit dir feiern. Allein.«

20

AUSTIN

Bis wir das Gelände letztendlich verlassen können, dauert es eine halbe Ewigkeit. Denn Greg besteht darauf, die Sieger gebührend zu feiern und er hat in der Vergangenheit zu viel für mich getan, als dass ich ihm diesen Gefallen verwehren könnte.

Außerdem scheint Skye den Moment sichtlich zu genießen und ich gönne ihr diesen Spaß, auch wenn meine Auffassung von Spaß mit ihr in eine ganz andere, verbotene Richtung geht.

Als wir mit unserem Preisgeld endlich das Gelände verlassen, lehnt sie sich kichernd im Beifahrersitz zurück.

»Sowas Verrücktes habe ich noch nie gemacht. Das war großartig!«

Ich lache leise, sage jedoch nichts, weil ich den Augenblick viel zu sehr genieße, als dass ich ihn mit

Worten zerstören will.

»Was machen wir jetzt mit dem Geld? Und wo kommt es überhaupt her?«

Ich zucke die Achseln. »Jedes Team muss tausend Pfund Startgeld zahlen. Der Gewinner bekommt alles.«

»Aber ich habe doch gar nichts bezahlt«, wundert sich Skye.

»Weil ich für dich bezahlt habe.«

Sie sieht zu mir herüber und zieht belustigt einen Mundwinkel in die Höhe. »Das war aber ein ganz schönes Risiko, in mich zu investieren. Wo ich doch in deinen Augen gar kein Talent besitze ...«

»Vielleicht liebe ich ja den Nervenkitzel, auf einen Außenseiter zu setzen«, necke ich sie. »Oder vielleicht wusste ich, dass die anderen Teilnehmer noch schlechter sind als du es bist.«

Skye schnaubt amüsiert. »Du kannst es einfach nicht sagen, oder? Es will dir einfach nicht über die Lippen kommen.«

»Was?«

»Dass ich gut bin. Und dass das nichts mit meiner Herkunft zu tun hat, sondern ich das einzig und allein Talent und harter Arbeit verdanke.«

Ich presse die Lippen aufeinander und konzentriere mich auf den Weg vor mir.

»Schon gut ... vergiss es einfach«, murmelt Skye und ich kann ihre Enttäuschung förmlich mit den Händen greifen.

Ihr resignierter Tonfall versetzt mir einen Stich in die Brust. Und weil ich nicht mehr länger der Auslöser für ihre Tränen sein und sie nie wieder enttäuschen und verletzen will, springe ich über meinen Schatten, der größer ist, als so mancher Wolkenkratzer in New York City und gestehe, kaum hörbar: »Hätte ich dich das Finale fahren lassen, wenn ich nicht davon überzeugt wäre, dass du es voll draufhast, Prinzessin?«

Ich kann hören, wie Skye überrascht nach Luft schnappt und ohne weiter darüber nachzudenken, biege ich in den Waldweg, der rechts vor uns vom Hauptweg abzweigt und komme etwa hundert Meter später zum Stehen.

Ich schalte den Motor ab und wende mich Skye zu. Einzig der Mondschein des abnehmenden Mondes, der durch das Blätterdach der Bäume scheint, dient uns als natürliche Lichtquelle, sodass wir einander wenigstens schemenhaft erkennen können, statt uns in vollkommener Dunkelheit gegenüber zu sitzen.

»Lass mich eins klarstellen: Ich hasse dich nicht und ich habe dich nie gehasst. Ich wollte es immer, aber ich konnte es nie.«

»Warum?«, wispert sie so leise, dass es kaum mehr als ein Hauchen ist.

»Warum ich dich unbedingt hassen wollte und es immer noch will? Weil dein Anblick mich daran erinnert, wie ungerecht diese Welt ist. Dass Menschen wie du ihre Träume im Schlaf verwirklichen können, ohne auch nur zu ahnen, dass Menschen wie ich diese Träume nie erreichen werden, egal wie hart sie dafür arbeiten. Weil du mich daran erinnerst, was mir selbst fehlt und was ich, egal wie viel Mühe ich mir gebe, niemals haben kann. Und weil du in meinen Augen arrogant, überheblich und oberflächlich sein müsstest, du aber das komplette Gegenteil davon bist. Du machst es mir so verdammt schwer, dich zu hassen und allein dafür würde ich dich am liebsten hassen. Und dann ist da noch etwas ...«

Ich stocke und reibe mir mit zitternden Händen über das Gesicht, weil ich nicht weiß, ob ich mutig genug bin, die nächsten Worte wirklich auszusprechen.

»Was?«, flüstert Skye und legt ihre Hände auf die meinen. Sie zieht sie sanft von meinem Gesicht und sucht mit ihren flehenden Augen meinen Blick. »Sag es mir, Austin. Bitte.«

»Ich liebe dich, Skye. Schon seitdem ich dich damals das erste Mal gesehen habe. Du hast mich vom ersten Augenblick an verzaubert und mich nicht mehr losgelassen. Dabei habe ich alles versucht, um dich wegzustoßen. Aber es gelang mir einfach nicht, obwohl ich wusste, dass ich dir niemals würde gerecht werden können. Jedes Mal, wenn ich dich gesehen habe, hat mein Herz höhergeschlagen, aber gleichzeitig hat es mein Herz auch zerrissen, weil ich wusste, dass ich nicht genug bin. Du warst immer unerreichbar für mich. Dass sich eine Whitmore auf jemanden so Mittellosen wie mich einlässt ... vollkommen undenkbar. Das hat mich fertig gemacht und so ... so verdammt wütend.«

Die Tränen, die sich bei meinen Worten in Skyes Augen gebildet haben, glitzern im Mondschein wie ein tiefer Silbersee, in dem tausende Kristalle schwimmen.

Mit meinem Vorhaben, sie nicht mehr zum Weinen zu bringen, bin ich offenbar kläglich gescheitert. Denn die Tränen, die nun ihre Wangen benetzen, sind der salzige Beweis dafür, dass ich wieder einmal auf ganzer Linie versagt habe.

Umso überraschter bin ich, als Skye die Hand nach mir ausstreckt und zärtlich über meine Wange streicht.

»Wieso hast du nie mit mir darüber gesprochen?«, flüstert sie mit bebender Stimme.

Ich schlucke und schließe unter ihrer sanften, wohltuenden Berührung die Augen.

»Du fragst einen Mann ernsthaft, warum er nicht über seine Gefühle und Zweifel redet? Und dann auch noch ausgerechnet mit der Person, die der Auslöser dafür ist? Prinzessin ... komm schon ...«, raune ich und schmiege meine Wange in ihre warme Handfläche.

»Wenn du mit mir geredet hättest, wüsstest du aber, dass du mit deinen Gefühlen nicht allein bist, Austin.«

Ich öffne blinzelnd meine Augen und umgreife ihr Handgelenk.

»Was willst du damit sagen?«

»Na was denkst du denn?«, wispert Skye und beugt sich zu mir vor.

Ihre Lippen streifen wie der Flügelschlag eines Schmetterlings über die meinen und obwohl sie mich nicht küsst, fühlt sich das hier so intim und intensiv an, dass ich darüber beinahe den Verstand verliere.

Skyes Nähe lässt jeden klaren Gedanken in meinem Kopf verschwinden und bringt meinen Herzschlag dazu, sich dem ihren anzupassen und mit ihr im Einklang zu schlagen.

Ihre Lippen sind den meinen so nah, dass ich jeden

ihrer Atemzüge spüren und in mich aufsaugen kann. Wir atmen nicht nur dieselbe Luft, wir teilen sie miteinander.

»Manchmal ist es leichter, jemanden zu hassen, als sich seinen wahren Gefühlen zu stellen und die Gefahr einzugehen, verletzt zu werden.«, flüstert sie. »Aber das Leben ist zu kurz und zerbrechlich, um es nicht zu wagen.«

Meine Zunge streicht lockend über ihre süßen Lippen, die sich schüchtern an den meinen reiben und das leise, erregte Keuchen, das dabei aus Skyes Kehle dringt, lässt mich hart werden.

Ich umfasse ihre Oberarme und ziehe sie über die Mittelkonsole hinweg auf meinen Schoß.

Wäre das hier mein Subaru, hätte ich den Sitz mit einem einfachen, schnellen Handgriff zurückschieben können. Doch diese nervige Hightech Luxuskarre lässt sich nur mit einem Knopf verstellen, sodass Skye sich eng an meine Brust lehnen muss, um nicht den Wald mit lauten Hupgeräuschen zu erfüllen.

Wir lachen beide, als das leise, monotone Surren des Sitzes uns Zentimeter für Zentimeter nach hinten fahren lässt. Mit jeder anderen Frau wäre mir diese Situation furchtbar peinlich gewesen, aber nicht mit Skye.

Als wir uns endlich bewegen können, spreizt sie ihre Beine und setzt sich rittlings auf mich.

»Hi«, flüstere ich mit rauer, heiserer Stimme.

»Hi«, erwidert sie und senkt ihre Lippen auf die meinen.

Dieses Mal ist es kein vorsichtiger, behutsamer

Schmetterlingskuss, sondern ein wuchtiger, kraftvoller Blitzeinschlag, der unsere Körper zum Erbeben und unser Blut zum Kochen bringt.

Ich umfasse ihr Gesicht, ziehe sie enger an mich heran und stehle mir den Kuss, von dem ich schon so lange so sehnsüchtig träume.

Eigentlich ist das hier schon unser vierter Kuss und doch ist es der Erste.

Es ist der erste Kuss, den wir einander schenken, nachdem wir unser Herz für den anderen geöffnet und alles zugelassen haben, was wir über Jahre zurückgehalten und verdrängt haben.

Es ist der erste Kuss ohne Masken und Mauern. Roh, ehrlich und voller angestauter Emotionen, die uns wie ein fließender Strom mit sich reißen.

Ihre Hände greifen in mein Shirt, so als müsste sie sich an mir festhalten, um nicht den Halt zu verlieren.

Ihr Atem mischt sich an meinem Mund mit dem meinen und um zu überleben, müssen wir einander weiterküssen.

Dies ist der erste Kuss, der nicht aus Wut, Verzweiflung, oder einem Machtspiel geboren wurde, sondern aus reiner, unaufhaltbarer und ungefilterter Sehnsucht.

Skyes Lippen schmecken nach süßer Freiheit und fühlen sich so vertraut an, als hätten sie ein Leben lang darauf gewartet, von mir in Besitz genommen zu werden.

Meine Hände gleiten in ihr seidiges, goldenes Haar und ich ziehe sie näher an mich heran, weil jeder Zentimeter, der uns voneinander trennt, schmerzt.

Sie festigt ihren Griff um mein Hemd und ich genieße es. Denn sie ist mein Anker, auf den ich so lange gewartet habe und der mir jetzt endlich den Halt gibt, den ich über Jahre vergebens gesucht habe.

Nichts an diesem Kuss ist ungewiss. Es schwingen keine Fragen darin. Keine Zweifel. Dieser Kuss ... er ist die Antwort. Die Antwort auf alles, was wir uns nicht trauten, auszusprechen. Er ist die Antwort unseres Herzens und unserer Seele auf all das, was unser Verstand verschwiegen hat. Auf all das, was Worte niemals hätten ausdrücken können. Auf die Sehnsucht nacheinander, die wir so lange ignoriert haben. Es ist die Antwort auf die Kämpfe, die wir mit uns selbst ausgefochten haben und der Einsturz der Mauern, die unser Herz voreinander schützten.

Gerade jetzt, als Skye ihre Lippen öffnet und ich mit meiner Zunge tief in sie tauche, hört meine Welt auf, sich zu drehen. Nicht, weil unser Kuss sie stillstehen lässt, sondern weil sie endlich so ist, wie sie immer sein sollte: Perfekt.

Als wir uns irgendwann mit geschwollenen Lippen und prickelnden Zungen voneinander lösen, lächelt Skye.

»Es hat ganz schön lange gedauert, die Karten auf den Tisch zu legen.«

Ich lehne meine Stirn an die ihre und erwidere ihr Lächeln. »Manche Dinge im Leben sind es wert, darauf zu warten. Du, zum Beispiel.«

Meine Hand streicht ihren Rücken hinauf und als Skye sich ihr lustvoll und mit geschlossenen Augen entgegenreckt, verstehe ich, dass sie mehr will, als nur Küsse auszutauschen.

Ich lasse meine Hand nach vorne wandern, gleite unter ihre Lederjacke und umfasse durch den Stoff ihres dünnen Shirts ihre linke Brust.

»Gott, ja«, stöhnt sie leise und drückt ihren Rücken durch.

Ich massiere ihre Brust durch den Stoff hindurch und spüre, wie mein Schwanz in meiner Hose zu pulsieren beginnt. Er ist durch die heißen Küsse sowieso schon hart wie Stein. Doch jetzt beginnt dieser Stein auch noch zu pochen und drückt sich ungeduldig gegen meinen Reißverschluss.

Ich verlagere das Gewicht, um Druck abzubauen, doch Skye legt ihre Hände auf meine Oberschenkel und fährt daran hinauf.

»Was tust du da?«, frage ich mit krächzender Stimme.

»Ich befreie ihn, damit ich mich um ihn kümmern kann«, wispert sie atemlos und öffnet dabei den Knopf und den Reißverschluss meiner Hose.

Um meinen Hals, unmittelbar über dem Schlüsselbein, windet sich eine Schlinge, die mir die Luft abschnürt und gleichzeitig habe ich das Gefühl, meine Arme seien eingeschlafen, weil tausende von Nadelstichen sie zum Prickeln bringen.

»Ich ... ich weiß nicht, ob ich mich zurückhalten kann, Prinzessin«, keuche ich und stöhne gequält auf, als sie in meine Boxershorts greift, meinen Schwanz in ihre Faust nimmt und daran auf- und abzugleiten beginnt. »Fuck ... Skye ...«

Meine Stimme klingt entrückt und so dunkel, dass sie mir selbst befremdlich vorkommt.

Aber das, was Skye da gerade mit mir anstellt, lässt meine über Jahre verdrängten Fantasien wieder an die Oberfläche kehren und zwar mit solch einer Wucht, dass mein Körper davon wie durch ein Erdbeben erschüttert wird.

Ich stoße mit meinem Becken rhythmisch in ihre Hand und auf meiner Haut breitet sich eine verräterische Gänsehaut aus. Nicht etwa von der Kälte, die draußen herrscht und die langsam das Wageninnere erreicht, sondern von Skyes erotischer Massage, die meine Lust auf Sex mit ihr anfacht und mein Kopfkino auf Hochtouren laufen lässt.

Ich drücke den Kopf in die Polster, schließe die Augen und stöhne hemmungslos in die Nacht.

Warum soll ich mich zurückhalten? Wieso soll ich meine Gefühle verbergen?

Nein. Ich will sie *leben*. Will sie freilassen und jeden Augenblick davon genießen.

Meine Hand gleitet unter Skyes Shirt, wo sie auf warme, weiche Haut trifft. Meine Finger bahnen sich einen Weg an ihrer Seite entlang, bis zu ihrem BH, dessen linken Cup sie notdürftig beiseiteschieben, damit sie sich ihrer kleinen, süßen Knospe widmen können, die sich unter meinem Daumen und Zeigefinger genussvoll zusammenzieht.

Skye nimmt meine andere Hand und führt sie zu ihrem Schritt.

»Streichel mich«, verlangt sie und hilft mir dabei, ihre Hose zu öffnen.

Sie kniet sich neben meine zusammengeschobenen Oberschenkel auf den Fahrersitz und setzt sich leicht auf, sodass meine Finger ihren Reißverschluss öffnen und in ihren Slip zwischen ihre sündigen Schamlippen gleiten können.

Zärtlich streiche ich durch ihre Vulva und genieße, wie nass und geschwollen sie schon ist.

Mein Mittel- und Zeigefinger streichen über die Nervenstränge, die sich am oberen Ende ihrer Klit befinden und wollen sich von dort hinabarbeiten, um den Punkt zu finden, an dem ich Skye am meisten stimulieren kann. Doch noch bevor meine Finger weiter südlich wandern können, verrät mir das Zittern ihrer Beine, dass dieser Punkt ihrer Perle genau der Punkt ist, nach dem ich suche.

Mit kleinen Kreisen verwöhne ich sie in einem trägen, neckenden Rhythmus, während meine andere Hand unter ihrem Shirt mit ihrem steifen Nippel spielt und immer wieder ihre weiche, volle Brust knetet.

»Hast du ... ein Kondom?«, fragt sie gepresst und schreit leise auf, als zwei meiner Finger den Eingang ihrer Paradiespforte passieren und in sie hineingleiten.

»Ein Kondom?«, echoe ich lockend. »Warum?«

»Weil ...« Sie schluckt und atmet geräuschvoll aus, als ich meine Finger ganz tief in sie hineinschiebe und ihre Mitte behutsam dehne.

»Weil?«, flüstere ich verheißungsvoll und zwirbele dabei ihre sensible Knospe.

»Weil ich dich brauche«, stößt sie atemlos hervor. »Ich ... ich brauche dich, Austin.«

»Du meinst, du *willst* mich«, korrigiere ich sie,

doch sie schüttelt langsam den Kopf und öffnet ihre vor Ekstase geschlossenen Augen.

»Nein. Ich *brauche* dich. Über das Wollen bin ich längst hinaus. Ich brauche dich, um das hier zu überleben.«

Ihre Worte treffen mich direkt in mein Herz und ich halte in meiner Bewegung inne, um die Tragweite ihrer Bedeutung zu verstehen.

Skye *braucht* mich. Jemanden zu brauchen, ist das wohl größte Risiko, auf das man sich einlassen kann. Denn damit legt man sein Herz, seine Seele und sein Glück in die Hände eines anderen und gibt sämtliche Kontrolle an ihn ab.

Die Selbständigkeit ist der vielleicht sicherste und stärkste Selbstschutz, den wir haben. Ihn aufzugeben, ist der größte Vertrauensbeweis überhaupt.

Ich ziehe meine Hand unter Skyes Shirt hervor und taste in meiner Jackentasche nach meinem Geldbeutel. Mit ganz viel Glück steckt dort noch irgendwo ein Kondom.

Als ich auch meine zweite Hand zur Hilfe nehmen will, zieht mir Skye den Geldbeutel aus den Fingern und schüttelt den Kopf.

»Nicht aufhören. Es ...« Sie atmet genussvoll ein. »Es tut so unglaublich gut.«

Ich lache leise und beschwere mich nicht darüber, dass sie ihre talentierten Hände von meinem Schwanz genommen hat und nun statt- dessen meinen Geldbeutel nach einem Kondom durchforstet. Stattdessen necke ich ihre Klit mit meinen Fingern und sauge jedes einzelne Wimmern, das ich dafür ernte, wie ein Schwamm das Wasser, gierig in mich auf.

»Hier ist eins«, sagt Skye mit bebender Stimme, reißt die Verpackung auf und rollt es in einer fließenden, geschickten Bewegung über meinen aufgerichteten Ständer.

Ich senke den Blick auf meinen bereiten Schwanz und sehe sie aus halb gesenkten Augenlidern mit einem vor Lust verhangenen Blick an.

»Wenn du mich brauchst, erlaube ich dir, mich zu benutzen, Prinzessin«, raune ich und erschaudere, weil mich meine eigenen Worte derart anmachen, dass ich es kaum erwarten kann, bis sie mich endlich besteigt und tief in sich aufnimmt. »Du kannst mich reiten, oder aber ...« Ich halte inne und drehe meinen Kopf in Richtung der Rückbank. »Ich ficke dich auf dem Rücksitz. Du darfst es dir aussuchen.«

Skye hält bei meinem Vorschlag die Luft an und eine süße, unschuldige Röte ziert ihre engelszarten Wangen.

Sie sieht aus, als wäre sie gerade frisch gevögelt worden. Dabei haben wir noch nicht mal richtig angefangen.

Ich bemerke, wie ihr Blick an dem Rücksitz hängenbleibt und beuge mich an ihr Ohr. »Du hast es dir verdient, dass ich heute die Arbeit übernehme und du dich ganz entspannt von mir ficken lassen darfst. Also los, steigt auf den Rücksitz, geh auf die Knie, stütz dich an der Tür ab und spreiz deine wunderschönen Beine ganz weit für mich.«

Meine Lippen berühren bei jedem Wort, das sie

verlässt, Skyes empfindliche Ohrmuschel und ich registriere mit Genugtuung, wie sich auf ihrem Hals kleine, rote Pusteln bilden, die mir bestätigen, dass sie sich genau das wünscht.

Sie klettert auf den Rücksitz, streift sich Schuhe und Hose von Füßen und Beinen und tut, worum ich sie gebeten habe.

Einen Moment lang beobachte ich sie gebannt, dann steige ich aus, öffne die hintere Tür und genieße für ein paar Sekunden, die viel zu schnell vergehen, Skyes runden, knackigen Po, der sich mir entgegen-reckt und von der kühlen Luft, die ihn streift, rot gefärbt wird, ohne dass ich dafür selbst Hand anlegen muss.

Ich steige ein, ziehe die Tür hinter mir zu und schiebe meine Hose samt Boxershorts bis zu meinen Knien hinab.

Dann lasse ich meine Hand durch Skyes Spalte gleiten und knurre lüstern, als sich die Feuchtigkeit darauf sammelt, die ich um ihre Pforte verteile.

Behutsam wickele ich ihre langen, blonden Haare um meine freie Hand, ziehe ihren Kopf zurück und beuge mich zu ihr vor. »Ich werde jetzt in dich eindrin-gen, dich weiten, mich bis zum Anschlag in dich schieben und dich dann zum Orgasmus vögeln. Ist das in deinem Sinne?«, flüstere ich mit unheilvoller und zugleich zutiefst erregter Stimme an ihrem Ohr.

»Ist es«, haucht sie beinahe schon flehend und spreizt ihre Beine noch ein Stückchen weiter für mich.

»Braves Mädchen«, lobe ich sie und positioniere meinen pochenden Schwanz an ihrem Eingang.

Langsam stoße ich zu und dringe mit jedem Stoß ein kleines bisschen tiefer in sie ein. Vielleicht hätte ich sie erst lecken und ihren Schoß mit einem klitoralen Orgasmus weiten sollen, aber die Geduld dafür habe ich einfach nicht mehr aufbringen können, so gern ich auch von Skye kosten möchte.

Ich genieße es, dass ihre Nässe meinen Schwanz wie ein warmes Entspannungsbad umhüllt und ihre Muskeln ihn wie eine Orange auspressen.

Ihre kleinen, hilflosen Schreie jagen Schauer der Lust über meinen Rücken und das Wissen, dass ich hier und jetzt endlich mit der Frau schlafe, die ich schon seit Jahren begehre, lässt mich überwältigt die Augen verdrehen.

Ich löse meine Hand aus ihren Haaren, weil das Dach des Wagens zu niedrig ist, um sie an meine Brust zu ziehen und ihre Pussy zu streicheln, während ich meine Zunge in ihren Mund schiebe und mein Schwanz sie sanft penetriert.

Stattdessen umfasse ich mit beiden Händen ihre Hüften, schiebe mich noch ein Stück tiefer in sie und ziehe ihr Becken an meine Lenden, sodass ich bis zum Anschlag in ihr versinke.

Vorsichtig gleite ich aus ihr hinaus, nur um unmittelbar darauf wieder in sie einzutauchen.

»Gut?«, frage ich durch zusammengebissene Zähne.

»Ja ...«, haucht sie. »Sehr gut.«

Ich gleite mit meiner rechten Hand unter ihr Shirt und fahre mit meinem Zeigefinger an ihrer Wirbelsäule hinauf, spüre ihren Atem unter meiner Zuwendung und warte, bis er sich etwas beruhigt hat, bevor ich beginne, in einem stetigen, federnden Rhythmus in sie zu pumpen.

Skye wirft ihren Kopf in den Nacken und stöhnt, was mir zusätzlich zu ihrem rhythmisch krampfenden Schoß verrät, dass es ihr gefällt, so genommen zu werden.

Ich sehe auf den Punkt, an dem wir miteinander verbunden sind hinab und der Anblick, wie Skyes hübscher Po gegen meine sie vögelnden Lenden klatscht, brennt sich für immer in meine Netzhaut.

Am liebsten würde ich uns filmen, damit ich mir unseren kleinen Porno den ganzen Tag lang ansehen und mir dabei einen nach dem anderen runterholen kann, wenn Skye gerade nicht in der Nähe ist, um mir Abhilfe zu verschaffen.

Als ich realisiere, dass ich automatisch annehme, wir beide seien jetzt ein Paar und würden fortan regelmäßig miteinander schlafen, machen sich nagende Zweifel in mir breit.

Tatsächlich haben wir darüber noch gar nicht gesprochen. Darüber, wie es nach dieser Nacht weitergehen soll. Und ... ob es überhaupt weitergehen soll und ... wird.

Ich schiebe diese störenden Gedanken von mir und konzentriere mich allein auf den Moment. Den Moment, auf den ich so lange gewartet und von dem ich so oft geträumt habe.

Das Gefühl, mich in der Frau zu verlieren, der mein Herz gehört, ist unbeschreiblich schön und befriedigend.

Es ist etwas völlig anderes, mit jemandem zu schlafen, der einem nichts bedeutet. So, wie mit den zahlreichen Frauen vor Skye.

Aber das hier ... das hier ist nicht bloß Sex. Es ist reine, unverfälschte und hingebungsvolle Liebe.

»Sprich mit mir, Prinzessin«, bitte ich sie. »Sag mir, was du von mir brauchst.«

»So ...«, keucht sie und dreht ihr hübsches, gerötetes Gesicht zu mir. »Genau so brauche ich es. Bitte mach weiter.«

Ich streiche mit den Fingern meiner rechten Hand über ihre Pobacke, bevor ich zupacke und sie darin vergrabe, sodass ihr knackiger, runder Po von roten Abdrücken gezeichnet ist. Gleichzeitig reibe ich mit meiner linken Hand über die empfindliche Stelle an ihrer Perle, während ich mit gemächlichen, trägen Stößen weiter in sie gleite.

Ich bin mir sicher, dass sie schneller kommen würde, wenn ich sie richtig hart durchficke. Doch ich bin für jede Sekunde, die ich ihren Orgasmus mit diesen sanfteren, leichteren und schnelleren Stößen hinauszögern kann, dankbar. Denn es ist viel zu schön, um schon damit aufzuhören.

Skyes Stöhnen wird lauter und mit jedem Ton, der ihre Kehle verlässt, schwillt mein Schwanz weiter in ihr an, so als hätte er eine direkte Verbindung zu ihren Lippen.

Ich spüre, wie sich der Höhepunkt in mir zusammenbraut und Skyes feuchte Mitte, deren saftiges Schmatzen sich bei jedem Stoß mit ihrem hemmungslosen Stöhnen vermischt, sorgt dafür, dass ich mich zurückhalten muss, um nicht vor ihr zum Orgasmus zu gelangen.

Deshalb ziehe ich mich aus Skye zurück und penetriere sie mit kleinen, extrem schnellen Stößen, bei denen ich mich nur bis zur Hälfe in sie schiebe. Ihr Atem wird flacher. Ihr Wimmern gequälter. Ihre Mitte noch nasser. Das Schmatzen hörbar lauter.

»Wir werden gleich zusammen kommen, Prinzessin. Und zwar ...«

Ich ramme mich in sie und stoße bei dem Hochgenuss, den ich dabei verspüre, einen nicht jugendfreien Fluch aus.

»In drei ...« Wieder ramme ich mich in sie und murmele benommen vor Lust, »Fuck, was machst du nur mit mir? Deine Pussy ist so verdammt nass, Skye.«

»Zwei ...«, keucht sie, als ich mich ein weiteres Mal kraftvoll in sie schiebe und sie unter mir erzittert.

»Eins«, rufen wir beide unisono, als ich mich ein letztes Mal tief und fest in ihr verliere.

Skye bäumt sich auf und mein heißer Saft schießt in einer heftigen Druckwelle in ihren Schoß.

Ich sehe Sterne, die vor meinen Augen tanzen und bringe kaum die Kraft auf, kontrolliert und rhythmisch weiter in sie zu pumpen, bis ihre und auch meine Schreie langsam abebben und unser verklungener Orgasmus uns wieder zu Atem kommen lässt.

Erschöpft ziehe ich mich vorsichtig aus ihr zurück, wickele das Kondom in ein Taschentuch meiner Jackentasche und ziehe Skye auf meinen Schoß, sodass sie in meinen Armen liegt.

»Hi«, flüstere ich erneut und küsse sie. »Ich möchte das hier ab sofort bitte jeden Tag mit dir.«

Sie lächelt, doch dann sieht sie zu Boden und die nagenden Zweifel, die ich bis eben so erfolgreich zur Seite geschoben haben, kehren auf einen Schlag zurück.

»Bitte sag mir jetzt nicht, dass du das nicht willst.«

»Doch. Ich ... natürlich will ich es.« Sie wendet sich mir wieder zu und sieht mir in die Augen.

Erleichtert atme ich aus.

»Wir müssen uns überlegen, wie das funktionieren kann und soll, Austin. Du stehst jetzt in der Öffentlichkeit und noch dazu gewaltig unter Druck. Machen wir uns keine Illusionen: Wir wären kein normales Paar, das seine Beziehung einfach so abseits des Rampenlichts ausleben kann. Das weißt du so gut wie ich. Wir müssen es planen und absprechen. Nicht nur untereinander, sondern auch mit dem Team. Und das funktioniert nicht von heute auf morgen.«

»Das ist mir egal, solange es nur funktioniert«, sage ich mit Nachdruck. »Oder bin ich doch nicht ...« Ich stocke und schließe für einen Moment die Augen. »... genug?«

»Du bist mehr als das, Austin. Du bist alles, was ich will. Also zweifle nicht an dir und ... an uns.«

Ich nicke und versiegele ihr Geständnis mit einem langen, innigen Kuss, von dem ich mir wünsche, dass er niemals endet.

Als wir uns schließlich nach einer Weile voneinander lösen, uns anziehen und die Heimfahrt fortsetzen, verschränkt Skye ihre Finger mit den meinen und schenkt mir damit ein Gefühl von Glück, Geborgenheit und vollkommener, innerer Ruhe.

Es ist, als hätte sie den jahrelangen Sturm in mir zum Versiegen gebracht. Zum ersten Mal in meinem Leben bin ich in der Lage, der Stimme meines Herzens ohne jegliche Anstrengung und Ablenkung zu lauschen und so etwas wie inneren Frieden zu verspüren. Und dafür bin ich ihr unendlich dankbar.

»Wir sind da«, sage ich bedauernd, als ich auf den Parkplatz abbiege und wir uns voneinander trennen müssen. »Du fährst vor und ich folge dir. Kurz vor der Hoteleinfahrt warte ich, bis du eingeparkt hast und ins Hotel gegangen bist. Dann komme ich nach, damit niemand Verdacht schöpft, warum wir so spät noch gemeinsam unterwegs sind.«

Skye schenkt mir ein dankbares, zustimmendes Lächeln und beugt sich zu einem letzten, süßen Kuss zu mir herüber. »So machen wir es.«

Sie nimmt die 20.000 Pfund aus ihrer Tasche und legt sie in die Mittelkonsole.

»Was hast du jetzt damit vor?«

Ich zucke die Achseln und fahre mir mit der Hand durch die Haare. »Naja ... es ist *unser* Geld. Wir sollten gemeinsam entscheiden, was wir damit machen.«

Skye nickt, noch immer lächelnd und steigt aus dem Wagen aus. Doch statt, dass sie die Tür hinter sich schließt, streckt sie ihren Kopf noch einmal zu mir rein.

»Hey Ashcroft. Nach allem, was ich heute Abend gesehen, gehört und erfahren habe, weiß ich jetzt, wo dein Problem liegt.«

»Welches meinst du?«, schnaube ich belustigt. Als hätte ich nur eins …

»Wenn du auf das Podium und Rennen gewinnen willst, musst du deine Zweifel beiseite schieben und Spaß haben. So, wie heute Abend. Jeder, der in der *Serie del Rey* fährt, besitzt Talent und Können. Und jedes Team hat Top-Material, Top-Mechaniker, Top-Strategen und eine Menge Geld, die sie in die Autos stecken. Die Ausgangsposition ist also für alle ähnlich, verstehst du? Du bist nicht mehr länger der arme, mittellose Junge. Du bist jetzt einer der Besten. Aber um der *Beste* der Besten zu werden, musst du lieben, was du tust. Du musst es mit jeder Faser deines Körpers und deines Bewusstseins lieben. Nur wer Spaß an dem hat, was er tut, ist wirklich gut darin. Wer an sich zweifelt, oder mit aller Macht versucht, es zu erzwingen, hat schon verloren. Du musst auf dich selbst schauen, nicht auf die anderen. Deine Konzentration und Aufmerksamkeit sollten einzig und allein dir und dem Hier und Jetzt gelten. Was gestern war, interessiert niemanden mehr. Was morgen ist, wissen wir nicht. Alles, was zählt, ist dieser eine, vergängliche Moment, in dem du die Chance erhältst, deinen Traum zu leben. Also vergiss vor lauter Zweifel, Ängsten und Sorgen nicht, das auch zu tun. Sonst ist dieser Traum eines Tages vorbei, ohne dass du ihn wirklich gelebt hast.«

Sie holt tief Luft und sieht mir fest in die Augen.

»Austin … Du hast *alles*, was du brauchst, um zu siegen. Nämlich *dich*. *Du* bist genug, hörst du? Du. Bist. Genug. *Ich* weiß das, aber das nutzt nichts, solange *du* das nicht weißt. Also hör auf zu zweifeln und fang endlich an, deinen Traum zu leben, ja? Tu es für dich und für alle, die ihren großen Traum nicht leben konnten ...«

Sie lässt den letzten Teil des Satzes unausgesprochen, doch wir wissen beide, dass sie damit sich selbst meint.

Skye wünscht sich, dass ich meinen Traum lebe. Für mich und ... für sie.

Und ich will verdammt sein, wenn ich ihr diesen Wunsch nicht erfüllen kann.

21
SKYE

Ich fühle mich irgendwie verwegen, als ich den Wagen auf dem weitläufigen Parkplatz des Teamhotels parke und um diese nächtliche Uhrzeit durch die Eingangstüren schlüpfe.

Meine Wangen sind gerötet, meine Lippen geschwollen und zwischen meinen Schenkeln pocht es verräterisch.

Draußen höre ich das Röhren von Austins Sportwagen, der nun ebenfalls auf den Parkplatz fährt.

Ich stoße eilig die Tür zum Treppenhaus auf und flüchte mich in den zweiten Stock, wo ich mit zittrigen Fingern die Keycard an den Sensor halte und beinahe der Länge nach in mein Hotelzimmer falle, als sich die Tür unverhofft schnell öffnet. Hastig schließe ich sie wieder und lehne mich mit dem Rücken dagegen, bevor ich geräuschvoll ausatme und sich ein strahlendes Lächeln auf meinem Gesicht ausbreitet.

Schmetterlinge schwirren in meinem Bauch und das Kitzeln ihrer zarten Flügel, die meine Haut streifen, bringt mich zum Lachen. Es ist ein glückliches, befreiendes und unbeschwertes Lachen, frei von Sorgen, Schmerzen und Zweifeln.

Niemals hätte ich geglaubt, dass Austin Ashcroft meine Gefühle erwidern könnte. Dass er so für mich empfindet, wie ich für ihn.

Dieser Traum war zu unrealistisch, als dass ich geglaubt hätte, er würde jemals in Erfüllung gehen.

Und doch passiert manchmal, wenn man am wenigsten damit rechnet, genau das. Wünsche, die man nicht einmal wagt, laut auszusprechen, erfüllen sich.

In meinem Kopf und in meinem Herzen herrschen Aufruhr und ein heilloses Durcheinander. Dieses Chaos zu sortieren, wird einige Zeit in Anspruch nehmen. Definitiv mehr Zeit, als der Rest der Nacht noch zu bieten hat.

Ein Blick auf die Uhr meines Handys verrät mir, dass es nach zwei Uhr in der Früh ist. Viel zu spät und doch viel zu früh, um sich in diesem aufgekratzten Zustand schlafen zu legen.

Ich will das Handy gerade an das Ladekabel, das auf meinem Nachttisch liegt, anschließen, als ich fünf verpasste Anrufe darauf aufblinken sehe. Sie sind allesamt von Riley.

Ich überlege, ob ich Riley, die, wie sie uns während des letzten Grand Prix Wochenendes feierlich eröffnet hat, im dritten, jetzt vierten Monat schwanger ist, um diese späte Uhrzeit noch anrufen und damit riskieren soll, Dante um seinen Schlaf zu bringen, als es an meiner Tür klopft.

Erschrocken zucke ich zusammen und rechne fest damit, dass es Austin ist, der sich heimlich in mein Zimmer schleichen will. Doch als ich die Tür öffne, ist es Riley, die mit müden Augen davorsteht und vorwurfsvoll das Gesicht verzieht.

»Du bist nicht erreichbar. Das ist ein No-Go. Vor allem, wenn man so große Scheiße baut, wie du und sich dabei auch noch erwischen lässt«, begrüßt sie mich und schiebt sich ungefragt an mir vorbei in mein Zimmer. »Mach die Tür zu und setz dich, Skye.«

Ich beiße mir auf die Unterlippe und mein Herz beginnt augenblicklich zu rasen. Wenn Riley diesen harten, unnahbaren Befehlston an den Tag legt, ist sie nicht Riley, meine beste Freundin, sondern Riley, die Pressechefin von *Titan Racing*. Also muss irgendetwas vorgefallen sein, womit ich dem Team geschadet habe und ich kann mir auch schon denken, was.

Sie hält mir ihr Handy vor die Nase und ich senke schuldbewusst den Blick.

»Soll ich dir die Überschrift dieses Artikels vorlesen, der sich gerade wie ein Lauffeuer verbreitet und morgen in sämtlichen Motorsportzeitungen dieser Welt zu finden sein wird, ganz zu schweigen von den Websites, Podcasts, TV- und Radio-Sendern?«

Ich schüttele den Kopf. »Besser nicht.«

»Du und Austin habt also beschlossen, dass euch der britische Grand Prix zu langweilig ist und ihr deswegen lieber euer eigenes, kleines Rennen fahren wollt, hm?«

Ich schlucke und schweige, weil Rileys Donnerwetter gerade erst begonnen hat.

»Ist dir mal in den Sinn gekommen, was da alles hätte passieren können? Das Rennen mag zwar nicht illegal gewesen sein, wobei man auch darüber streiten kann, aber sowas ist scheißgefährlich, Skye. Was, wenn ihr einen Unfall gebaut hättet? War da irgendwo ein Krankenwagen, oder zumindest ein Arzt? Wohl kaum. Und anscheinend ist dir auch entgangen, dass Austin in der *Serie del Rey* nicht gerade mit Glanzleistungen auf sich aufmerksam macht. Denkst du nicht, dass es da angebracht wäre, dass er ausgeschlafen und vorbereitet an die Rennstrecke kommt, statt sich in der englischen Pampa mit dir die Nacht um die Ohren zu schlagen und dabei auch noch fotografiert zu werden?«

»Handys waren dort eigentlich verboten«, piepse ich kleinlaut, was Riley verächtlich den Kopf schütteln lässt.

»Natürlich. Und weil wir ja auch in einer Gesellschaft leben, in der jeder ein Gutmensch ist und sich brav an die Regeln hält, hast du das geglaubt, ja? Hast du nicht mal eine Sekunde lang darüber nachgedacht, wie viel Geld solche Fotos einbringen? Wer auch immer die geschossen hat, hat sich heute Nacht eine goldene Nase verdient. Dafür kann man schon mal die Regeln missachten und ein Zweithandy anschleppen. Es wundert mich, dass nicht mehr Deppen auf diese glorreiche Idee gekommen sind. Vielleicht, weil sie nicht mit Austins Anwesenheit gerechnet haben. Aber weißt du was? Ob einer oder zehn ist letztendlich vollkommen egal, weil ein einziges Foto ausreicht, um eine fette Lawine loszutreten. Und diese Lawine, Süße, die können weder du noch ich aufhalten. Sie rollt schon. Und spätestens morgen wird sie dich, Austin und *Titan Racing* in ihrem vollen Ausmaß erfassen.«

Ich schlucke erneut, als mir die Tragweite dieses Skandals bewusst wird und ich realisiere, dass mich Austins Gegenwart derart abgelenkt hat, dass ich meinen gesunden Menschenverstand darüber glatt abgeschaltet habe.

»Es tut mir so leid, Riley. Was kann ich tun?«, frage ich und presse die Hände an meine pochenden Schläfen.

»Nichts. Ich regele das. Aber du kannst dich auf ein Donnerwetter gefasst machen. Toni wird dich mit Sicherheit sprechen wollen und auch die Paparazzi haben dich jetzt auf dem Schirm und werden in deinem Leben wühlen. Damit kannst du deine Vergangenheit nicht mehr länger unter Verschluss halten. Wenn du willst, dass dieses Gewitter schnell vorüberzieht, solltest du dich entweder beurlauben lassen, oder dich nicht mehr mit Austin zusammen sehen lassen. Beides erscheint mir keine Option zu sein, wenn ich mir dich so ansehe. Denn so, wie du trotz dieses PR-Desasters gerade strahlst, bist du heute Abend nicht nur heimlich Rennen gefahren, sondern auch ordentlich durchgevögelt worden, oder?«

Rileys unfehlbarer Instinkt ist Fluch und Segen zugleich. In diesem Fall jedoch vor allem ersteres. Denn sie kann in Menschen lesen, wie in einem offenen Buch und das ist, wenn man selbst das Buch ist, ausgesprochen unangenehm.

»Sag bloß, Ashcroft und du habt das Kriegsbeil begraben und beschlossen, dass es viel mehr Spaß macht, miteinander zu schlafen, statt gegeneinander zu kämpfen«, grinst sie und ihre bis eben noch unverkennbare Wut verpufft auf einen Schlag.

Auch dafür liebe ich Riley. Sie kann sich furchtbar aufregen, aber sie beißt sich nicht daran fest, sondern kehrt genauso schnell wieder auf die Erde zurück, wie ihre Wut sie hat abheben lassen.

»Du weißt ja wohl am besten, wie das ist ...«, seufze ich und spiele damit auf ihre anfangs überaus feindselige Beziehung mit Dante an.

»Und ob. Seinen größten Feind zu daten, verspricht den besten, wildesten und ausschweifendsten Sex ever. Ich freue mich, dass auch du endlich in diesen Genuss gekommen bist. Was mich allerdings zu der unvermeidbaren Frage bringt, wie es jetzt zwischen euch weitergehen soll. War das nur eine einmalige Sache, oder ist da mehr?«

Ich räuspere mich und knete nervös die Hände in meinem Schoß. »Ich schätze, da ist weitaus mehr. Aber so, wie die Dinge jetzt stehen, sind wir wohl am besten damit bedient, erst mal eine Vollbremsung zu machen und uns voneinander fernzuhalten, bis sich die Lage wieder beruhigt hat, oder?«

Riley zuckt die Schultern und streicht sich eine Haarsträhne aus dem Gesicht. »Entweder das, oder ihr geht *all in* und nutzt dieses Momentum, um eure Beziehung öffentlich zu machen.«

»Aber ... wir führen ja noch gar keine Beziehung. Ich meine ... bis vor ein paar Stunden wusste ich nicht mal, dass Austin überhaupt Gefühle für mich hegt und das schon seit Jahren. Ich muss das erst mal sacken lassen und sortieren, bevor ich mich in eine Beziehung mit ihm stürze.«

»Und das sieht er so wie du?«, will Riley wissen und zieht skeptisch eine Braue in die Höhe.

»Ich schätze schon. Wir sind uns zwar beide sicher, dass wir das zwischen uns vertiefen wollen, aber Hals über Kopf in eine Beziehung zu springen und sie dann auch noch öffentlich zu machen, ist in etwa so, als würde man bei voller Fahrt in einen Schnellzug einsteigen wollen. Wir hatten ja noch nicht mal ein Date und das werden wir auch nicht mehr haben können, jedenfalls nicht ungestört, wenn wir jetzt so überstürzt unsere Beziehung bekanntgeben. Du weißt doch, wie das ist ... man wird ständig beobachtet und fotografiert. Das ist schwer genug, wenn man so wie Dante und du ein Paar ist, dessen Beziehung gefestigt und besiegelt ist. Aber auch wenn Austin und ich uns schon lange kennen ...«

»Braucht ihr erst mal Zeit, um eine stabile und funktionierende Beziehung aufzubauen und das möglichst abseits des Scheinwerferlichts. Ich verstehe schon. Tja ...« Riley schnalzt mit der Zunge. »Wenn das so ist und Austin das ähnlich sieht, werdet ihr erstmal auf Abstand zueinander gehen müssen. Bist du damit einverstanden?«

Ich nicke, auch wenn der schmerzende Stich in meiner Brust mir unmissverständlich zu verstehen gibt, dass mein Herz mit dieser Entscheidung überhaupt nicht einverstanden ist.

»Gut. Dann rede ich morgen mit Austin und mit Toni. Zweifellos wird Toni auch dich sprechen wollen, also bereite dich schon mal darauf vor. Er kann sich, wie wir wissen, furchtbar aufregen, aber einem nie lange böse sein. Und wenn er selbst Kenzie ihre verbotene Beziehung zu Cesare verzeihen konnte, wird er das bei dir und Austin erst recht tun. Nichtsdestotrotz: Toni ist Geschäftsmann. Und als solcher muss er Austin rauswerfen, wenn er nicht langsam aber sicher anfängt, für *Titan Racing* abzuliefern und sich stattdessen anderweitig die Nächte um die Ohren schlägt. Also ist es in deinem und in seinem besten Interesse, wenn er sich auf das Geschehen *auf* der Rennstrecke konzentriert und nicht darauf, was abseits davon passiert.«

»Du hast recht«, stimme ich ihr zu. »Austin wird das genauso sehen. Sollen ... sollen wir ihn anrufen?«

Riley schüttelt den Kopf. »Lass ihn schlafen. Die paar Stunden Schlaf, die ihm bleiben, braucht er, wenn er morgen abliefern und das Gespräch mit Toni überstehen will. Es reicht, wenn einer von euch, in dem Fall du, sich den Rest der Nacht schlaflos im Bett wälzt und sich den Kopf zerbricht.«

Ich ringe mir ein schiefes Lächeln ab, weil Riley den Nagel auf den Kopf getroffen hat. Sie kennt mich einfach besser, als es gut für mich ist.

»Komm mal her, Süße«, sagt sie nun und zieht mich in eine tröstende Umarmung. »Alles wird gut. Versprochen. Die *Titan Racing Girls* haben schon viel heftigere Unwetter überstanden. Und du weißt doch: Wir halten zusammen, egal was geschieht. Du bist nicht allein, Skye. Und das wirst du auch nie sein. Einmal ein *Titan Racing Girl*, immer ein *Titan Racing Girl*.«

22

AUSTIN

Ich steige gerade aus der Dusche und habe noch nicht mal meinen ersten Kaffee intus, da klopft es auch schon an meiner Zimmertür.

Einen Moment lang denke ich, dass es Skye sein könnte, doch dann wird mir bewusst, dass sie um diese Uhrzeit schon längst an der Rennstrecke ist, weil die Catering Crew dort immer als erstes eintrifft.

Argwöhnisch öffne ich die Tür einen Spalt breit und entdecke Riley, die mich grimmig anblickt. Hinter ihr steht Dante, der mich, im Gegensatz zu seiner Freundin, mit einem breiten Grinsen bedenkt.

»Lass uns rein und zieh dir was an«, befiehlt Riley und marschiert an mir vorbei in mein Zimmer. Dante folgt ihr und lässt sich, immer noch breit grinsend, auf mein zerwühltes Bett plumpsen.

»Habt ihr hier drin auch gevögelt, oder nur in

deinem Auto?«, fragt er belustigt und erntet dafür von Riley einen warnenden Blick.

»Wer? Was? Worum geht's?«, stelle ich mich dumm, obwohl mir einleuchtet, dass es hier nur um Skye, mich und unseren kleinen, nächtlichen Ausflug gehen kann.

»Heute schon mal auf dein Handy geschaut?«, fragt Riley und überkreuzt genervt die Arme vor der Brust.

»Äh ... nein. Das tue ich für gewöhnlich nie vor dem ersten Kaffee. Warum? Ist was passiert?«

»Das kann man wohl sagen. Skyes und dein nächtlicher Ausflug ist aufgeflogen. Jetzt weiß dank der zahlreichen Fotos, die euch auf diesem heruntergekommenen Flugplatz zeigen, jeder davon. Auch Toni.«

Ich atme scharf ein und halte die Luft an, bevor ich sie wieder geräuschvoll aus meinen Lungen entweichen lasse.

»Fuck!«

»Ja, das trifft es auf den Punkt. Aber ich bin nicht hier, um dir deswegen eine Szene zu machen. Das erledigt Toni nachher. Ich wollte dich nur vorwarnen, damit du Bescheid weißt und dich nicht fragst, warum die Paparazzi und Journalisten heute noch schärfer darauf sind, dich abzulichten und zu interviewen, als sonst.«

»Was ist mit Skye?«, will ich wissen. »Geht es ihr gut?«

»Ich schätze, das kommt ganz darauf an, wie viel Mühe du dir gestern Abend gegeben hast, Kumpel«, entgegnet Dante amüsiert, dem die Situation sichtlich Spaß zu machen scheint. Im Gegensatz zu mir.

»Halt die Klappe, du Idiot. Außerdem: Was tust *du* überhaupt hier? Du bist mein Konkurrent, nicht die Pressechefin ...« Ich deute mit dem Kinn auf Riley, »im Gegensatz zu ihr.«

»Aber ich vögele die Pressechefin. Und ich bekomme ein Kind mit ihr. Also gehe ich überall hin, wo sie auch hingeht.«

»Spinner.« Riley verdreht die Augen, lächelt aber überglücklich, weil sich die beiden unglaublich auf ihr gemeinsames Kind freuen, wie Dante nicht müde wird, zu betonen, seitdem die beiden vor kurzem die Katze aus dem Sack gelassen haben.

»Glaub ihm bloß kein Wort. Als ob ich mich überwachen lassen würde. Wir waren gerade auf dem Weg zur Strecke, als ich spontan beschlossen habe, bei dir vorbeizuschauen, weil du nicht auf meine Nachrichten reagiert hast. Deshalb und nur deshalb ist er hier.«

»Und, weil ich mir dieses Spektakel auf keinen Fall entgehen lassen wollte. Denn wenn ich schon mal nicht der Buhmann bin, sondern als unschuldiger Goldjunge mit einer weißen Weste glänzen kann, muss ich das auch gebührend auskosten«, ergänzt Dante. »Davon abgesehen überwache ich meine Frau sehr wohl«, flüstert er mir mit vorgehaltener Hand zu. »Sie ist nämlich viel zu schön, als dass ich sie aus den Augen lassen könnte.«

Man sieht Riley an, dass sie gerne wütend auf Dante wäre, der sie hier so offenkundig auf den Arm nimmt, es aber nicht kann, weil sie ihn viel zu sehr liebt. Und obwohl ich gerade ganz andere Sorgen haben sollte, wünsche ich mir, dass auch Skye und ich eines Tages eine solch liebende und innige Beziehung miteinander führen werden.

»Also dann ...« Riley erhebt sich. »Wir sehen uns an der Strecke. Tu dir selbst einen Gefallen und gib keine Interviews. Was du gestern Nacht getan hast, war zwar nicht illegal, aber ausgesprochen dumm. Und das ist mehr als ausreichend für eine PR-Lawine, unter der ich dich dann anschließend wieder frei-schaufeln muss. Und das in meinem Zustand.«

»Tut mir leid. Ich dachte nicht, dass es rauskommt ...«

»Ich glaube vielmehr, dass du *gar* nicht gedacht hast, als du beschlossen hast, an dieser *Veranstaltung* teilzunehmen. Anders kann ich mir diese Schnapsidee nämlich echt nicht erklären, Ashcroft«, schimpft Riley und stemmt die Hände in die Hüften. »Manchmal wäre es wirklich hilfreich, wenn ihr Rennfahrer Machos eurem Gehirn mal mehr Aufmerksamkeit schenken würdet als eurem Schwanz ...«

»Okay, Schatz. Ich denke, er hat es verstanden«, sagt Dante beschwichtigend, stellt sich hinter seine Freundin und legt ihr seine Hände auf den Bauch. »Wir atmen jetzt mal tief ein. Und dann wieder aus«, flüs-tert er in ihr Ohr, woraufhin Riley lächelnd die Augen schließt und gemeinsam mit Dante atmet.

Oh Mann.

Bei so viel Liebe und Zuneigung wird mir ganz schlecht ... womöglich, weil ich selbst gerade unter

Entzugserscheinungen leide und der letzte Kuss von Skye gefühlt bereits eine halbe Ewigkeit zurückliegt.

»Komm. Lass uns gehen. Wir haben noch ein paar Minuten Zeit. Das reicht aus, damit mein Schwanz dir noch ein bisschen Aufmerksamkeit schenken und du dich an ihm abreagieren kannst.«

Dante zwinkert mir zu, legt seine Hand besitzergreifend auf Rileys Po und führt sie aus dem Zimmer.

»Bis später, Kumpel. Nichts für ungut.«

Als ich im Motorhome ankomme, sehe ich mich suchend nach Skye um, kann sie jedoch nirgendwo entdecken.

Da wir uns bis gestern noch offiziell gehasst haben, besitze ich auch nicht ihre Handynummer. Der Kontakt lief immer über Lucas, der mir jetzt mit hochrotem Kopf entgegenkommt und mich Böses erahnen lässt.

Ich sollte mir wirklich einen Manager anschaffen. Bis dato war das nie notwendig gewesen, weil ich jeden Cent sparen wollte und meine Verträge immer selbst ausgehandelt habe. Aber an Tagen wie diesen wäre das Geld wirklich gut investiert. Denn dann hätte ich wenigstens jemanden, der diesen Scheiß für mich regelt, statt dass ich es selbst tun muss.

»Austin, guten Morgen. Toni will dich sprechen. In seinem Büro.«

»In Ordnung. Ich will nur noch kurz ...«

»Jetzt«, unterbricht mich Lucas zähneknirschend. »Tut mir leid.«

Ich seufze verzagt. »Schon gut. Ich komme.«

Ich gehe mit angespannten Schultern zu den Büroräumen des Motorhomes und als Roxy, Tonis neue Assistentin, mich erblickt, lächelt sie mitfühlend.

»Er erwartet dich schon. Du kannst direkt durchgehen«, sagt sie und deutet auf die geschlossene Tür.

Ich nicke ihr zu und klopfe der Höflichkeit halber zwei Mal an, bevor ich das Büro betrete, in dem Toni und Byron auf den Sesseln gegenüber von Tonis Schreibtisch sitzen und sich miteinander unterhalten.

»Austin«, brummt Toni übellaunig, als er mich bemerkt. »Setz dich.«

Ich folge seiner Forderung und setze mich auf den noch freien Sessel.

Bevor er oder Byron erneut das Wort ergreifen können, hole ich tief Luft und fange an zu reden. »Was gestern Nacht passiert ist, war dumm und es tut mir leid. Aber lasst mich bitte eins klarstellen: Skye hat damit nichts zu tun. Es war allein meine Idee.«

»Vielleicht war es das«, entgegnet Toni, »aber es war Skyes Entscheidung, dich zu begleiten und auch, sich bei diesen gefährlichen, leichtsinnigen Rennen hinters Steuer zu setzen. Also trifft sie eine Mitschuld.«

»Ich habe sie gezwungen«, rufe ich und füge unter Byrons und Tonis skeptischem Blick hinzu, »... also quasi. Sie hatte keine Wahl. Nicht wirklich, jedenfalls.«

»Du willst sie schützen, weil du sie gern hast, nicht wahr?«, fragt Byron scharfsinnig und wartet meine

Antwort erst gar nicht ab. »Ich verstehe das, glaub mir. Aber es geht hier gerade nicht um Skye, sondern um dich. Du erbringst nicht die Leistungen, die wir von einem *Titan Racing* Fahrer erwarten. Stattdessen fährst du abseits der *Serie del Rey* nächtliche Autorennen, die dich nicht nur einem erheblichen Verletzungsrisiko aussetzen, sondern auch deine Performance im Cockpit beeinflussen, weil du nicht genügend Schlaf und Erholung bekommst.«

»Ganz zu schweigen von der negativen Presse, die Unruhe ins Team bringt«, murmelt Toni und tippt etwas auf seinem Handy.

»Es wird nicht wieder vorkommen, versprochen.«

»Natürlich wird es das nicht. Sonst fliegst du raus, Ashcroft.«

Tonis Ansage ist unmissverständlich. Das hier ist meine zweite und letzte Chance. Wenn ich sie nicht nutze, bin ich geliefert.

»Ab jetzt keine Ausrutscher mehr. Wenn du von dir Reden machst, dann nur, weil du mit Leistung glänzt. Auf der Strecke. Für *Titan Racing*. Hast du das verstanden?«

Ich nicke. »Ja, das habe ich.«

»Schön.« Toni sieht von seinem Handy auf und mustert mich mit seinem durchdringenden Laserblick. »Du musst uns beweisen, dass du zu Recht in diesem Cockpit sitzt, Austin. Und obwohl deine Leistung bisher nicht schlecht war, war sie auch nicht gut. Und selbst wenn sie gut gewesen wäre, würde das immer noch nicht reichen. Denn für *Titan Racing* fahren nur die Besten der Besten. Also zeig uns, dass du dazu gehörst. Sonst sehen wir uns gezwungen, uns anderweitig umzusehen.«

Mein Herz rutscht mir bei Tonis harten Worten in die Zehenspitzen und ich erkenne, wie leichtsinnig und kopflos ich gestern gehandelt habe und was ich mit dieser Aktion alles aufs Spiel gesetzt habe.

Dennoch bereue ich den gestrigen Abend und die gestrige Nacht nicht.

Denn sie haben Wahrheiten zu Tage gefördert, die längst überfällig waren. Und sie haben mir einen Engel gesandt, der mir mit seinen Worten und seinen Berührungen nicht nur mein Herz, sondern auch die Tür zum Erfolg geöffnet hat.

Es war also nicht umsonst. Ganz im Gegenteil. Es war der notwendige Weckruf, der mir gefehlt hat, um meinen Hintern hochzubekommen und endlich zu zeigen, was in mir steckt.

Und genau das werde ich jetzt tun.

Ich werde allen beweisen, dass ich es verdiene für *Titan Racing* in der *Serie del Rey* zu fahren. Allen voran Skye.

Als ich aufstehe und zur Tür gehe, drehe ich mich noch einmal zu Toni und Byron um.

»Bitte bestraft Skye nicht für das, was gestern passiert ist. Ich nehme die volle Verantwortung und Schuld auf mich.«

Byron und Toni tauschen einen vielsagenden Blick, von dem ich nicht weiß, was er zu bedeuten hat.

»Wir haben schon mit ihr geredet. Aber wir haben sie nicht rausgeworfen, falls du das befürchtest. Sie ist ein Teil der *Titan Racing* Familie, Austin. Und ich wünsche mir, dass auch du eines Tages dazugehören wirst. Aber das ist etwas, das man sich erst verdienen muss. Nicht mit Worten, sondern mit Taten. Und jetzt geh. Wir haben zu tun.«

23
SKYE

Als ich an diesem Morgen die Rennstrecke erreiche, bin ich ausnahmsweise mal dankbar dafür, dass das Catering Team immer als erster an der Strecke sein muss.

Denn so bleiben mir wenigstens neugierige Blicke und aufdringliche Journalisten erspart, die Fotos von mir schießen und mich mit Fragen zu gestern Abend löchern wollen.

Mein Team weiß zweifelsohne über den Vorfall Bescheid, da es im Netz längst die Runde gemacht hat und die *Serie del Rey*, was Klatsch und Tratsch angeht, schlimmer ist, als ein Bienenschwarm auf der Suche nach Honig. Dennoch respektieren sie mich genug, um mich nicht darauf anzusprechen und hinter meinem Rücken darüber zu tuscheln.

Anscheinend lohnt es sich also, sein Team auf Augenhöhe zu behandeln und sich als Chefin keine

Rosinen rauszupicken. Denn in Situationen wie diesen zeigt sich, ob ein Team wirklich hinter seiner Chefin steht, oder nicht. Und in meinem Fall kann ich guten Gewissens behaupten, dass sie das vollumfänglich und geschlossen tun.

Denn statt mich nach gestern Abend zu fragen, erkundigen sie sich, ob sie mir Arbeit abnehmen und wie sie mich am besten unterstützen können.

So kommt es, dass ich das Motorhome an diesem Morgen kein einziges Mal verlassen muss und mich so vor den Linsen der Paparazzi verstecken kann.

Leider kann ich mich jedoch nicht vor Byron und Toni verstecken, die zwei Stunden nach mir die Team Hospitality betreten.

Toni sieht nicht auf, sondern geht, über das Display seines Handys gebeugt, direkt in sein Büro. Kein gutes Zeichen.

Byron hingegen tuschelt mit Allegra, die erst vielsagend zu mir sieht und ihm dann mit einem ernsten Gesichtsausdruck etwas zuflüstert. Er nickt, lächelt sie an und gibt ihr einen innigen Kuss auf die Stirn, bevor auch er in seinem Büro verschwindet.

»Guten Morgen, Maus«, begrüßt mich Allegra kurz darauf und umarmt mich. »Du siehst nicht so aus, als hättest du gut und viel geschlafen.«

»Habe ich auch nicht«, entgegne ich seufzend.

Nach Rileys nächtlichem Besuch habe ich kaum ein Auge zugetan, weil ich mir in allen Farben ausgemalt habe, was mich, aber vor allem Austin, heute erwartet. Es war nie meine Absicht, ihn in Schwierigkeiten zu bringen oder gar dafür verantwortlich zu sein, dass seine Karriere, sein großer Traum, Schaden nimmt. Und doch scheine ich exakt das getan zu haben. Bei allem, was nun mit uns passiert, trage ich also eine Mitschuld, die mich, sollte das hier Austin wirklich seine Karriere kosten, bis ans Ende meiner Tage wie eine dunkle Wolke verfolgen wird.

»Was meinst du, werden sie Austin rauswerfen?«

Allegra schüttelt den Kopf. »Nein. Das werden sie nicht. Aber dass er sich steigern muss, ist kein Geheimnis, Süße.«

»Ich weiß«, murmele ich. »Wir arbeiten daran ... und ...« Ich stocke und nehme all meinen Mut zusammen. »Werde ich meinen Job verlieren?«

»Quatsch.«

Es ist nur ein einziges Wort, doch aus Allegras Mund klingt es so überzeugend, dass ich erleichtert aufatme. Denn wenn sie das sagt, wird es stimmen. Schließlich datet sie unseren Team Manager und wenn jemand Toni dazu veranlassen kann, jemanden zu entlassen, oder eben nicht, dann ist das Byron, oder Hunter, wie wir ihn in unserem Freundeskreis nennen.

»Als würde ich das zulassen! Außerdem wissen Hunter und Toni, was sie an dir haben. So eine fleißige, loyale und engagierte Catering Chefin wie dich finden sie nie wieder.«

»Ich habe trotzdem Mist gebaut«, murmele ich und vergrabe mein Gesicht an Allegras Schulter.

»Das tun wir alle mal. Dakota, als sie völlig betrunken eine Scheinehe mit Grayson Parker eingegangen ist. Riley, als sie es sich, statt Dante zu seiner Pressekonferenz zu bringen, von ihm in einer Abstellkammer hat besorgen lassen. Kenzie, als sie was mit Tonis schlimmsten Rivalen angefangen hat und ich, als ich mich auf meinen Boss eingelassen habe. Die Einzige von uns, die bisher das reinste Unschuldslamm war, bist du. Es wurde höchste Zeit, dass du dem Club der bösen Mädchen endlich beitrittst, Skye. Denn sei mal ehrlich: Böse zu sein, ist doch so viel heißer, als immer nur lieb und nett zu sein, oder?«

Allegras Aussage lässt mich ertappt grinsen und meine Gedanken wandern zurück zu gestern Abend. Die Rennen. Das Finale. Der Sieg. Der Kuss und … der phänomenale Sex.

»Ja …«, seufze ich verträumt. »Es tut verdammt gut, ein böses Mädchen zu sein.«

»Na also.« Allegra streicht lächelnd meine Haare von den Schultern. »Dann wirst du das Gespräch mit Toni und Byron locker überstehen, schließlich war der Einsatz es wert. Nur Mut. Sie werden dich schon nicht fressen.«

Kaum, dass sie zu Ende gesprochen hat, ertönt auch schon Roxys Stimme im Foyer.

»Skye? Ah, da bist du ja. Toni und Byron möchten dich sprechen.«

Ich atme tief durch, blicke in Allegras zuversichtliche Augen und forme mit meinen Lippen ein stilles *Danke*.

Dann begebe ich mich in die Höhle der Löwen.

Gerade, als ich Tonis Büro betrete, gesellt sich auch Hunter dazu und schließt die Tür hinter uns.

Er nickt mir kaum merklich zu und in seinen Augen

liegt ein vertrauensvolles Flackern, das meine zitternden Nerven etwas beruhigt.

Ich hatte noch nie Ärger mit der Chefetage. Ganz im Gegenteil. Und jetzt stehe ich hier und finde mich Tonis enttäuschter Miene ausgesetzt. Das ist definitiv keine Erfahrung, die ich wiederholen möchte. Denn Toni zu enttäuschen, bedeutet, das Team zu enttäuschen und somit die Menschen, die ich zu meiner Familie zähle.

»Was läuft da zwischen Austin und dir, Skye? Und jetzt sag nicht *nichts*«, beginnt er und spart sich die Begrüßung, die mir sonst immer zuteilwird.

»Ich ... also ... ich ...« Ich räuspere mich und schlucke, weil meine Kehle auf einmal so trocken ist. »Wir dachten, dass wir uns hassen, aber anscheinend ist das Gegenteil der Fall.«

Um Himmels Willen.

Ich schlage mir vor meinem inneren Auge die Hand vor die Stirn. Was erzähle ich hier nur für einen sinnfreien Blödsinn?

Toni hebt die Augenbrauen und sieht mich genauso an, wie ich mich gerade fühle. Wie ein Vollidiot.

»Kannst du das erläutern?«

»Nun ja ...« Ich balle meine Hände nervös zur Faust und lockere sie wieder. »Austin und ich kennen uns, wie du weißt, schon sehr lange. Wir waren früher Konkurrenten und haben viel Zeit miteinander verbracht. Als wir uns Anfang der Saison wiederbegegneten, sind die alten Gefühle von neuem entfacht und wie sich herausstellte, können wir nicht miteinander, aber auch nicht ohne einander.«

»Also seid ihr ein Paar?«

Ich schüttele den Kopf. »Nein. Jedenfalls ... noch nicht.«

»Ach Skye ...« Toni seufzt verdrossen und lehnt sich mit der Hüfte gegen seine Schreibtischkante. »Ich liebe euch *Titan Racing Girls*, aber ihr raubt mir noch den letzten Nerv.«

»Es tut mir leid ...«, murmele ich entschuldigend.

»Hör zu, Skye«, schaltet sich Hunter ein. »Austin liefert nicht so ab, wie wir uns das wünschen und solche Aktionen wie die gestrige gefährden ernsthaft seine Karriere. Er sollte sich momentan einzig und allein auf seine Leistung auf der Strecke konzentrieren und sich durch nichts und niemanden ablenken lassen, wenn er weiterhin für *Titan Racing* an den Start gehen will. Was auch immer da zwischen euch läuft, oder eben nicht läuft, sorg dafür, dass es seine Leistung, wenn überhaupt, nur positiv beeinflusst. Und wenn das bedeutet, dass ihr dafür auf Distanz zueinander gehen müsst, dann ist das ein Opfer, das du erbringen solltest, falls er dir wirklich so wichtig ist, wie es den Anschein erweckt.«

Ich weiß, dass Hunter recht hat und trotzdem treffen mich seine Worte wie Fausthiebe in die Magengrube. Eine klirrende Kälte breitet sich in meinem Inneren aus und lässt mich frösteln, als ich antworte: »Ich soll mich also von ihm fernhalten, ja?«

»Du sollst das tun, was *du* für das Beste hältst, nachdem du für dich entschieden hast, was deiner

Meinung nach das Beste für Austin ist. Letzten Endes bist du eine erwachsene, unabhängige und intelligente Frau, Skye und weder Toni noch ich können, oder wollen dir vorschreiben, was du zu tun und zu lassen hast. Wir vertrauen auf dein Urteilsvermögen und darauf, dass du die richtige Entscheidung triffst, wie auch immer diese aussehen mag.«

24
AUSTIN

»Skye ... ich weiß, dass du da drin bist. Also mach jetzt die Tür auf«, rufe ich genervt und klopfe gegen Skyes Hotelzimmertür. »Du kannst dich vielleicht auf der Strecke vor mir verstecken, aber ganz sicher nicht im Hotel. Also mach jetzt bitte auf.«

»Geh weg«, höre ich Skyes gedämpfte Stimme von drinnen durch das dicke Holz der massiven Eichentür hallen.

»Nein, ich werde nicht weggehen. Nicht, bevor wir nicht miteinander gesprochen haben.«

»Es gibt nichts zu bereden.«

Ihre Stimme klingt brüchig und zittrig. So, als hätte sie geweint.

Ich balle die Hände zu Fäusten und atme tief durch, um nicht diese verdammte Tür einfach einzutreten, die sie partout nicht öffnen will.

»Ich finde, dass es da so einiges zu bereden gibt.

Und bevor ich nicht mit dir darüber gesprochen habe, gehe ich nirgendwo hin. Nur, damit das klar ist: Dieses Mal verschwindest du nicht einfach von heute auf morgen von der Bildfläche, Skye. Und wo wir schon dabei sind: Ich habe dir das bis heute nicht verziehen, dass du damals einfach gegangen bist und dich nie wieder gemeldet hast.«

Stille.

Ignoriert sie mich jetzt etwa, oder was? Na super.

»Hör zu, ich setze mich hier vor deine Tür und warte, bis du rauskommst. Notfalls werde ich auch hier schlafen. Dann habe ich morgen während des Rennens zwar höllische Rücken- und Nackenschmerzen, aber ich weiß ja, wem ich es in die Schuhe schieben kann. Miss Sturkopf auf der anderen Seite der Tür.«

Ich lasse mich geräuschvoll gegen die Tür sinken und gleite daran hinab. »Ich sitze, hörst du?«

Wenn sie glaubt, dass ich bluffe, hat sie sich mächtig geirrt. Ich meine jedes Wort so, wie ich es sage und werde meinen Hintern nicht eher von hier wegbewegen, bis sie mit mir gesprochen hat und wir das, was zwischen uns steht, klären konnten.

Ich nehme doch nicht all meinen Mut zusammen, schlucke meinen Stolz herunter und gestehe ihr mein größtes Geheimnis, nur damit mein Glück danach gerade mal eine Nacht lang anhält. Eine Nacht ist kein Leben. Aber genau das ist es, was ich von Skye will. Ein ganzes, gemeinsames Leben.

Ich habe ihr Zeit gegeben. Das habe ich wirklich. Nachdem am Freitag unser kleiner Ausflug publik wurde, habe ich ihr sowohl den Freitag, wie auch den heutigen Samstag gegeben, um durchzuatmen und von sich aus zu mir zu kommen, um gemeinsam nach einer Lösung zu suchen. Doch nachdem sie mich heute den zweiten Tag in Folge gemieden hat, ist mir der Kragen geplatzt. Endgültig.

Auf der anderen Seite der Tür vernehme ich ein Schleifgeräusch. So, als würde sich jemand daran hinabgleiten lassen. Anscheinend hat Skye es mir also gleichgetan und sich ebenfalls mit dem Rücken zur Tür gesetzt.

Schön. Bitte. Wie sie will. Dann unterhalten wir uns eben auf diese Art.

»Ich habe meine Pressesprecherin sämtliche Artikel über uns ausdrucken und alle Magazine und Zeitungen kaufen lassen, in denen wir abgebildet sind«, sage ich und lasse meinen Hinterkopf gegen die Tür sinken. »Da sind ein paar richtig gute Schnappschüsse dabei, weißt du? Ich hab' sie mitgebracht. Sie sind hier.« Ich klopfe auf den Stapel, der neben mir auf dem Boden liegt. »Wollen wir nicht gemeinsam in Erinnerungen schwelgen und ein kleines Fotobuch daraus basteln?«

Von der anderen Seite der Tür ertönt ein Schnauben und ich glaube, so etwas, wie ein Lächeln darin zu hören. Aber vielleicht ist das auch nur Wunschdenken.

Also schnappe ich mir eine der Zeitschriften und schlage sie auf.

»In der *Racing Weekly* ist das Teamfoto aus der *Serie4* abgebildet. Alle schauen in die Kamera, nur wir beide nicht. Du stehst neben mir und siehst mich ganz schön wütend an. Was war da los?«

»Du hast mir einfach den Haargummi aus den Haaren gezogen, weil du meintest, offene Haare würden mir besser stehen. Vor allem, weil meine langen Haare angeblich das einzig weibliche an mir wären.«

Ich grinse und beiße mir auf die Zunge, um nicht laut loszulachen. Skye ist darüber offenbar heute noch genauso erzürnt wie damals.

»Ja, ich erinnere mich«, gluckse ich. »Das war gelogen und bloß eine willkommene Entschuldigung, um dich berühren zu können.«

»Nicht dein Ernst, Ashcroft ...«, ertönt es von der anderen Seite der Tür. »Wie armselig so eine Aktion ist, muss ich dir nicht sagen, oder?«

»Tja ... zu meiner Verteidigung kann ich sagen, dass ich aus meinen Fehlern gelernt habe. Oder warum sonst sollte ich jetzt vor deiner Tür sitzen und wie ein winselnder Hund darauf warten, dass du mich rein- lässt, hm?«

Als keine Antwort kommt, schnappe ich mir das nächste Magazin und den nächsten Artikel. Wenn ich schon hier sitze, kann ich mir die Zeit auch mit dem Schwelgen in Erinnerungen vertreiben.

»Hier ist ein Foto von der *Serie3* Siegerehrung in Italien. Du hast mir ernsthaft die Champagnerflasche in den Rennanzug gesteckt und mir das kalte Blubber- wasser in den Hintern gegossen, Skye.«

»Weil du es verdient hattest. Das Manöver in der

vorletzten Kurve war unsportlich und gegen die Regeln«, antwortet sie empört.

»War es *nicht*. Es war hart, aber fair. Du bist doch bloß sauer gewesen, weil deine Reifen im Arsch waren und du mir nichts mehr entgegenzusetzen hattest.«

»Das sehe ich anders.«

»Wie so vieles«, murmele ich und grinse noch ein bisschen breiter. Doch nur eine Sekunde später, als ich nach der nächsten Zeitung greife und sie aufschlage, erlöscht mein Grinsen.

Die Fotostrecke zeigt Skyes Unfall in ihrem letzten Rennen in der *Serie3*.

Ich sehe die Szene heute noch so deutlich vor mir wie damals. Jede Millisekunde davon. Ich stehe in der Startaufstellung unmittelbar vor Skye, die rechts hinter mir startet. Noch ein letztes Mal drehe ich den Kopf und wende mich ihr zu. Sehe ihre Augen, die konzentriert auf die Ampel vor uns gerichtet sind. Die darauf warten, dass die Lichter erlöschen und das Rennen beginnt. Ich sehe ihre Hände, die ihr Lenkrad fest und entschlossen umgreifen. Ich sehe, dass sie versuchen wird, mich in der ersten Kurve zu überholen und sich an die Spitze zu schieben. Doch das werde ich nicht zulassen. Ich werde meinen Platz mit allen Mitteln verteidigen.

Die Ampel erlischt und das Feld setzt sich in Bewegung. Ich habe einen guten Start erwischt, aber Skye auch. Fast schon Seite an Seite rasen wir auf die erste Kurve zu. Es ist eine Linkskurve und da ich auf der linken Seite gestartet bin, kann ich sie innen anfahren und habe den kürzeren Weg. Doch Skye versucht es außen und verbremst sich dabei. In dem Moment schiebt sich auch noch Callum, der Idiot, außen vorbei, obwohl drei Autos nebeneinander nie im Leben durch diese Kurve passen können. Skye landet ungewollt in einem Autosandwich und wir touchieren uns unweigerlich am Kurvenausgang. Mein Frontspoiler schlitzt Skyes Reifen auf, woraufhin sie sich dreht, zwei weitere Autos touchiert und abfliegt.

Bei der Erinnerung an diesen desaströsen Moment überkommt mich ein eiskalter Schauer und ich fühle mich genauso hilflos wie damals, als ich sofort die Box angefunkt habe, um zu fragen, ob es ihr gut geht.

Eine halbe Runde später, die mir wie ein halbes Leben vorkam, hat mir mein Renningenieur über Funk versichert, dass es schlimmer aussah, als es in Wirklichkeit war und dass Skye eigenständig aus dem zerstörten Wagen gestiegen sei.

Also verwarf ich meine Gedanken, das Rennen abzubrechen, um nach ihr zu sehen und redete mir ein, dass sie im Medical Center in den besten Händen sei und ich sofort nach dem Rennen zu ihr gehen würde.

Doch dazu kam es nicht mehr, weil ...

»Fuck ...«

Ich bin so tief in meinen Gedanken vergraben, dass ich nicht bemerke, wie Skye hinter mir die Tür öffnet und ich rückwärts in ihr Zimmer falle.

Sie beugt sich über mich und grinst von oben auf mich hinab.

»Ich dachte ja immer, dass der Ausdruck *mit der Tür ins Haus fallen*, sinnbildlich gemeint sei. Aber du hast mich gerade eines Besseren belehrt.«

Auf meinen Lippen bildet sich ein belustigtes Lächeln und bevor Skye es sich nochmal anders überlegen kann, stemme ich die Hände in den Boden, springe auf und schiebe mit meinen Füßen den Stapel an Zeitschriften und Ausdrucken ins Zimmer, bevor ich die Tür hinter mir schließe.

»Du wolltest nicht wirklich vor meiner Zimmertür schlafen, oder?«

»Du wolltest dich nicht wirklich auf Dauer vor mir verstecken, oder?«, kontere ich. »Ich dachte eigentlich, dass wir aus dem Kindergartenalter raus sind und aus den Fehlern von damals gelernt haben, indem wir endlich zu unseren Gefühlen stehen, statt sie zu verdrängen und vor ihnen davonzulaufen.«

Skye dreht sich von mir weg und tritt ans Fenster. Sie streicht sich eine Haarsträhne hinter das Ohr und flüstert: »Was, wenn gestern Nacht ein Fehler gewesen ist? Das ... das mit uns, meine ich.«

»Es war kein Fehler.«

Meine Stimme klingt fest, überzeugt und unerschütterlich. Sie spiegelt exakt das wider, was ich fühle, denke und glaube. Dennoch wiederhole ich meine Aussage ein weiteres Mal.

»Es war kein Fehler und das weißt du auch.«

»Tue ich das?«, flüstert Skye, noch immer von mir abgewandt.

Ich gehe zu ihr und lege meine Hände behutsam auf ihre Arme. »Wenn es ein Fehler war, will ich, dass du mir in die Augen siehst und es mir ins Gesicht sagst«, raune ich an ihrem Ohr. »Ich will, dass du mich ansiehst und mir sagst: *Austin, das mit uns war ein Fehler.*«

Skye schließt die Augen und lässt ihr Gesicht gegen meine Wange sinken. »Das kann ich nicht ...«

»Weil es kein Fehler *war*, Prinzessin«, flüstere ich und drehe mein Gesicht, um ihre Schläfe zu küssen. »Du und ich ... wir sind kein Fehler. Wir sind Schicksal.«

Ich küsse mich von Skyes Schläfe an ihrer Wange entlang und hinab zu ihrem Mundwinkel. Als ich ihn erreiche, wendet sich mir Skye zu, sodass sich unsere Lippen streifen und ich sanft daran zu knabbern beginne.

Ihr süßer Duft nach Veilchen hüllt mich ein und lässt mich zum ersten Mal an diesem Tag ruhiger werden, weil ich weiß, dass ich gerade genau dort bin, wo ich sein sollte.

»Wir beide ... wir sind nicht perfekt. Aber das müssen wir auch nicht sein, weil wir *echt* sind. Weil wir zusammengehören. Schon immer. Also kämpf nicht gegen mich, Prinzessin, sondern kämpfe *mit* mir. Kämpfe mit mir für uns, nicht gegen uns. Denn wir wissen beide, dass wir auf Dauer nicht gegen das, was uns verbindet, ankämpfen können. Lass uns das alles nicht noch einmal durchmachen und wertvolle Monate, oder gar Jahre verlieren, die wir hätten gemeinsam verbringen können.«

Skye vergräbt ihre Finger in meinen Haaren und genießt es, wie ich mich an ihrem nackten Hals hinabküsse.

»Ich ...«, wispert sie leise. »Ich will nicht, dass du

wegen mir scheiterst.«

»Warum sollte ich?«, erwidere ich zwischen zwei Küssen. »Schließlich bist *du* nicht mehr länger meine Gegnerin. Alle anderen sind unwichtig. Meiner Karriere steht also niemand mehr im Weg.«

»Außer du selbst«, widerspricht Skye.

»Warum sollte ich mir selbst im Weg stehen?«

Ich lege ihre Arme um meine Taille, vergrabe mein Gesicht in der Kuhle zwischen ihrem Hals und ihrer Schulter und markiere sie, damit alle sehen, dass sie mir gehört.

»Weil du dich ablenken lässt. Durch uns. Durch die Journalisten. Durch das Gerede. Du hast es aktuell schon schwer genug, Austin. Da kannst du nicht auch noch eine Frau in deinem Leben gebrauchen, die alles durcheinanderbringt.«

Ich lasse seufzend von Skye ab und lehne meine Stirn schweratmend gegen die ihre.

»Ich glaube, du verwechselst da etwas, Prinzessin. Du bringst mein Leben nicht *durcheinander*. Du *komplettierst* es. Du bist das fehlende Puzzleteil in meinem Streben nach Glück und Vollkommenheit.«

Skyes Hände streichen über meinen Rücken und sorgen dafür, dass sich eine Gänsehaut darauf ausbreitet.

»Aber du kannst doch gar nicht wissen, ob wir beide auf Dauer wirklich zusammenpassen ... wir hatten noch nicht mal ein Date, Austin. Manchmal lieben sich zwei Menschen, scheitern aber an einer Beziehung. Wir müssten uns daran versuchen und gerade jetzt erscheint mir das der wohl ungünstigste

Zeitpunkt. Denn gerade jetzt solltest du dich einzig und allein auf deine Karriere konzentrieren.«

Ich lege meinen Zeigefinger auf Skyes Lippen und schüttele den Kopf.

»Du redest zu viel und küsst zu wenig. Also halt jetzt bitte endlich die Klappe und küss mich, Skye. Und übrigens: Meine Karriere, um die du dich so sehr sorgst, treiben wir am besten voran, wenn wir es *miteinander* treiben. Also weiß ich ehrlich gesagt nicht, warum wir noch hier stehen und sinnlos Zeit verschwenden, statt sie effektiv zu nutzen.«

25
SKYE

So viel zu meinem Vorhaben, auf Abstand zu Austin zu gehen, um seiner Karriere nicht im Weg zu stehen.

Sieht ganz so aus, als wäre er, was das angeht, komplett anderer Meinung.

Und wie er jetzt mit tiefsitzenden, verwaschenen Jeans und einem weißen, legeren T-Shirt vor mir steht, die Hände in den Hosentaschen, die Armmuskeln angespannt und definiert, den Kopf leicht gesenkt und mit diesem unwiderstehlichen Dackelblick, in dem der Ausdruck von Begierde und Verlangen liegt, macht es mir unmöglich, an meinem Vorhaben festzuhalten.

Er riecht nach frischer Seife, die sich mit seinem herben, männlichen Aftershave zu einem verführerischen Aphrodisiakum vermischt.

Welche Frau soll da noch klar denken und rationale Entscheidungen treffen können?

»Ich weiß wirklich nicht, wie wir das hier am besten lösen sollen ...«, bringe ich mit letzter Kraft hervor, während Austin wie eine Raubkatze auf mich zu kommt und ich so lange zurückweiche, bis ich mein Hotelbett an der Rückseite meiner Oberschenkel spüre.

»Manchmal muss man nicht für alles eine Lösung haben. Manchmal reicht es, den ersten Schritt zu tun. Dann den nächsten. Und den nächsten. So lange, bis sich ein Weg abzeichnet«, raunt Austin verheißungsvoll und das warme, rauchige Lachen, das ihm entfährt, als ich mit einem kleinen, spitzen Schrei auf das Bett falle und er über mich steigt, lässt mir mein Herz bis zum Hals schlagen.

Seine Finger umfassen den Bund meiner Schlafanzughose und ziehen sie mir aus, sodass ich vollkommen entblößt vor ihm liege.

»Spreiz die Beine«, befiehlt er und gleitet mit seiner Hand an der Innenseite meiner Oberschenkel hinauf, bis er meine zarte Klit erreicht und diese zu massieren beginnt. »So ist es gut. Zeig mir, wie sehr du das magst«, knurrt er, als ich leise zu keuchen beginne und mein Becken in einen kreisförmigen Rhythmus verfällt.

Austin beugt sich über mich und wie von selbst öffnen sich meine Lippen für ihn, die er hungrig mit seiner Zunge erobert.

Unser Kuss ist wild, roh und voller Leidenschaft. Gepaart mit Austins geschickten Fingern, die meine Perle lockend reiben, bringt er mich schier um den Verstand.

»Kondom«, wispere ich atemlos, was Austin ein weiteres, wissendes Lachen entlockt.

»So gierig, hm?«, raunt er, wobei die Tiefe seiner Worte mich erschaudern lässt. Denn sie spiegelt die Erregung, die in seinen Augen liegt, überdeutlich wider.

Ich habe keine Ahnung, woher er das Kondom nimmt und wann genau er sich seine Hose ausgezogen hat, weil ich viel zu sehr damit beschäftigt bin, seine Küsse und Streicheleinheiten zu genießen.

Erst, als er sich zwischen meinen Beinen platziert und langsam in mich eindringt, realisiere ich, dass wir nur noch unsere Oberteile tragen, was das Ganze in meinen Augen unglaublich verrucht und schmutzig macht.

Ich schlinge meine Beine um Austins Hüften und grabe meine Fersen in dem Wunsch, ihn tiefer in mir zu spüren, in seinen Rücken. Meine Finger bahnen sich einen Weg unter sein Shirt und kratzen über seinen feingliedrigen, von Muskeln übersäten Rücken, während er sich zitternd in mir bewegt und sein Gesicht in meinen Haaren vergräbt.

Wir sind einander so nah, dass ich seinen Herzschlag an meiner Brust spüre und jeden seiner tiefen Atemzüge als wäre es mein eigener.

»Ich ...«, keucht Austin und seufzt leise. »Ich hätte nie gedacht, dass die Missionarsstellung so geil sein kann, aber gerade fahre ich voll drauf ab. Kommt vielleicht auf die Pussy an, in der man steckt.«

»Du bist so ein Idiot.«

Gegen meinen Willen muss ich lachen und

verpasse ihm für seine freche Bemerkung einen Klaps auf seinen knackigen, nackten Po.

»Autsch …«, beschwert er sich. »Ich sage doch nur die Wahrheit.«

»Die da wäre?«

Er hält inne, dreht uns, sodass ich auf ihm zum Liegen komme und bedenkt mich mit diesem selbstgerechten, frechen Grinsen, das mir schon immer weiche Knie beschert hat. Umso dankbarer bin ich, dass ich schon liege und nicht hilflos, wie ein nasser Sack, zu Boden gehe.

»Dass ich deine Pussy liebe, Whitmore. Sie ist fantastisch. Wie für mich gemacht. Am liebsten würde ich darin einziehen und sie nie wieder verlassen.«

Ich schüttele lachend den Kopf und setze mich auf. »Du bist einfach …«

»Unwiderstehlich sexy? I know, Süße. Da erzählst du mir wahrlich nichts Neues.«

»Eigentlich wollte ich ja sagen: unendlich nervig …«

»Ach ja?« Austin legt einen Arm unter seinen Kopf und zieht amüsiert eine Augenbraue in die Höhe. »Und weil ich so unendlich nervig bin, sitzt du jetzt auf mir und willst dich mit meinem Schwanz zum Orgasmus reiten, ja?«

Seine freie Hand wandert zu meiner Klit, die er sanft zu umkreisen beginnt. »Na dann komm schon, Skye. Reite mich und gib mir die Sporen. Zeig mir, wie nervig du mich findest.«

Seine Stimme hat eine lockende, neckende Note angenommen und sein Blick, der sich verdunkelt, als ich beginne, mich auf ihm zu bewegen, verrät mir, wie gut es ihm gefällt, wenn ich die Kontrolle und die Arbeit übernehme.

»Sehr vorbildlich«, keucht er unter mir und grinst. »So kann ich mich wunderbar entspannt auf das Rennen morgen vorbereiten.«

Während sein linker Arm unter seinem Kopf verweilt und diesen stützt, sodass er relaxed zu mir aufsehen kann, wandert sein rechter Arm von meiner Klit unter mein Shirt und hin zu meinen Brüsten.

»Wie wäre es, wenn du dein Shirt ablegst und mir deine weichen Titten präsentierst, hm?«, knurrt er lüstern und streicht an meinem Bauch entlang.

Bei der Erinnerung von seiner Hand auf meiner Brust und von seinen Fingern, die meine Knospe umkreisen und mit ihr spielen, wird mein Schoß noch nasser und mein Atem flacher. Ich wünsche mir nichts sehnlicher, als dass er meine Brüste küsst, sie streichelt und sie verwöhnt. Und doch ist es ein Wunsch, den ich ihm und mir nicht erfüllen kann.

Jedenfalls nicht so. Nicht, solange das Licht an ist. Und nicht, solange ich nicht die Kontrolle über seine Hände und die Stellen, die er berührt, habe.

Gestern Nacht war es anders … es war dunkel und eng und ich hätte jederzeit eingreifen können. Doch hier und jetzt befinde ich mich im Scheinwerferlicht, mitten auf dem Präsentierteller. Dieses Risiko kann ich nicht eingehen. Nicht, solange ich Austin nicht die Wahrheit gesagt habe.

Also schüttele ich den Kopf und lege mich neben

ihn, was er mit einem irritierten Blick zur Kenntnis nimmt.

»Habe ich was Falsches gesagt?«, fragt er besorgt, woraufhin ich erneut den Kopf schüttele.

»Nein. Es ist nur ...« Tja, für das, was es ist, gibt es keine andere Erklärung als die Wahrheit. Doch um Austin reinen Wein einzuschenken, fehlt mir in diesem Augenblick der Mut, weshalb ich mich für einen Ausweg entscheide, der so nah an der Wahrheit ist, dass ich damit leben kann.

»Ich bin heute ziemlich viele Treppen gelaufen und befürchte, dass ich es nicht zu Ende bringen könnte, weil meine Beine mich im Stich lassen.«

Austins Mundwinkel zucken bei meiner Erklärung und seine Finger, die sanft und verständnisvoll über meine Wange streichen, schenken mir die Hoffnung, dass vielleicht doch noch alles gut werden kann.

»Dreh dich um, Skye. Leg dich auf den Bauch und entspann dich.«

Ich tue was er verlangt und verfolge gebannt, wie Austin sich aufsetzt, sein Shirt über den Kopf zieht und ein beachtlicher Sixpack zum Vorschein kommt, der mich bewundernd die Luft einziehen lässt.

»Weißt du, wovon ich schon lange träume, Prinzessin?«, raunt er, als er sich auf mich legt und sich behutsam in mich schiebt.

»Nein«, keuche ich, weil diese Stellung, bei der er flach auf mir liegt und mich mit kleinen, sanften Stößen liebt, so intim ist, dass sie mir den Atem raubt. Vor allem, wenn sich seine Hände, so wie jetzt, mit den meinen verschränken und mir so signalisieren, dass wir zusammengehören.

»Ich träume davon, wie du mich ausziehst, dich an meinen Schultern, an meinem Rücken und an meinem Bauch hinabküsst und mir dann genussvoll den Schwanz bläst. So lange, bis ich in deinem Mund abspritze und deine süßen Lippen mit meinem Saft benetze.«

Austins geflüsterte Worte triefen vor roher Lust. Sie lassen mich erbeben und sorgen dafür, dass meine Mitte krampft und ihn noch tiefer in sich hineinzieht.

Er flucht leise und stützt sich auf seinen Ellbogen ab, um seine Stöße zu intensivieren. Sein Schwanz ist prall und dick und fühlt sich so unglaublich gut in mir an, dass ich glaube, darüber den Verstand zu verlieren.

»Wenn du dein erstes Rennen in der *Serie del Rey* gewinnst ...«, entgegne ich mit atemloser, abgehackter Stimme, »erfülle ich dir diesen Wunsch. Versprochen.«

Ich spüre, wie Austin in mir pulsiert und seine sehnigen Unterarme sich auf der Matratze neben meinen Schultern anspannen.

»Dann haben wir einen Deal, Prinzessin«, keucht er, greift in meine Haare und zieht meinen Kopf zu sich hoch. Ich drehe mein Gesicht und verliere mich in einem leidenschaftlichen, hemmungslosen Kuss, der erahnen lässt, wie sehr er sich diese Belohnung von mir wünscht.

Ich genieße den Rausch, in den mich dieser Kuss versetzt und komme Austins stoßenden Bewegungen rhythmisch entgegen, sodass wir keine zwei Minuten später am Abgrund stehen und uns an den Händen nehmen, um gemeinsam den Absprung zu wagen.

»Fuck, Skye«, flucht Austin leise keuchend an meinen Lippen und küsst mich so verzweifelt, als hinge sein Leben davon ab, während er einen Arm um meine Hüften schlingt, uns aufrichtet und uns mit kraftvollen, gezielten Stößen zum Abheben bringt. »Nichts hat sich je so echt angefühlt wie du und ich, genau hier, genau jetzt. Komm und lass uns fliegen.«

26

AUSTIN

Als ich an diesem Morgen aus Skyes Zimmer schlüpfe, bin ich beseelt und besorgt zugleich.

Denn auch wenn wir gestern Nacht viel Spaß zusammen hatten, so habe ich noch immer keine klare Antwort von ihr erhalten, wie es fortan mit uns weitergehen soll.

Und da sie heute schon in aller früh zur Rennstrecke gefahren ist und mich nicht geweckt hat, konnte ich dieses Thema auch nicht mehr mit ihr vertiefen.

Vielleicht hätten wir es bei zwei Orgasmen belassen und uns die restliche Energie zum Reden aufsparen sollen. Aber hinterher ist man immer schlauer und ihre Pussy hat sich leider viel zu phänomenal angefühlt, als dass ich mich von ihr hätte lösen können, bevor auch mein letzter Tropfen an Munition verschossen war.

Darauf bedacht, niemandem zu begegnen, husche ich in mein Zimmer, um schnell zu duschen und mich anzuziehen.

Heute ist Race Day und noch dazu mein Heim Grand Prix. Tatsächlich habe ich sogar meine Eltern angerufen, um sie zu dem Rennen einzuladen. Doch sie urlauben gerade mit ihrem Wohnmobil in Schottland, weshalb ein Wiedersehen mit ihnen vorerst nicht stattfinden wird.

Vielleicht ist das auch besser so. Denn im Gegensatz zu Skye, die mich mit ihrer Präsenz sowohl beflügelt, wie auch beruhigt, ist mein Empfinden gegenüber meinen Eltern, die mich nie in meinem großen Traum unterstützt haben, ein ganz anderes.

Als ich wenig später durch den Hoteleingang nach draußen trete, wartet mein Fahrer bereits auf mich. Da das Fanaufkommen in den letzten Tagen rapide angestiegen ist, hat man mir einen Fahrer zur Seite gestellt, der dafür sorgt, dass ich sicher und ohne Zwischenfälle an der Rennstrecke ankomme.

Denn so verrückt es auch klingen mag, die Fans schrecken nicht einmal davor zurück, sich für ein Autogramm vor ein fahrendes Auto zu werfen und die Schlagzeile, dass ich einen Fan überfahren habe, würde mir gerade noch fehlen.

»Morgen Oli«, begrüße ich meinen Fahrer und nehme auf dem Beifahrersitz platz.

»Bist du aufgeregt?«, fragt er, kaum dass wir den Parkplatz verlassen haben.

Ich stecke mein Handy in meine Hosentasche und runzele verwundert die Stirn. »Nicht aufgeregter als sonst auch, warum?«

»Na, weil du heute vom dritten Startplatz aus ins Rennen gehst. Das ist deine bisher beste Position«, sagt er und die Freude darüber ist ihm deutlich anzuhören.

»Kann es sein, dass du ein verkappter Fan bist?« Ich grinse in mich hinein und winke schreienden Fans, die am Tor des Hotels auf mich warten, im Vorbeifahren zu.

»Offen gesprochen bin ich das, ja«, gesteht Oli. »Du bist einer der wenigen Fahrer, die es mit nichts außer Talent in der Tasche bis ganz nach oben geschafft haben. Damit bist du der lebende Beweis für Normalsterbliche wie mich, dass es sich lohnt, an seine Träume zu glauben und für sie zu kämpfen. Du bist ein echtes Vorbild, Mann.«

Ich lasse Olis Worte sacken und komme nicht umher, mich darüber zu freuen. Dennoch antworte ich zu meiner eigenen Verwunderung: »Danke, Oli. Ich weiß das sehr zu schätzen. Aber so paradox es auch klingen mag, Menschen mit viel Geld können auch ein Vorbild sein, weil das Geld, das sie besitzen, ihnen oftmals Steine in den Weg legt, die sie aus eigener Kraft zur Seite räumen müssen.«

Oli runzelt skeptisch die Stirn, so als ob er meinen Worten entweder nicht folgen oder sie nicht so recht glauben kann. »Was für Steine sollen das denn sein?«

»Neid, Missgunst und das Verwehren von Anerkennung und Respekt, zum Beispiel. Sie müssen sich ein Leben lang anhören, dass sie es nur wegen ihres Geldes so weit gekommen sind. Wenn das *eine* Person zu dir sagt, steckst du das vielleicht noch weg. Aber wenn es *alle* sagen und das auch noch ständig und du nichts tun kannst, um sie dazu zu bewegen, damit aufzuhören, dann macht dich das entweder stark, oder kaputt. Ganz zu schweigen davon, dass sich alle permanent wünschen, dass du versagst und nur darauf warten, dich zu zerstören.«

Oli kaut auf seiner Unterlippe und brummt vor sich hin. »So habe ich das noch nie gesehen.«

Ich lehne mich in das weiche Polster des Beifahrersitzes zurück und seufze. »Mach dir nichts draus. Ich habe es auch erst Jahre zu spät kapiert. Aber jetzt, wo ich es endlich verstanden habe, liegt mir viel daran, dass andere nicht denselben Fehler machen wie ich.«

»Du redest von deiner Vergangenheit mit Skye, oder? Nicht, dass ich darin rumgeschnüffelt hätte oder so. Aber ... es steht derzeit in allen Zeitungen und die Fotos von neulich Abend legen die Vermutung nahe, dass euch beide mehr als Freundschaft und Rivalität verbindet.«

Ich nicke und atme geräuschvoll aus. »Du hast es erfasst.«

»Skye ist ein tolles Mädchen. Reiche Eltern hin oder her.«

Ich nicke erneut. »Ja, das ist sie. Das war sie schon immer. Ich war leider nur zu verbohrt und stur, um das einzusehen.«

»Und jetzt bist du das nicht mehr?«

»Jetzt habe ich begriffen, dass ich mich all die Jahre

wie ein riesengroßes Arschloch aufgeführt habe und werde den Rest meines Lebens damit verbringen, es wieder gut zu machen, oder ... es zumindest zu versuchen.«

Als ich an diesem Nachmittag in die Startaufstellung fahre, bin ich entschlossener denn je, es allen zu zeigen. Die gedankliche Barriere, die mich die Rennwochenenden zuvor innerlich blockiert hat, ist endlich verschwunden.

Dank Skye. Dank dem, was sie zu mir gesagt hat.

Ich bin genug, wiederhole ich stumm und mit jedem Mal, dass ich das tue, glaube ich es ein bisschen mehr. Ich bringe den Wagen zum Stehen, warte jedoch einen Moment, bis ich aussteige und sehe mich bewusst um.

Da sind überall Mechaniker und Ingenieure, die um mein Auto herumstehen, sich daran zu schaffen machen und Sorge tragen, dass es optimal auf den Start vorbereitet wird.

Sie sind wegen *mir* hier. Es sind *meine* Mechaniker und *meine* Ingenieure. Und sie sind die Besten, die es gibt.

Mein Blick schweift zu den Reportern und TV-Kameras, die alle darauf warten, dass ich aussteige, damit sie mich interviewen und dieses Interview in zig Länder dieser Welt ausstrahlen können.

Sie wollen mich vor ihrer Linse haben. *Mich*, Austin Ashcroft.

Ich mache mir das, was auf den ersten Blick vollkommen selbstverständlich scheint, bewusst und führe mir vor Augen, wie glücklich ich mich schätzen kann, anstatt mich darüber zu ärgern, dass sie mich nicht einfach in Ruhe lassen.

Wir sind zwanzig. Zwanzig Rennfahrer, die in der Königsklasse des Motorsports gegeneinander antreten. Zwanzig. Von tausenden von ambitionierten Rennfahrern, die allesamt Talent, Können und den Willen zu gewinnen, mitbringen, schaffen es zwanzig bis ganz nach oben. Zwanzig. Mehr nicht.

Und ich bin einer dieser zwanzig. Ich gehöre dazu. Ich darf diesen Traum stellvertretend für tausende, die es nicht geschafft haben, leben. Es ist eine Ehre. Und eine große Freude.

Es ist das, was ich immer wollte. Und jetzt, wo ich dort angekommen bin, wo ich mein Leben lang hinwollte, sollte ich diesen Moment auch genießen. Ihn auskosten. Ihn ... leben.

Ein breites Lächeln stiehlt sich auf mein Gesicht und als ich schließlich aussteige, den Helm abnehme und mir mit den Händen durch die Haare fahre, fangen die Kameras dieses glückliche Lächeln für die ganze Welt ein.

Dabei ist es vor allem für eine Person gedacht: Für Skye.

Ich wünschte, sie wäre auf dem Grid, damit ich sie noch einmal in den Arm nehmen und ihren lieblichen, beruhigenden Duft einatmen könnte.

Doch ich muss mich vorerst mit dem heimlichen Kuss, den sie mir in meinem Fahrerzimmer vor meinem Aufbruch zur Fahrerparade geschenkt hat, begnügen.

Zumindest so lange, bis dieses Rennen, das ich zu gewinnen gedenke, vorbei ist. Und obwohl ich mich zum ersten Mal darauf freue, ein Rennen in der *Serie del Rey* zu fahren, kann ich die Überquerung der Ziellinie kaum erwarten, damit ich endlich mit Skye besprechen kann, wie es zwischen uns zukünftig weitergehen soll.

»Austin ... haben Sie kurz Zeit für ein Interview mit uns?«, reißt mich einer der Journalisten aus meinen Gedanken.

Ich sehe blinzelnd auf und schüttele die Gedanken an Skye ab, weil alles, was in den nächsten neunzig Minuten im Vordergrund meiner Gedanken stehen sollte, das heutige Rennen ist.

»Na klar«, antworte ich und verbringe die folgenden fünfzehn Minuten mit Interviews, Check-Ups mit meinen Ingenieuren und einem kurzen Wortwechsel mit Toni, bevor es Zeit wird, in die Autos zu steigen und sich auf die Einführungsrunde zu begeben.

Die Fans jubeln. Alle der über einhunderttausend Tickets sind restlos ausverkauft. Es ist so laut, dass ich das Gebrüll der Besucher trotz des lauten Motorengeräusches bis in mein Cockpit hören kann.

Je weiter die Einführungsrunde voranschreitet, desto schneller schlägt mein Herz. Ich spüre, wie es Adrenalin in meinen Körper pumpt und es sich in rhythmischen Wellen in mir ausbreitet.

Noch ein letztes Mal lehne ich mich in meinem Sitz

zurück und nutze die verbleibenden Sekunden vor der Einfahrt in die Startaufstellung, um meinen Rücken und meinen Nacken noch einmal zu entlasten, bevor sie in den nächsten neunzig Minuten regelmäßig Kräften bis zu 5G ausgesetzt sein werden.

Geräuschvoll atme ich aus und höre Kenneth in meinem Ohr. »All good?«

»Jap«, antworte ich und reihe mich auf meinem Startplatz ein.

»Viel Erfolg da draußen.«

»Cheers, mate«, antworte ich und damit verstummt der Funk zwischen dem Kommandostand und mir.

Mit bebendem Atem und rasendem Herzen warte ich auf die Ampeln. Fünf, sich unmittelbar nebeneinander befindende Ampeln über dem Grid, schalten nacheinander auf Rot, bevor sie zusammen erlöschen und so das Kommando zum Start geben.

Es ist eine Millisekunde, weniger als ein Wimpernschlag, die darüber entscheidet, wie gut du wegkommst. Um einen perfekten Start hinzulegen, muss alles zusammenkommen. Reaktion, Start-Prozedere am Lenkrad, Kupplung und Gas. Nur ein minimales Zucken kann alles zerstören.

Die erste Ampel schaltet auf Rot. Dann die zweite. In meinem Kopf höre ich das vertraute Piep-Geräusch der Ampel, das ich schon so oft im Fernsehen gehört habe. Drei. Vier, Fünf.

Lights out.

In diesem Moment denke ich nicht. Alles geht so schnell, dass es instinktiv passieren muss. Kupplung,

Lenkrad, Gas und die richtige Rennlinie, um möglichst als Erster in die erste Kurve zu fahren, oder um zumindest nicht die Position zu verlieren.

Es läuft gut. Sehr gut. Sogar so gut, dass ich mich in der ersten Kurve an dem Zweitplatzierten, einem der Fahrer von *Racing Rosso*, vorbeischieben und mir seinen Platz sichern kann.

Auf Position zwei liegend, jage ich Dante hinterher, der ein beachtliches Tempo vorlegt, das ich jedoch mitgehen kann.

Noch nie zuvor habe ich bei einem *Serie del Rey* Rennen so weit vorne gelegen und noch nie zuvor standen die Chancen, einen Sieg einzufahren, besser.

Heute, hier und jetzt, scheint auf einmal alles möglich. Und ich habe fest vor, mir das zunutze zu machen.

27
SKYE

Wenn es einen Moment in meiner Zeit als Catering Chefin für *Titan Racing* gab, in dem ich meinen Job nicht gern ausgeübt habe, dann wohl jetzt. Denn gerade jetzt, würde ich viel lieber neben Riley in der Garage stehen und das Rennen verfolgen, statt das Catering für den Abbau heute Abend und den österreichischen Grand Prix kommende Woche zu organisieren.

Doch so hetze ich leider durch den Paddock zu meiner Besprechung mit der Firma, die für alle Teams den Großteil der Lebensmittel beschafft und bekomme von dem Rennen nur am Rande etwas mit.

Wenigstens konnte ich mir den Start anschauen und mit großer Freude verfolgen, wie Austin sich unmittelbar hinter Dante geschoben hat und nun an Position zwei liegend über die Strecke jagt. Es wäre unglaublich, wenn er diese Position halten könnte.

Noch unglaublicher, wenn es ihm gelingen würde, an Dante vorbeizuziehen. Doch das wäre vielleicht etwas zu hoch gegriffen. Denn manchmal will man zu schnell zu viel und bekommt am Ende nichts, weil man zu gierig war.

Ich hoffe inständig, dass Austin diesen Fehler nicht begeht und keine leichtsinnigen Manöver versucht, weil ihm der zweite Platz nicht ausreicht.

Doch das liegt allein in seinen Händen und mir bleibt nichts anderes übrig, als ihm zu vertrauen und darauf zu bauen, dass er das schon machen wird.

Während ich durch den leeren Paddock haste, denke ich über gestern Nacht nach. Dabei steht jedoch nicht der Sex mit Austin, der so wohltuend und befriedigend gewesen ist, dass ich an mich halten musste, um ihn heute Morgen nicht für eine weitere Runde zu wecken, im Vordergrund, sondern die Nähe und die Geborgenheit, die ich in seiner Gegenwart verspürt habe. Der Sex war intim gewesen, keine Frage. Aber das *Danach* ... mich in seine Arme zu kuscheln und an seine schützende Brust gelehnt, einzuschlafen ... einfach himmlisch.

Ich hatte gedacht, dass ich aufgeregt sein und die ganze Nacht lang wachliegen würde, weil ich es gewohnt bin, allein zu sein. Doch es hat keine fünf Minuten und lediglich ein paar süße *Gute-Nacht-Küsse* auf mein Haar gebraucht, bis ich umgeben von Austins Körperwärme und eingebettet in seine starken Muskeln, ins Land der Träume abgetaucht bin.

Schon seltsam. Denn eigentlich ist er ein völlig Fremder und doch habe ich mit ihm in meinem Leben schon so viel Zeit verbracht, wenn auch ungewollt, wie mit fast keinem anderen Menschen.

Die Jahre in der *Serie3* und in der *Serie4* ... wir haben uns so gut wie jedes Wochenende gesehen. Donnerstag. Freitag. Samstag. Sonntag. Von morgens früh bis abends spät. Und obwohl wir uns aus dem Weg gegangen sind und uns, wenn wir uns gesehen haben, ständig in den Haaren hatten, so war Austin doch all die Jahre eine Konstante in meinem Leben, wegen der ich umso mehr auf die Rennwochenenden hingefiebert habe.

Meine Gedanken wandern zu Austins Geständnis, warum er mich in diesen Jahren so abwertend und herablassend behandelt hat und obwohl ich ihm nach wie vor böse sein sollte, weil er mich so unglaublich oft verletzt hat, will ich meine Kraft nicht auf die Vergangenheit lenken, sondern vielmehr auf das, was ich aktiv beeinflussen kann. Nämlich die Zukunft.

Vor allem, weil ich jetzt weiß, warum er es getan hat und seine Beweggründe, zumindest einen großen Teil davon, nachvollziehen kann.

Wenn ich daran denke, dass er sich neben der Schule mit Nebenjobs und nächtlichen Autorennen durchgeschlagen hat und statt im Hotel oder in einem eigenen Winnebago, in der Garage an der Rennstrecke oder auf dem Parkplatz geschlafen hat, steigen mir die Tränen in die Augen und ich werde wütend.

Wütend auf ihn, weil er nie den Mund aufgemacht und etwas gesagt hat. Und wütend auf mich, weil ich nie nachgefragt habe. Vermutlich hat Austin recht und ich konnte mir in meiner heilen Prinzessinnenwelt einfach nicht vorstellen, dass es da draußen Menschen gibt, denen es schlechter gehen könnte als mir. Oder war ich einfach so selbstfokussiert und egoistisch, dass ich mir darüber keine Gedanken gemacht habe?

Was auch immer es war, es lässt sich nicht mehr ändern. Unsere Vergangenheit ist in Stein gemeißelt und obwohl sie uns geprägt hat, definiert sie zum Glück nicht, wer wir heute sind. Und sie verbietet es uns auch nicht, es zukünftig anders zu machen.

Und genau das gedenke ich zu tun. Ich will es anders machen. Besser. Will nochmal ganz von vorn beginnen und Austin und mir die Chance geben, die wir nie hatten.

Dabei war seine Angst, er könne nicht gut genug für mich sein, vollkommen unbegründet. Ja, ich entstamme der Whitmore Dynastie und ja, meine Familie besteht hauptsächlich aus Adeligen und reichen Geschäftsleuten. Aber für meine Eltern stand immer mein Glück im Vordergrund. Als ich ihnen gesagt habe, dass ich keine Rennen mehr fahren will, haben sie das ohne mit der Wimper zu zucken akzeptiert und mich ermutigt, eine neue Bestimmung zu finden. Als ich ihnen eröffnete, dass ich im Catering der *Serie del Rey* eine Ausbildung machen werde, haben sie darüber weder die Nase gerümpft, noch es in Frage gestellt. Sie haben lediglich gesagt: So lange es dich glücklich macht, werden wir dich dabei unterstützen.

Ich weiß, dass Austin diese Unterstützung von seiner Familie nie zuteilwurde. Umso wichtiger ist es mir, ihm zu zeigen, dass es auch anders geht und dass er in meiner Familie nicht weniger wert ist, bloß weil er aus einfachen Verhältnissen stammt.

Doch zuvor müssen wir erst einmal Toni, Hunter und dem Rest der Welt klarmachen, dass wir ein Paar sind, wenngleich wir noch kein einziges Date hatten. Wobei … streng genommen stimmt das auch nicht. Denn in Wahrheit hatten wir schon hunderte Dates, wenn wir sie auch nicht als solche deklariert haben und auch wenn sie vielleicht nicht dem typischen Dating-Klischee mit Essen gehen und Kino entsprechen. Und so gern ich auch auf ein richtiges, romantisches Date mit Austin gehen würde, so weiß ich doch, dass das nicht notwendig ist, um herauszufinden, ob wir uns für eine Beziehung eignen. Dazu muss ich ihm einfach nur in die Augen sehen.

Das ist mir spätestens seit gestern Abend klar, als er im wahrsten Sinne des Wortes in mein Zimmer gefallen ist und mich in seine Arme geschlossen hat, in denen alles möglich scheint.

Allerdings gibt es da noch etwas, das zwischen uns steht. Etwas, das vielleicht alles verändern könnte. Etwas, das ich Austin verschwiegen habe. Etwas, von dem ich den richtigen Zeitpunkt, es ihm zu sagen, verpasst habe. Aber auch eben etwas, das ich ihm nicht auf Dauer verschweigen *kann*, selbst wenn ich es *will*, weil er es unwillkürlich sehen wird, wenn …

»Hi Skye, na, wie geht's dir?«, begrüßt mich der Catering Chef von *Racing Rosso*, der unbemerkt hinter mich getreten ist und jetzt neben mir zum anderen Ende des Paddocks läuft, wo gleich das Meeting stattfinden wird.

»Oh hey«, lächele ich und schüttele die Gedanken an Austin und mich ab. »Gut, danke. Ich komme gleich nach, ja? Geh ruhig schon mal vor.«

Er nickt und verschwindet durch die offene Tür in dem weitläufigen Gebäude, während ich noch einen letzten Blick auf den Livestream meines Handys werfe und erleichtert feststelle, dass Austin immer noch an zweiter Position liegt.

Hoffen wir, dass sich daran in den nächsten dreißig Minuten nichts ändern wird.

Als ich eine halbe Stunde später wieder das Gebäude verlasse und über dem Gehen die Live-Updates auf meinem Handy durchforste, sehe ich zu meiner Freude, dass sich an der Reihenfolge der Fahrer nicht viel verändert hat.

Allerdings befinden wir uns aktuell im Boxenstopp-Fenster, was bedeutet, dass die Fahrer nach und nach an die Box kommen, um die Reifen zu wechseln.

Das ist einerseits gut, weil sie dort in der Regel frische Reifen mit mehr Grip erhalten, andererseits aber auch ein Risiko, weil dabei viel schief gehen kann.

Wenn ein oder mehrere Reifen nicht richtig festgeschraubt werden, zum Beispiel. Oder wenn zwei oder mehrere Autos gleichzeitig an die Box kommen und bei der Boxenausfahrt kollidieren. Oder aber, wenn man auf kalten Reifen aus der Kurve rutscht und im Kiesbett landet. Die Reifen werden auf den Heizdecken zwar vorgeheizt, benötigen aber dennoch mindestens eine halbe Runde auf der Strecke, um richtig auf Temperatur gebracht zu werden.

In meinem Livestream wird angezeigt, dass Dante und Austin ihren Boxenstopp bereits erfolgreich absolviert haben. Diese Erkenntnis beruhigt mich, denn da sich an ihren Positionen nichts geändert hat, gehe ich davon aus, dass alles glatt gelaufen ist.

Doch gerade, als ich den hinteren Garagenausgang der *Roaring Bulls* passiere, geht ein Aufschrei durch die Menge, der von der gegenüberliegenden Seite des Paddocks bis zu mir herüberdringt.

Die Art von Aufschrei, die eine dramatische Kollision begleitet.

Ich bleibe wie angewurzelt stehen und starre auf mein Handy. Doch ausgerechnet jetzt lässt mich mein Akku im Stich und das Handy schaltet sich ab.

Mist.

»Was ist passiert?«, frage ich einen der *Roaring Bulls* Mechaniker, der gerade aus der Garage kommt.

Er nimmt seine Kopfhörer ab und bedenkt mich mit einem Blick, bei dem mir ein kalter Schauer über den Rücken läuft. Er *will* es mir nicht sagen. Und der einzig logische Grund, aus dem er sich so verhalten würde, ist der, dass es Austin erwischt hat.

Denn die Fotos von Austin und mir haben wie ein Lauffeuer die Runde gemacht. Selbst die wenigen Leute, die sich nicht für Klatsch und Tratsch interessieren, sind jetzt im Bilde über uns.

Und auch wenn es nicht offiziell ist, dass wir beide

etwas miteinander haben, so sind die Leute doch schlau genug, zwischen den Zeilen zu lesen und die Fotos von Austin und mir, wie wir uns nach dem Sieg auf dem Flugplatz jubelnd in den Armen liegen, richtig zu interpretieren.

»Tut mir leid«, murmelt er. »Ist bestimmt alles okay.«

Und was, wenn nicht?

Ich antworte irgendetwas Unverständliches und laufe los. Suche fieberhaft nach einem Fernseher, oder jemandem, der mir Auskunft geben kann.

Vor mir taucht der TV-Pen, also der TV-Pressebereich auf, der mit zwei Fernsehern für Journalisten ausgestattet ist. Ich bleibe davor stehen und grabe nervös die Fingernägel in meine Handflächen, während ich auf die Wiederholung warte und hoffe, dass sie noch nicht vorbei ist.

Mein Herz rast, als ich verfolge, wie ein Auto von *Sun Chaser* nach seinem Pitstop wieder auf die Strecke fährt und in der ersten Kurve nach der Boxenausfahrt mit einem Auto von *Fox Racing* kollidiert, das mit Biegen und Brechen an dem Auto von *Sun Chaser* vorbei will. Die beiden verkeilen sich ineinander und auf der Strecke regnet es Wrackteile, die sich überall auf dem Asphalt verteilen.

Sofort wird die gelbe Flagge im ersten Sektor angezeigt. Ein Zeichen für alle Fahrer, dass sie vom Gas gehen und vorsichtig sein müssen.

Doch für Austin kommt diese Einblendung zu spät. Denn er befindet sich nur etwa hundert Meter hinter dem Boliden von *Fox Racing* und hatte gerade zur

Überrundung angesetzt, als die beiden Piloten vor ihm kollidierten und das auf der Strecke liegende Debris Austins Reifen aufgeschlitzt und ihn hat abheben lassen.

Er fliegt mit seinem Auto durch die Luft und knallt mit voller Wucht in den Reifenstapel, der diese Auslaufzone schützt.

Der Aufprall ist hart und das Auto ein einziger Totalschaden.

Doch was noch viel schlimmer ist: Austin bewegt sich nicht.

»Warum steigst du nicht aus, verdammt?«, flüstere ich mit angehaltenem Atem, während mir ein kalter Schauer nach dem nächsten über den Rücken jagt und sich die Schlinge um meinen Hals immer weiter zuzieht.

Ich warte angespannt darauf, dass er endlich aussteigt, oder wenigstens den Daumen hebt. Ein Herzschlag vergeht. Zwei. Drei. Doch nichts geschieht.

Die Flagge hat inzwischen von Gelb zu Rot gewechselt.

Rennabbruch.

Das Medical Car fährt auf die Strecke und Marshalls rennen zu der Unfallstelle. Doch weil gleich drei Fahrer in den Unfall verwickelt waren, herrscht für einen Moment, der über Leben und Tod entscheiden kann, heilloses Chaos.

Denn die Marshalls müssen sich entscheiden, wem sie zuerst helfen. Und so wie es aussieht, ist Austin nicht der einzige Fahrer, den es heftig erwischt hat.

Ich warte noch einen letzten Herzschlag, doch als

das Medical Car bei Austin eintrifft, die Ärzte aus dem Wagen springen und auf ihn zu rennen, laufe auch ich los.

Ich laufe, so schnell mich meine Beine tragen durch den Paddock. Mein Ziel: Das Medical Center. Denn dort werden sie Austin zur Erstversorgung hinbringen, auch wenn er direkt danach im Helikopter in ein Krankenhaus geflogen werden sollte.

In meiner Eile sehe ich nicht nach links und nicht nach rechts, sondern nur stur geradeaus.

Und so sehe ich auch nicht den mit einer riesigen Frachtkiste beladenen Gabelstapler, der zwischen zwei Engineering Trucks in den Paddock fährt und mich mit voller Wucht erfasst.

Die Gewalt des Zusammenstoßes schleudert mich durch die Luft, so wie er es bei Austin wenige Minuten zuvor getan hat und ich spüre den Aufprall auf dem harten Asphalt wie eine Explosion in meinen Gliedern. Ein letztes, verschwommenes Bild des blauen, wunderschönen Himmels brennt sich in meine Gedanken, bevor alles in tiefer Finsternis versinkt und es sich so anfühlt, als wäre die Kerze meines Lebens soeben für immer erloschen.

28

AUSTIN

Verfluchte Scheiße, was war das denn?

Ich blinzele und sehe mich benommen um.

»Austin? Austin!«, höre ich Kenneths Stimme in meinem Ohr. Er klingt aufgeregter und nervöser, als ich es von ihm kenne. Immer noch neutral und ruhig, aber dieser Unterton … irgendetwas stimmt hier nicht.

Ich lasse meinen Kopf in meinem Helm nach hinten sinken und atme durch. Der Himmel über mir ist blau und wolkenlos. So etwas ist in England wie ein Sechser im Lotto und einen Augenblick lang verliere ich mich in diesem paradiesisch schönen Anblick, bevor die Benommenheit, die mein Hirn in Watte gepackt hat, langsam abebbt und ich zu mir komme.

Ich sehe mich um und stelle fest, dass ich rückwärts in einem Reifenstapel stecke.

Vor mir im Kiesbett stehen zwei zerstörte Boliden

und plötzlich, wie ein Blitzeinschlag, kehrt die Erinnerung in meinen Kopf zurück.

Brady und Ellis haben sich gegenseitig abgeschossen und ich bin unmittelbar nach ihrem Zusammenstoß in die Unfallstelle gerauscht. Die Wrackteile auf der Strecke haben mir die Reifen aufgeschlitzt und mich abfliegen lassen. Danach ist alles Schwarz.

Fuck!

Ich sehe, wie das Medical Car mit Vollgas auf die Unfallstelle zurast und die Sanitäter auf mein Auto zu rennen.

Brady und Ellis stehen auf der mit Debris übersäten Strecke und scheinen sich anzuschreien. Offenbar ist ihnen also nichts weiter passiert.

Das freut mich, aber gleichzeitig wünscht ihnen die dunkle Seite in mir die Pest an den Hals, weil sie mein nahezu perfektes Rennen zerstört haben und ich jetzt statt mit dem Pokal auf dem Podium mit einem Millionenschaden und einer Nullnummer dastehe.

»Fuck«, fluche ich ein weiteres Mal und schlage mir mit der Faust wütend gegen das Visier.

»Austin ... geht es Ihnen gut? Können Sie aussteigen?«, höre ich eine Stimme über mir.

Ich sehe auf und erkenne den Doc in seinem blauen Rennanzug.

»Ja, geht schon«, murmele ich und hieve mich aus dem Cockpit.

Mein Auto ist ein einziger Schrotthaufen. Lediglich das Monocoque, das als Überlebenszelle eines Piloten gilt, ist unversehrt und hat dafür gesorgt, dass ich noch alle Körperteile an mir trage.

Meine Beine sind wackelig und das Ärzteteam muss mich stützen, während wir zusammen zum Medical Car hinübergehen. Ich komme dabei nur langsam voran, was daran liegt, dass mir schwindelig ist. Doch mit jedem Schritt bessert es sich und der Schock, sowie die Benommenheit, lassen weiter nach.

»Wir bringen Sie jetzt erst mal ins Medical Center. Dort untersuchen wir Sie und sehen weiter«, informiert mich der Doc, als er die Sanitäter des eben eingetroffenen Krankenwagens zu uns herüberwinkt. »Der Helikopter ist startklar, sollten wir eine Einweisung ins Krankenhaus für notwendig erachten.«

»Mir geht es gut«, grummele ich und überlege fieberhaft, ob es irgendeine Regelung in der *Serie del Rey* gibt, die es mir ermöglicht, in einem Ersatzauto weiterzufahren.

Doch natürlich ist dem nicht so und ich muss einsehen, dass der britische Grand Prix für mich definitiv gelaufen ist.

Das hatte ich mir wirklich anders vorgestellt.

Mist.

Ich lasse zu, dass die Sanitäter mir in den Krankenwagen helfen und als sich die Türen schließen und die TV-Kameras uns nicht länger im Blick haben, ziehe ich meinen Helm aus, lege mich auf die Trage und atme tief durch.

Die Sanitäter tasten mich ab und stellen mir Fragen, die jedoch nur verzögert bei mir ankommen. Nicht unbedingt, weil die Wucht des Aufpralls meinen Kopf heftig durchgeschüttelt hat, sondern weil ich in meine eigene Welt abgetaucht bin und gerade in einem Meer aus Enttäuschung und Wut bade.

Ich habe alles gegeben und bin fest davon überzeugt, dass sich gegen Ende des Rennens noch ein Fenster aufgetan hätte, in dem es mir möglich gewesen wäre, Dante zu attackieren. Aber selbst, wenn man perfekt abliefert und keinen einzigen Fehler macht, reicht das im Motorsport oftmals nicht aus, um zu brillieren, wie ich heute wieder auf die harte Tour feststellen musste.

Der Teil des Resultates, den man beeinflussen kann, ist die eigene Leistung. Aber Strategie, Fahrverhalten der anderen und das Wetter, sind die Komponenten, auf die man als Fahrer, wenn überhaupt, nur begrenzten Einfluss hat, die aber trotzdem mit über Sieg und Niederlage entscheiden. So wie heute.

Der Krankenwagen hält vor dem Medical Center und die Türen werden geöffnet. Die Sanitäter wollen mich aus dem Wagen schieben, doch ich winke ab und setze mich auf.

»Solange wir keine Gehirnerschütterung und innere Verletzungen ausschließen können, sollten Sie wirklich nicht ...«

Den Rest höre ich nicht mehr, weil ich schon aus dem Krankenwagen gestiegen bin und mit genervter Miene auf das Medical Center zustapfe, wo mir Byron bereits entgegenkommt.

»Wie fühlst du dich?«, fragt er und lässt seinen wachsamen Blick wie eine Lupe über meinen Körper schweifen.

»Passt schon«, murmele ich, woraufhin Byron skeptisch die linke Augenbraue hochzieht.

»Lass uns reingehen. Die sollen dich jetzt erst mal gründlich untersuchen. Das ist der falsche Zeitpunkt, um einen auf harten Kerl zu machen.«

Er öffnet die Tür zum Medical Center und winkt mich durch.

»Mach dir keinen Kopf, ja? Du konntest nichts für diesen Unfall und er wäre auch nicht zu vermeiden gewesen. Die ganze Strecke war voller Debris. Das hätte kein Reifen überlebt.«

Ich nicke stumm und obwohl ich insgeheim ungemein erleichtert darüber bin, dass die Chefetage von *Titan Racing* meinen Unfall nicht als weitere Niederlage wertet, lindert es meinen Zorn nur minimal.

Rennunfälle geschehen, keine Frage. Aber muss es ausgerechnet mich treffen, wenn ich gerade das wohl beste Rennen meines Lebens fahre?

»Übernehmt ihr?«, ruft Byron den herbeieilenden Ärzten zu, deren schockierte Gesichter keinen Hehl daraus machen, was sie davon halten, dass ich hier einfach so reinspaziere, statt mich auf einer Trage hineinfahren zu lassen.

»Sofort hinlegen und nicht bewegen«, fordert einer der Ärzte. »Wir müssen erst sicherstellen, dass kein Wirbel verletzt wurde.«

Ich spüre, wie mich fünf Paar Hände sachte in den Raum vor mir schieben wollen und bin gerade im Begriff, mich zu ergeben, als die Tür hinter mir erneut geöffnet und jemand auf einer Trage hineingeschoben wird.

Im ersten Moment vermute ich, dass es sich dabei um Brady oder Ellis handelt, die vernünftiger und vorsichtiger waren, als ich es gewesen bin. Doch ein Blick in das blutüberströmte Gesicht der verletzten Person lässt mein Herz mit einem Mal stillstehen.

Es ist ... Skye!

»Was ist passiert?«, höre ich mich mit einer völlig entrückten, zutiefst panischen Stimme rufen, befreie mich energisch von den Händen, die mich von Skye wegschieben wollen und bahne mir einen Weg zu ihr.

Sie ist nicht bei Bewusstsein und es kommt mir so vor, als würde sie nicht mehr atmen.

»Was ist mit ihr? Warum atmet sie nicht? Ist sie ... ist sie ... tot?«

Meine Stimme bricht und meine Worte überschlagen sich. Mir ist eiskalt und in meinem Magen rumort es, sodass ich glaube, mich übergeben zu müssen. Ich strecke die Hände nach Skye aus, um ihren Puls zu fühlen, doch meine Finger zittern so sehr, dass ich ihn nicht ertasten kann und meine Panik ins Unermessliche steigt.

Ich kann nicht mehr klar denken und zerbreche unter Skyes hilflosem Anblick in ein Meer aus scharfkantigen Scherben, die mich aufschlitzen und mich auf die qualvollste aller Arten ausbluten lassen.

»Sie ist tot, oder? Sie ist tot! Was zur Hölle ist passiert?« Mein verzweifeltes, zorniges Brüllen bringt die Wände des Medical Centers zum Beben und übertönt geradezu mühelos das hektische Gemurmel in dem völlig überfüllten Eingangsbereich, in dem ein absolutes Chaos herrscht.

»Nein! Sie ist nicht tot«, höre ich jemanden rufen, als die Geräte, an die Skye angeschlossen ist, plötzlich zu piepsen beginnen, als wären sie anderer Meinung.

»Herzstillstand«, schreit jemand. »Ich brauche den Defi. Sofort!«

Vor meinen Augen wird Skyes von Blut und Dreck beschmutztes Shirt aufgerissen und was darunter zum Vorschein kommt, zieht mir endgültig den Boden unter den Füßen weg.

»Was ist das? Was ... was habt ihr getan? Was habt ihr mit ihr angestellt?«

Ich habe das Gefühl, zu implodieren. Ein Vulkan der Emotionen bricht in mir aus und sprengt sämtliche Venen und Sicherungen, die meinen Verstand und mein Herz in den letzten Sekunden noch vor dem kompletten Zusammenbruch bewahrt haben.

»Weg mit ihm! Sofort! Wenn er sich nicht beruhigt, stirbt sie uns weg.«

»Austin – hören Sie auf und kommen Sie mit«, schreit jemand anderes in das Chaos hinein. »Solange wir Sie nicht untersucht haben, riskieren Sie innere Verletzungen oder gar Lähmungen. Sie sind eben mit über zweihundert Sachen rückwärts in einen Reifenstapel eingeschlagen. Im besten Fall hat nur Ihr Kopf was abbekommen, im schlimmsten Fall auch Ihre Halswirbelsäule und Ihr Rücken ...«

»Das ist mir scheißegal«, schreie ich und klammere mich an Skyes Hand. »Ich kann sie doch jetzt nicht allein lassen.« Mein Blick liegt auf der längsförmigen Narbe, die zwischen ihren Brüsten verläuft und darauf hindeutet, dass man sie an ihrem Herzen aufgeschnitten hat.

Aber wieso? Und … wann? Sie wurde doch gerade erst eingeliefert.

»Defi bereit«, höre ich eine Stimme mir gegenüber rufen.

»Laden.«

»Bereit.«

»Alle weg, sofort!«

Ich werde von mehreren Händen gepackt und von Skyes Körper weggerissen und auch wenn ich verzweifelt nach ihrer Hand greife, so entgleitet sie mir und mit ihr die Frau, die ich schon einmal verloren habe.

Die Angst, dass es dieses Mal womöglich für immer sein könnte, lässt mich brüllen, schlagen und kämpfen, wie ein verletztes, verängstigtes Tier in der Falle eines Wilderers.

Ich spüre einen Stich in meinem Hals und Skye, in deren leblosen Körper gerade zweitausend Volt geschossen werden, verschwimmt vor meinen Augen zu einer milchigen, unscharfen Masse, bis meine Beine nachgeben, meine Arme schwer werden, ich wegdämmere und Skye wie ein Schatten im grellen Licht verblasst.

29
SKYE

»**H**ier ist Besuch für dich, Liebes.«

Ich wende den Kopf der Tür zu und sehe meine Mutter, die mich ermutigend anlächelt und kurz darauf Riley, Allegra, Dakota und zu meiner großen Überraschung auch Kenzie in mein Krankenzimmer winkt.

»Ich lasse euch mal allein«, sagt sie und ich nicke dankbar.

»Hey!« Ein glückliches Lächeln stiehlt sich auf mein Gesicht, als ich meine besten Freundinnen nacheinander umarme. »Solltet ihr nicht längst beim Österreich Grand Prix sein?«

»Der läuft uns schon nicht weg«, entgegnet Allegra und setzt sich auf das Fußende meines Bettes.

»Außerdem hat Grayson uns einen Privatjet spendiert. Wir sind vor ein paar Stunden losgeflogen und heute Abend pünktlich wieder zurück in der Steiermark. Mach dir also keinen Kopf«, ergänzt Dakota.

»Schon praktisch, wenn man einen Milliardär zum Ehemann hat«, kann ich mir die kleine Stichelei nicht verkneifen, die Dakota mit einem verschmitzten Augenzwinkern zur Kenntnis nimmt.

»Manchmal durchaus. Aber wenn er den halben Himmel für dich leerkaufen will und ein Vermögen für den Besitz irgendwelcher Millionen von Lichtjahren entfernten Sterne ausgibt, nur um dir zu zeigen, wie sehr er dich liebt, wird es anstrengend.«

Die Mädels brechen in Gelächter aus und ich tue es ihnen gleich.

»Das hat er nicht wirklich getan, oder?«

Dakota winkt ab und grinst. »Das und noch so vieles mehr. Aber heben wir uns diese Geschichten lieber für einen unserer längst überfälligen Mädelsabende auf.«

Ich nicke zustimmend und widme mich Riley und Kenzie, deren Schwangerschaft mittlerweile nicht mehr zu übersehen ist.

»Wie geht es euch? Ist es nicht zu anstrengend, in eurem Zustand durch die Weltgeschichte zu fliegen, nur um mich zu besuchen? Ich komme doch bald wieder.«

Kenzie verzieht missbilligend ihr hübsches Gesicht. »Denkst du ernsthaft, dass wir es uns nehmen lassen, nach unserer besten Freundin, die um ein Haar gestorben wäre, weil sie sich mit einem Frachtcontainer angelegt hat, zu sehen? Wir haben jeden Tag seit deinem Unfall auf diesen Anruf gewartet.«

Damit meint sie den Anruf meiner Mutter, dass ich von der Intensivstation auf die normale Station des Krankenhauses in London verlegt worden bin und ab sofort Besuch empfangen darf.

Von dem, was mir meine Eltern erzählt haben, weiß ich, dass ich an der Rennstrecke wiederbelebt und anschließend mit dem Helikopter in eine Londoner Spezialklinik geflogen worden bin, wo ich operiert wurde und drei Tage lang im künstlichen Koma lag, bevor man mich vorgestern zurückgeholt und heute auf die normale Station verlegt hat.

Ich weiß auch, dass es Austin gut geht und er wie durch ein Wunder nicht mal eine Gehirnerschütterung davongetragen hat, sodass er als Fahrer nicht ausfällt, sondern in Österreich an diesem Wochenende an den Start gehen kann.

Mein Handy hat den Zusammenstoß mit dem Gabelstapler allerdings nicht überlebt, weshalb ich keine Nachrichten und Anrufe empfangen konnte, von denen ich zweifelsohne einige erhalten habe.

Umso mehr Fragen habe ich jetzt an meine Freundinnen, die wie Glucken auf meinem Bett sitzen und mich abwechselnd fragen, ob sie mir Tee bringen, mein Kissen aufschütteln, mir meine Füße massieren, oder das Fenster öffnen sollen.

»Wie macht sich Austin? Hat er sich von seinem Unfall gut erholt?«, frage ich das, was mir am meisten auf der Seele lastet.

Meine Freundinnen sehen einander unbehaglich an und schrecken zusammen, als ich mich abrupt aufsetze und die Geräte, an die ich zur Überwachung angeschlossen bin, protestierend piepsen.

»Was ist los? Ist was mit ihm? Er hat doch beide Trainingssessions heute gefahren, von dem, was man mir gesagt hat. Oder haben mir meine Eltern etwas verschwiegen?«

Die Mädels schütteln den Kopf und Dakota legt mir beruhigend die Hand auf den Arm.

»Es geht ihm gut. Es ist nur ... also er ... er hat das, was dir passiert ist, mit ansehen müssen. Ihr seid fast gleichzeitig ins Medical Center eingeliefert worden und er hat dich gesehen, kurz bevor du wiederbelebt werden musstest. Er war dabei, Skye. Und er ist ... also Byron sagt, dass er vollkommen ausgerastet ist und sie ihn sedieren mussten.«

Ich schlucke bei Dakotas Worten und sehe sie fassungslos an.

»Hat er meine Narbe gesehen?«, flüstere ich erstickt und taste instinktiv durch meinen Pyjama danach.

»Hat er«, bestätigt mir Riley. »Und das hat ihn wohl noch mehr aufgewühlt. Anscheinend wusste er nichts davon. Dabei dachte ich, ihr beide wart miteinander im Bett. Habt ihr es angezogen miteinander getrieben, oder wieso kannte er diese Narbe nicht? Wir kennen sie doch auch alle ...«

Ich seufze und sehe aus dem Fenster hinaus in das von Wolken behangene, triste London, das meinen Gemütszustand heute perfekt widerspiegelt.

Natürlich bin ich unendlich dankbar und froh, am Leben zu sein, doch ich fühle mich auch angezählt, schwach und zerbrechlich. Wieder einmal. Und jetzt erfahre ich auch noch, dass Austin wegen mir durch die Hölle gegangen ist und es wahrscheinlich immer noch tut, weil er mich nicht erreichen konnte.

»Er war hier, weißt du«, scheint Kenzie meine Gedanken zu erraten. »Aber man hat ihn nicht zu dir gelassen. Wäre es nach ihm gegangen, hätte er wohl vor der Intensivstation kampiert.«

»Davon haben mir meine Eltern gar nichts erzählt«, murmele ich verblüfft und streiche mir eine Strähne aus dem Gesicht.

»Weil sie dich schützen und vermeiden wollten, dass du dich aufregst«, meint Kenzie.

»Willst du mit ihm sprechen?« Riley zückt ihr Handy und hält es mir hin, doch ich schüttele den Kopf.

»Nein?«, wundert sie sich und das Unverständnis auf den Gesichtern meiner Freundinnen entgeht mir nicht.

»Die Wahrheit ist kompliziert und nichts, was man am Telefon bespricht. Ich muss das mit Austin persönlich besprechen«, sage ich kryptisch und füge hinzu, »bitte richtet ihm aus, dass es mir gut geht und ich alles daransetze, bald wieder einsatzbereit zu sein. Und dass ich mit ihm reden werde, sobald ich zurück bin.«

»Er wird glauben, dass etwas nicht in Ordnung ist, Skye. Dass du ihm aus dem Weg gehst und er etwas getan hat, was dich dazu veranlasst hat, so zu handeln ...«, wendet Riley ein und zieht die Stirn kraus. »Da er sowieso schon extrem durcheinander ist, wird ihn das noch mehr aus der Bahn werfen. Natürlich ist es deine Entscheidung, aber als deine Freundin, ist es meine Pflicht, dir zu sagen, was ich denke und auch, dir mitzuteilen, wenn ich das, was du tust, nicht gutheiße.«

Ich lasse geräuschvoll die Luft aus meinen Lungen entweichen, wobei ich einen stumpfen Schmerz in meinen gequetschten Rippen verspüre, der mich zusammenzucken lässt.

»Wie wäre es, wenn ich ihm einen Brief schreibe, den ihr ihm heute Abend gebt?«, schlage ich vor.

»Kommt drauf an, was da drinsteht, aber grundsätzlich besser, als totale Funkstille«, entgegnet Riley und sieht zu Dakota, Allegra und Kenzie, die zustimmend nicken.

»Also schön. Dann gebt mir bitte mal Papier und Stift. Ach und ...« Ich halte inne und strecke meine Hände nach meinen Freundinnen aus. »Ich bin so froh, dass ihr hier seid.«

»Na klar. Du weißt doch ...«, lächelt Kenzie. »Ein Mal *Titan Racing Girl*, immer *Titan Racing Girl*. Wir halten zusammen. Egal, was passiert.«

30
AUSTIN

Sie ist wieder da.

Ich wusste zwar, dass Skye an diesem Rennwochenende wieder ihren Dienst antreten sollte, aber geglaubt habe ich es nicht, bis ich vor ihrer Hoteltür stehe und sie mir tatsächlich auf mein Klopfen hin öffnet.

Fünf Wochen sind seit ihrem schrecklichen Unfall vergangen. Fünf Wochen, in denen ich sie nicht gesehen und nicht mehr als diesen einen Brief von ihr bekommen habe, der mehr Fragen als Antworten bereithielt und in dem sie mir versprach, bald mit mir zu reden.

So wie mein Blick sie erfasst, blende ich alles andere um mich herum aus. Ich sehe nur noch sie. Sehe, dass sie lebt. Und dass es ihr gut geht.

Sie trägt eine graue Jogginghose und einen rosafarbenen Hoodie. Ihre Haare sind zu einem losen Knoten gebunden. Hinter ihr auf dem Schreibtisch steht ein aufgeklappter Laptop. Offenbar störe ich sie gerade bei der Arbeit. Aber das ist mir egal.

Ihr hübscher, bezaubernder Anblick verdrängt die Bilder von der leblosen, blutüberströmten Hülle ihrer selbst aus meinem Kopf und nimmt mir ein Stück der lähmenden Angst, die in den letzten Wochen mein ständiger Begleiter gewesen ist.

Mit großen, schnellen Schritten schließe ich die Lücke zwischen uns und ziehe sie vorsichtig in meine Arme.

»Du bist hier«, raune ich und atme ihren vertrauten Duft nach Veilchen, den ich so schmerzlich vermisst habe und der nicht nur mein blutendes Herz, sondern auch meine geschundene Seele streichelt und heilt, tief in mich ein.

Ich bin unfähig sie loszulassen, also halte ich sie einfach in meinen Armen und genieße ihre wärmende, wohltuende Nähe.

»Wieso durfte ich dich nicht eher sehen? Ich wäre doch gekommen. Ich hätte alles stehen und liegen lassen ...«

»Ich weiß«, seufzt sie und streicht mit ihren Händen über meinen angespannten Rücken. »Aber ich wollte nicht, dass du das tust. Du musst dich beweisen, Austin. Allein darauf solltest du dich momentan konzentrieren.«

»Das kann ich aber nicht, solange ich nicht weiß, ob zwischen uns alles in Ordnung ist, Skye«, gestehe ich.

Während der letzten beiden Grand Prix Wochenenden konnte ich zwar jeweils aufs Treppchen fahren und die Bosse von *Titan Racing* mit zwei dritten Plätzen etwas besänftigen, doch die Wahrheit ist, dass ich nicht voll da war. Mein Kopf und mein Herz standen nicht im Einklang miteinander und das hat sich ganz deutlich in meiner Performance niedergeschlagen.

Erst jetzt, wo Skye wieder hier ist und ich mich selbst davon überzeugen kann, dass sie atmet und lebt, findet mein inneres Gleichgewicht wieder seine Balance, die in den letzten Wochen erheblich aus den Fugen geraten ist.

»Wir ... müssen reden«, murmelt sie an meinem Hals und ballt ihre Hände auf meinem Rücken zu Fäusten. »Ich muss dir einiges erklären.«

»Später«, flüstere ich und beginne behutsam ihren Hals zu küssen. »Ich will jetzt nicht reden, Prinzessin.«

Meine Hände wandern zu dem Saum ihres Hoodies und ziehen ihn nach oben.

»Was ... was wird das?«, wispert sie, hebt jedoch die Arme, sodass ich ihn ihr ausziehen kann.

»Ich will mit dir schlafen«, sage ich und sehe ihr dabei fest in die meerblauen Augen, die mich unsicher anblicken. »Darf ich?«

Als Antwort zieht sie ihre Unterlippe zwischen die Zähne und saugt nachdenklich daran, so als würde sie über meine Frage nachdenken.

Unwillkürlich halte ich die Luft an, weil ich Skye jetzt mehr brauche, als die Luft zum Atmen.

Als sie schließlich nickt und meine Hände zu dem Verschluss ihres BHs führt, spüre ich, wie die Anspannung mit einem Mal von mir abfällt.

Mit leicht zitternden Fingern öffne ich ihren BH und befreie ihre Brüste, die ich jetzt zum ersten Mal in ihrer vollen Pracht sehe, aus den rosafarbenen Cups.

Mein Zeigefinger fährt zärtlich die Rundung von Skyes linker Brust nach, bevor er auf dem Weg zu ihrer rechten Brust auf der feinen Unebenheit ihrer längsförmigen Narbe innehält.

Ich beuge mich vor und lege meine Lippen auf die erhabene Haut, die etwas heller ist als der Rest von Skyes Dekolleté.

Skye keucht unter meiner Berührung und krallt ihre Finger in meine Haare. Sie drückt ihren Rücken durch und wölbt sich mir einladend entgegen.

Während ich mich von ihrem Dekolleté zu ihrer rechten Brust küsse, hake ich meine Finger in den Bund ihrer Jogginghose und schiebe sie über ihren Po, sodass sie an Skyes Beinen zu ihren Knöcheln hinabgleitet und Skye sie dort abstreifen kann.

Meine Hände streichen sanft über ihren runden, festen Po und ziehen kleine, immer größer werdende Kreise darauf.

Skye wimmert und öffnet ihre Beine für mich. Also umspiele ich ihre rechte Knospe noch ein letztes Mal mit meiner Zunge, bevor ich mich an ihrem Bauch hinab zu ihrer heißen Mitte küsse, deren intensiver Lustgeruch mir verrät, dass sie das hier genauso braucht wie ich.

Ich tauche meine Zunge in ihren Spalt und lecke mich genussvoll daran entlang, während ich Skyes sehnsuchtsvollen Seufzern lausche, die meine Zuwendung in immer kürzeren Abständen begleiten.

Meine Hände umfassen ihre Hüften und ich bedeute ihr, sich auf mein Gesicht sinken zu lassen und meine Zunge vollumfänglich für ihre Befriedigung zu nutzen.

»Lass dein Becken auf meinem Mund kreisen, Prinzessin«, murmele ich und unterbreche meinen intimen Kuss, um Skye dazu zu ermutigen, mich zu benutzen. »Hol dir deinen Orgasmus.«

Langsam, fast schon schüchtern lässt sich Skye auf mein Gesicht sinken und beginnt, mithilfe meiner Hände an ihren Hüften, sich an mir zu reiben.

Zunächst ist sie unsicher und zurückhaltend, so als wäre es ihr peinlich, mich für ihre Bedürfnisse zu benutzen. Doch als sie bemerkt, wie scharf es mich macht, Diener ihrer Lust zu sein, wird sie mutiger und hemmungsloser.

Sie reitet meine Zunge und stöhnt ihre Ekstase in entzückenden, kleinen Schreien in die abendliche Stille ihres Hotelzimmers. Als ich zwei meiner Finger in sie schiebe und sie nicht nur klitoral, sondern auch vaginal zu befriedigen beginne, verliert sie um ein Haar den Halt.

Kurzerhand stehe ich auf, packe sie am Handgelenk und dirigiere sie zum Bett. Dort bedeute ich ihr, sich mit dem Rücken daraufzulegen, bevor ich mich vor das Bett und zwischen ihre weit geöffneten Schenkel knie und sie hungrig vernasche.

Meine Zunge schleckt sich gierig durch ihre lüsterne, geschwollene Spalte und findet den Nervenstrang, der Skye erbeben und laut stöhnen lässt.

»So ist es gut«, feuere ich sie an. »Zeig mir, was dir

gefällt. Sei ein braves Mädchen und reib dich an meinem Mund zum Orgasmus.«

»Aber ...«, protestiert sie atemlos. »Ich ... ich will dich spüren.«

»Das wirst du«, verspreche ich mit vor Erregung triefender Stimme. »Aber zuerst will ich, dass du kommst, damit du danach schön geweitet und entspannt für meinen prallgefüllten Schwanz bist. Denn der hat seit fünf Wochen nicht mehr abgespritzt und platzt beinahe vor heißem Sperma und Lust auf dich.«

Die Muskeln ihrer Innenschenkel zucken bei meinen heiseren Worten, als ob sie genau wüssten, was sie gleich erwartet.

»Austin ...«, keucht Skye hilflos.

»Hast du eigentlich eine Ahnung ...«, murmele ich, vollkommen gefangen in dem betörenden Strudel aus Verlangen und Sehnsucht, »... wie unglaublich süß du schmeckst?«

Ich sauge an Skyes Klit und spiele mit ihrer stetig wachsenden Lust. So lange, bis sie ihre Finger in die Laken krallt und ihr Becken anhebt. Dann lindere ich die anregende Tortur und lecke sie beruhigend, bevor ich neckend an ihr knabbere und wieder von vorn beginne, stetig begleitet von meinen rhythmisch in sie stoßenden Fingern.

Mit meiner freien Hand streiche ich aufreizend über ihre Waden, die in der Luft neben meinem Kopf schweben und unter meinen Berührungen zittern.

Dieses Spiel ist so aufregend, dass ich es ewig fortführen könnte, doch mein Schwanz, der laut protestierend gegen meine Jeans drückt, drängt darauf, in die Freiheit entlassen zu werden.

Also bringe ich es zu Ende und erlaube Skye, an meinem Gesicht zu explodieren.

Noch während sie über mir ihren Orgasmus hinausschreit, öffne ich meine Jeans, ziehe sie hinab und streife mir, kaum, dass ihr Höhepunkt abebbt, mein Shirt über den Kopf.

Nahezu blind vor Geilheit taste ich in meiner Hosentasche nach einem Kondom, stülpe es mir über und klettere auf das Bett, wo Skye mit rosigen Wangen die Nachbeben ihres Orgasmus genießt.

Ich lasse mich zwischen ihren Schenkeln nieder, dringe in sie ein und stöhne ergeben, weil ihr Schoß so entspannt und nass ist, dass ich mühelos bis zum Anschlag in sie gleiten kann.

Meine Hände umfassen ihr Gesicht und streichen die verschwitzten, blonden Strähnen beiseite.

»Du fühlst dich so perfekt an, Prinzessin«, raune ich heiser und atemlos vor roher, unbändiger Lust und bewege mich langsam in ihr. »Es wird nicht viel brauchen, damit ich komme. Ich werde also nicht lange durchhalten. Tut mir leid.«

Skye lächelt und legt ihre Hand ermutigend auf die meine, die an ihrer zarten, rosigen Wange ruht. »Es ist nur fair, wenn du mich benutzt, nachdem ich dich ebenfalls benutzt habe, oder?«

»Mag sein. Aber ich habe eben meinen Stolz. Also wollen wir doch mal sehen, ob ich dich nicht nochmal zum Kommen bringen kann.«

Ich beuge mich hinab und küsse zärtlich ihre

Lippen. Genieße, wie Skye leise keucht, als sie von ihrem eigenen, süßen Geschmack kostet und verliere mich in einem innigen, intimen Kuss voller Sehnsucht und Verzweiflung.

Wir lieben uns langsam, fast schon ehrfürchtig und erleben dabei jeden meiner Stöße in ihren paradiesischen, lockenden Schoß ganz bewusst, während wir einander unablässig küssen und streicheln.

Skyes Nägel streifen meinen Rücken. Ihre Finger hinterlassen darauf eine Spur prickelnder Gänsehaut. Als sie meine Pobacken erreicht, diese besitzergreifend umfasst und sie lüstern massiert, stöhne ich an ihrem Mund auf.

»Versprich mir bitte, dass du das auch mit meinen Eiern machst, während du mir meinen Schwanz bläst. Sie lieben es, wenn man ihnen Aufmerksamkeit schenkt.«

»Ich werde es mir merken«, grinst Skye und wölbt sich mir keuchend entgegen.

Sex ist für mich in der Vergangenheit immer bloß ein Mittel zum Zweck gewesen. Eine willkommene Beschäftigung, um Stress abzubauen und mich abzureagieren.

Nie habe ich es als etwas Tiefergehendes empfunden.

Es war immer nur ein flüchtiger Moment, der so schnell verglühte, wie er aufloderte. Körperlich und bisweilen auch durchaus intensiv. Aber nie ... bedeutungsvoll.

Doch bei Skye ist das anders.

Jede Bewegung ist wie die Note in einer fortwährenden Melodie, die eigens für mich komponiert wurde. Ihr Atem auf meiner Haut ... ein sanftes Lied der Hingabe, das die körperliche Verbindung auf eine seelische Ebene hebt und beide Teile zu einem perfekten Ganzen zusammenfügt.

Ich bin wahrlich kein Dichter, aber gerade verstehe ich, warum Leid untrennbar in der Namensgebung der Leidenschaft verankert ist: Weil wahre Leidenschaft nicht nur das Begehren entfacht, sondern auch das schmerzhafte Wissen in sich trägt, wie unvollständig man ohne den anderen wäre.

Es ist, als würden wir in diesem vergänglichen und doch so zeitlosen Moment miteinander verschmelzen und gemeinsam etwas Neues formen, das weit über das uns Bekannte hinausgeht.

»Was meinst du, Prinzessin? Wollen wir fliegen?«, flüstere ich an ihrem Mund und stütze mich auf meine Unterarme um meinen Winkel leicht zu verlagern und mit meinen gezielten, trägen Stößen über Skyes G-Punkt zu gleiten. Sie biegt genussvoll ihren Rücken durch und reibt ihre vollen, runden Brüste an meiner empfindlichen Haut, bevor sie wenig später ihrem Höhepunkt verfällt und sich in einem Rausch von mitreißenden Emotionen verliert.

Mein Blick streift ihre Narbe und als ich spüre, dass mein Orgasmus nicht mehr aufzuhalten ist, lasse ich mein Gesicht darauf sinken und bedecke sie mit Küssen, so als könne ich ungeschehen machen, was auch immer ihr diese Schmerzen in der Vergangenheit zugefügt hat.

Wir liegen in die warme, schützende Decke gehüllt in Skyes Bett und schauen einander einfach nur an. Mein Daumen streicht über Skyes Wange, während ihre Fingerspitzen auf meinem Arm quälend langsam auf und wieder abwandern.

»Es tut mir leid«, flüstere ich kaum hörbar und halte in meiner Bewegung inne.

»Was?«, wispert sie.

»Dein Unfall. Du hast den Gabelstapler meinetwegen nicht gesehen. Weil ich nicht schnell genug aus dem Auto gestiegen bin, um dir die Angst zu nehmen, die du in diesem Moment empfunden haben musst.«

»Das ist doch Unsinn«, sagt Skye und umgreift meine Hand, die noch immer an ihrer Wange liegt. »Du kannst nichts dafür. Ich habe nicht aufgepasst und der Gabelstapler war zu schnell. Eine Verkettung unglücklicher Ereignisse. Nicht mehr und nicht weniger.«

Ich rolle mich auf den Rücken, lege meinen Unterarm auf meiner Stirn ab und atme tief durch.

»Deine Rippen haben deine Lunge zum Kollabieren gebracht und einen Herzstillstand ausgelöst ... du wärst fast gestorben, Skye. Ganz zu schweigen von deinen anderen Verletzungen.«

Skye setzt sich auf und lehnt sich mit dem Rücken gegen das Bettgestell.

Sie bedenkt mich mit einem Blick, in dem Angst,

Unsicherheit und Verzweiflung liegen und von dem ich nicht weiß, was er zu bedeuten hat. Aber mein Bauchgefühl sagt mir, dass es nichts Gutes ist.

»Es ist nicht das erste Mal gewesen«, flüstert sie und sieht an die Decke, um die Tränen, die in ihre Augen steigen, wegzublinzeln.

»*Was* war nicht das erste Mal?«, hake ich nach und setze mich ebenfalls auf.

»Dass ... dass ich fast gestorben wäre. Damals ... der Unfall in der *Serie3* ...«

»Welcher Unfall?«, frage ich, wobei meine Stimme kaum mehr als ein schwacher Windhauch ist, der von der Dunkelheit der Nacht verschluckt wird. Denn insgeheim weiß ich, dass es nur *einen* Unfall in der *Serie3* gab, der dafür in Frage kommt. Der Unfall mit ... mir.

»Im Grunde genommen war es ein relativ harmloser Unfall, bei dem nur das Auto zu Schaden gekommen wäre, aber ...« Sie stockt.

»Aber?«, frage ich gepresst und wage es kaum zu atmen.

»Ich hatte Pech, okay? Irgendein Teil von der Streckenbegrenzung ist bei meinem Aufprall zerbrochen und in meinem Brustkorb gelandet. Vor lauter Adrenalin habe ich es zunächst gar nicht bemerkt. Es war nicht groß und dann auch noch blau, genauso wie mein Rennanzug. Erst als ich schon ausgestiegen war und der Krankenwagen kam, fiel mir auf, dass sich etwas durch meinen Rennanzug in meinen Körper gebohrt hatte. Ich wollte es rausziehen, aber man ließ mich nicht, weil man sich nicht sicher war, ob es meine

Lunge oder mein Herz getroffen hat. Also haben sie mich ins Krankenhaus gebracht und mich aufgeschnitten.«

Skye bricht ab und atmet geräuschvoll aus, während ich vollkommen fassungslos dasitze und der festen Überzeugung bin, dass sie mich hier gerade von vorne bis hinten verarscht.

»Das ist nicht dein Ernst, Skye, oder? Das *kann* gar nicht sein. Denn wenn es so wäre, wüsste ich davon. Sowas macht die Runde«, sage ich, wobei ich laut werde, weil meine Emotionen Oberhand nehmen und sich tausend Gefühle in mir zu einem heftigen Sturm zusammenbrauen.

»Nein, macht es nicht«, widerspricht sie. »Es gibt immer noch die ärztliche Schweigepflicht, wie du weißt und da ich auf keinen Fall wollte, dass irgendetwas davon an die Öffentlichkeit dringt, hat mein Vater seinen Einfluss geltend gemacht, um alle Beteiligten an die Konsequenzen einer Nichteinhaltung dieser Schweigepflicht zu erinnern.«

»Wieso ... wieso verdammt wolltest du nicht, dass das die Runde macht?«, frage ich tonlos.

»Weil ich Angst hatte, dass mich kein Team mehr nimmt, wenn rauskommt, dass meine Lunge, oder mein Herz möglicherweise im Eimer sind. Ich wollte, dass alles geheim bleibt, bis ich das endgültige Resultat in den Händen halte und für mich entscheiden kann, ob und wenn ja, wie es weitergeht.«

»Aber es ging nicht weiter«, murmele ich und ein eisiger Schauer klettert meinen Rücken hinauf in meinen Nacken. Laufen einem kalte Schauer normalerweise den Rücken hinab, so verhält es sich bei mir gerade exakt umgekehrt. So, als würde das große Finale erst noch kommen.

»Nein. Es ging nicht weiter. Aber nicht, weil ich nicht geheilt werden konnte, sondern weil ich nach dem Unfall nicht mehr dieselbe war. Ich konnte mich nicht mehr hinters Steuer setzen und einhundert Prozent geben, weil ich immer das Gefühl hatte, verfolgt zu werden.«

»Verfolgt?«, frage ich stirnrunzelnd. »Von wem?«

Skye sieht mich traurig lächelnd an und ihr Blick wird leer. »Vom Tod.«

Ich lasse den Kopf gegen die Wand sinken und schließe die Augen.

Vom Tod. Shit!

Wir wissen beide, was das bedeutet.

Ein Rennfahrer, der Angst davor hat, zu sterben, nimmt seinen Fuß eine Hundertstelsekunde zu früh vom Gas. Die Hundertstelsekunde, die über Sieg und Niederlage entscheidet. Die Hundertstelsekunde, die man braucht, um es bis ganz nach oben zu schaffen.

»Deshalb bist du also verschwunden.« Mir entfährt ein fassungsloses Schnauben und ich vergrabe das Gesicht in meinen Händen. »Ich habe dich angerufen, Skye ... Mehrmals! Weißt du eigentlich, wie viel Überwindung mich das gekostet hat?«

»Das weiß ich«, flüstert sie. »Und weißt du, wie viel Willenskraft es mich gekostet hat, nicht den Hörer abzunehmen?«

»Weil du mir nicht sagen wolltest, dass ich deinen Traum zerstört habe?« Ich schüttele verständnislos den Kopf. »Warum würdest du mir das nicht erzählen wollen, Skye? Ich habe dein Leben zerstört. Ich habe *dich* zerstört. Und was machst du? Du verschwindest einfach so ohne ein Wort und lässt alle im Glauben, du hättest gekniffen? Warum? Warum hast du deinen Namen nicht reingewaschen und allen erzählt, was wirklich passiert ist?«

Skye presst die Lippen aufeinander und eine einzelne Träne rollt über ihre Wange.

»Weil ...« Sie stockt. »Weil es mir egal war, was die anderen über mich denken. Mir war nur wichtig, was *du* denkst, Austin. Hätte ich es dir erzählt, hättest du so reagiert, wie du es jetzt gerade tust: Du hättest dich dafür verantwortlich gemacht. Dabei war es ein Rennunfall.«

»Ich hätte dir mehr Platz lassen können«, werfe ich ein. »Ich habe nicht nachgegeben.«

»Ich auch nicht. Weil wir beide gewinnen wollten. Um jeden Preis.«

»Nein«, rufe ich und schüttele angewidert den Kopf. »Nicht um jeden Preis, Skye. Nicht, wenn es bedeutet, dein Leben zu zerstören. Hätte ich das gewusst, ich ...«

»Du hättest hingeschmissen, Austin. Entweder das, oder deine Schuldgefühle hätten dich verfolgt und ausgebremst. Du magst vielleicht ein riesengroßes Arschloch gewesen sein, aber mir war immer klar, dass sich hinter deiner harten Schale ein weicher Kern verbirgt. Ich wollte nicht, dass zwei Träume zerstört werden, weil ich wusste, wie hart du für deinen Traum gekämpft hast und wie sehr du das alles wolltest. Also habe ich geschwiegen und bin verschwunden. Ich habe mir ein neues Leben aufgebaut. Und ich bin sehr glücklich damit. Wirklich.«

»Du konntest deinen Traum nicht leben, Skye.«

Es fühlt sich so an, als wären meine Ohren mit Wasser gefüllt. Da ist nichts, außer diesem monotonen Rauschen, das in meinen Kopf dringt und alle anderen Geräusche übertönt. Skyes Worte hallen in mir wider, doch sie erreichen mich nicht. Sie sind mehr wie ein entfernter Schrei, der in der Stille verhallt.

»Ich konnte diesen *einen* Traum nicht leben, ja. Aber das Tolle am Leben ist doch, dass man mehr als nur *einen* Traum haben darf. Ich habe für mich einen neuen Traum gefunden und ich schätze mich sehr glücklich, ihn mit *Titan Racing* leben zu dürfen.«

Sie legt ihre Hände auf meine Arme und sucht meinen Blick. »Austin, hör mir zu: Dich trifft keine Schuld. Es war ein Rennunfall. Ich mache dir deswegen keine Vorwürfe. Niemand tut das. Es ist passiert und es lässt sich nicht mehr ändern. Aber es gehört der Vergangenheit an. Und ich will in der Gegenwart leben und mit dir meine Zukunft planen.«

»Ich weiß nicht, ob ich das kann«, gestehe ich mit gebrochener Stimme und zu meinem Entsetzen fange ich an zu heulen, wie ein beschissenes Baby. »Ich weiß nicht, wie ich dir jeden Tag in die Augen sehen soll, ohne permanent daran erinnert zu werden, was ich dir genommen habe, Skye.«

»Austin, hey ...« Sie nimmt mein Gesicht in ihre Hände und küsst meine Tränen weg, doch ich schiebe sie von mir, weil ich ihre Nähe und ihre Wärme plötzlich nicht mehr ertrage.

Wie kann sie so mitfühlend und liebevoll sein, wenn sie mich in Wahrheit für das, was ich getan habe, hassen müsste?

Ich bin der Mensch, der ihr alles genommen hat. Und statt mich dafür zur Verantwortung zu ziehen, verschweigt sie es mir, um mich vor meiner eigenen Schuld zu schützen und mir dabei zu helfen, den Traum zu leben, den ich ihr geraubt habe.

Das ist zu viel.

Ich schlage energisch die Bettdecke zur Seite und steige aus dem Bett. Meine Brust schnürt sich zu, so als hätte jemand ein Seil darum geschlungen, das er nun zuzieht und mir damit die Luft abschneidet. Eilig suche ich meine Sachen zusammen und ziehe mich an.

»Austin ... bitte ...« Skye steht ebenfalls auf und kommt mit erhobenen Händen auf mich zu, so als wolle sie mich wie ein ausgebüxtes Tier beruhigen und einfangen.

»Ich verstehe nicht, warum du mich aufhalten willst, Skye. Ich verstehe nicht, wieso du mich überhaupt in dein Bett gelassen hast. Wieso versuchst du, mich zu retten, obwohl ich dich zerstört habe? Warum hasst du mich nicht?«

Skye legt ihre Hand auf mein Herz und sieht zu mir hoch. »Weil ich dich liebe, Austin. Deswegen.« In ihren blauen Augen, einem Meer aus Tränen, erkenne ich die Liebe, die sie für mich empfindet. Die Kälte, die eigentlich darin liegen sollte, suche ich vergebens.

Skye sagt die Wahrheit. Sie liebt mich wirklich. Und das macht es nur noch schlimmer.

»Es tut mir leid, Prinzessin«, sage ich und löse ihre Hand von meinem Herzen, das in dem Moment bricht, in dem ich sie von mir stoße und das Zimmer verlasse. »Du verdienst jemanden, der dein Leben vollkommen macht. Und nicht jemanden, der es dir genommen hat. Ich schäme mich und ich werde mir das nie verzeihen können. Nichts von dem, was ich dir angetan habe. Aber allem voran, dass ich deinen Traum zerstört und dich beinahe umgebracht habe.«

31
SKYE

Ich sehe zu den Schiebetüren hinüber, durch die Austin, begleitet von Lucas, gerade das Motorhome betritt. Er trägt eine verspiegelte Sonnenbrille, sodass ich seine Augen nicht sehen kann. Oder besser gesagt: sodass *niemand* seine Augen sehen kann.

Seit unserem Gespräch am Donnerstagabend wirkt Austin angespannt, abwesend und in sich gekehrt. Das entgeht weder dem Team noch den Journalisten, die wild über mögliche Ursachen spekulieren.

In der gestrigen Qualifikation ist er auf den zweiten Platz gefahren und hat damit sogar Dante hinter sich gelassen. Dennoch schien er keinerlei Freude deswegen zu empfinden, sondern hat es stattdessen schweigend zur Kenntnis genommen.

Natürlich ist meinen Freundinnen aufgefallen, dass Austin mich meidet. Und natürlich haben sie mich nach dem Grund dafür gefragt.

Also fand gestern Abend in Dakotas Zimmer ein spontanes Krisentreffen statt, im Zuge dessen ich meinen Freundinnen von meiner Vergangenheit erzählt und alle Karten auf den Tisch gelegt habe.

Nur leider sind meine Freundinnen geteilter Meinung, was das weitere Vorgehen betrifft.

Riley und Dakota sind der Meinung, dass ich erneut mit Austin reden muss. Doch der will leider nicht mit *mir* reden.

Allegra und die per Handy zugeschaltete Kenzie hingegen rieten mir dazu, Austin Zeit zu geben, alles erst einmal zu verdauen und damit klar zu kommen. Aber indem ich das tue, habe ich das Gefühl, ihn im Stich zu lassen und dabei zusehen zu müssen, wie er leidet.

Und das kann ich nicht, was ich meinen Freundinnen auch gesagt habe.

Als Austin die Treppe hinauf zu seinem Fahrerraum geht, sehe ich ihm hinterher und seufze.

»Morgen Süße«, begrüßt mich Allegra, die zu mir an die Theke kommt und ihr Handy hinter dem Tresen an eines der Ladekabel anschließt. »Wie läuft's?«

»Gar nicht«, antworte ich resigniert und fülle das Wasser der Kaffeemaschine auf.

»Er ignoriert dich immer noch?«

Ich nicke.

»Weißt du ... vielleicht haben Riley und Dakota doch recht und du solltest nochmal mit ihm reden«, meint Allegra und schürzt nachdenklich die Lippen. »Ich habe damals bei Hunter zwar abgewartet und ihn in seinem Tempo zu einem Entschluss kommen lassen, was ihn und mich angeht, aber Riley und Dakota haben bewiesen, dass es auch anders funktionieren kann. Also solltest du das tun, wozu dir dein Herz rät. Das klingt jetzt vielleicht poetisch und melodramatisch, aber da es hier um dein Herz geht, klingt es recht logisch, auch darauf zu hören, was es dir rät.«

»Mein Herz will, dass ich mit Austin rede«, murmele ich und schalte die Maschine wieder ein. »Aber *er* will nicht mit *mir* reden.«

»Und du glaubst nicht, dass ein bisschen Zeit und Abstand seine Meinung ändern werden?«, fragt Allegra vorsichtig und schiebt mich sanft zur Seite, um sich einen Kaffee zu machen.

»Ich kenne Austin. Zeit und Abstand werden ihn nicht zur Vernunft bringen, sondern den Glauben, er sei an allem schuld, nur noch weiter festigen. Je länger ich warte, desto größer wird die Gefahr, dass sein Entschluss, ich habe jemand Besseren verdient, unumkehrbar wird.«

»Na schön. Wie wäre es dann mit folgendem Plan ...« Allegra entnimmt ihre dampfende Tasse und lehnt sich mit der Hüfte gegen den Tresen. »Austin trifft nachher noch kurz einen super wichtigen Geschäftspartner von Grayson. Normalerweise wäre sowas an einem Rennsonntag ein absolutes No-Go, weil die Fahrer sich allein auf das Rennen konzentrieren sollen. Aber in dem Fall macht Toni eine Ausnahme. Ich soll Austin in den reservierten Bereich des *Lux Clubs* begleiten, wo er sich mit diesem Typen treffen und kurz mit ihm plaudern soll. Für das Eintreffen von Graysons Geschäftspartner ist Dakota zuständig. Wir könnten es so timen, dass Dakota dort fünf Minuten nach Austin und mir aufkreuzt und du in dem Raum auf Austin und mich wartest.«

Ich runzele irritiert die Stirn. »Wie kommst du darauf, dass Austin mit mir reden wird? Er könnte sich umdrehen und einfach abhauen, wenn er mich dort sieht.«

»Nicht, wenn wir es geschickt einfädeln.« Allegra grinst diebisch. »Wenn er dich sieht, sage ich einfach, dass du für das Catering zuständig bist und er sich zusammenreißen soll. Und da Toni überdeutlich war, was die Wichtigkeit dieses Treffens angeht, wird er es nicht sausen lassen. Er weiß, dass Toni ganz scharf auf diesen Multi-Millionendeal ist, den Graysons Geschäftspartner ihm in Aussicht gestellt hat und wird nichts tun, um das zu gefährden.«

»Da bin ich mir nicht so sicher ...«, murmele ich mehr zu mir selbst, als zu meiner Freundin.

»Austin ist vielleicht verletzt und durcheinander. Aber er ist nicht dumm.« Sie strahlt siegessicher und legt mir einen Arm um die Schultern, bevor sie sich an mein Ohr hinabbeugt und leise kichernd hinzufügt: »Und für alle Fälle werde ich dafür sorgen, dass die Tür von außen verriegelt wird, sobald ich Austin abgeliefert und den Raum verlassen habe.«

»Du kannst uns doch nicht einschließen«, zische ich entrüstet. »Bist du verrückt?«

»Mhhmm ... ich bevorzuge das Wort *einfallsreich*«, kichert sie.

Ich schnappe mir das Küchentuch und versetze ihr damit einen Klaps auf den Po. »Du verbringst eindeutig zu viel Zeit mit Riley. Diese Idee stammt doch bestimmt von ihr, oder?«

Allegra schüttelt den Kopf. »Nein, das tut sie nicht. Wirklich. Riley ist nämlich viel zu sehr damit beschäftigt, ihren Abschied in die Baby Pause vorzubereiten.«

Wir sehen einander an und verziehen bedauernd das Gesicht.

Der Italien Grand Prix, der kommende Woche in Monza stattfindet, wird Rileys vorerst letzter Grand Prix sein. Denn danach geht es für die Teams in die Sommerpause, bevor es sie anschließend nach einem kurzen Stopp in den Niederlanden und in Belgien in Richtung USA und Mexiko zieht. Und weil Rileys Schwangerschaft mittlerweile so weit fortgeschritten ist, dass die interkontinentalen Flüge zu weit und anstrengend für sie wären, wird sie den Rest der Saison aussetzen, in Ruhe ihr Kind zur Welt bringen und dann nächste Saison wieder einsteigen, wenn auch vorerst nur bei vereinzelten Rennen.

Kenzie, deren Schwangerschaft ähnlich fortgeschritten ist, wird es ebenfalls so handhaben, auch wenn sie wegen ihrer einst verbotenen und jetzt überglücklichen Beziehung zu Cesare Cerutti, dem attraktiven Teamchef von *Racing Rosso*, zukünftig für *Racing Rosso* arbeiten wird.

Aber wenigstens würden wir fünf so wieder vereint sein. Und darauf freue ich mich unglaublich.

Das Einzige, was mir noch zu meinem Glück fehlt, ist, dass Austin zur Vernunft kommt und wir endlich das Happy End bekommen, das wir schon seit Jahren verdienen. Und was das angeht, ist Allegras Vorschlag vielleicht gar nicht so abwegig, wie er auf den ersten Blick scheint. Jedenfalls fällt mir gerade kein besserer ein.

»Okay, gut. Tun wir es«, stimme ich ihrer Idee zu, woraufhin sie mir einen dicken Schmatzer auf die Wange drückt.

»Super. Ich muss Austin in einer Viertelstunde abholen. Warum gehst du nicht schon mal rüber, damit es den Eindruck erweckt, als seist du dort tatsächlich für das Catering zuständig? Ich habe natürlich längst alles vom *Lux Club* bereitstellen lassen, aber du kennst deren Leute ja. Schick sie einfach weg und lass es so aussehen, als seist du zuständig. Wir haben den Konferenzraum im zweiten Stock an der äußeren Südseite gemietet. Weißt du, welchen ich meine?«

Ich nicke und spüre, wie ich nervös werde. »Ja, den hatten wir in der Vergangenheit schon öfter. Okay. Ich gehe direkt los, bevor ich kalte Füße bekomme und es mir nochmal anders überlege.«

»Du schaffst das« ermutigt mich Allegra und drückt bestärkend meine Schultern. »Austin liebt dich und du liebst ihn. Das ist die beste Ausgangsposition dafür, dass am Ende alles gut wird. Glaub mir, ich weiß, wovon ich rede.«

32
AUSTIN

Ich bin echt nicht begeistert davon, drei Stunden vor Rennbeginn noch mit irgendeinem Business-typen quatschen zu müssen, statt mich mental und körperlich auf den Ungarn Grand Prix vorzu-bereiten.

Draußen sind es über dreißig Grad. Auf dem Asphalt nochmal knapp zwanzig Grad mehr. Die Hitze wird heute allen Fahrern zu schaffen machen und als wäre das nicht schon beschissen genug, habe ich auch noch schlecht geschlafen und bin hundemüde.

Seit Skyes Geständnis und dem Wissen, was ich getan habe, bekomme ich kaum noch ein Auge zu, weil mich die Schuldgefühle plagen, die mich von Skye fernhalten, ich sie aber gleichzeitig schrecklich vermisse.

Ich laufe neben Allegra durch den von der prallen Sonne erhitzten Paddock von Budapest und sehe stur vor mich, um jeglichen Blickkontakt mit anderen Menschen zu meiden.

Wieder einmal rettet mich meine verspiegelte Sonnenbrille, die meine Gefühle und Gedanken vor der Außenwelt geschickt zu verbergen weiß.

»Bitte unterbrich das Gespräch nach zehn Minuten, ja? Ich muss mich vorbereiten und ...«

»Keine Sorge.« Allegra schenkt mir ein bestärkendes Lächeln. »Ich werde dafür sorgen, dass du pünktlich zu deinem Meeting mit den Ingenieuren kommst.«

»Danke«, brumme ich und folge ihr in das schattenspendende, weitläufige Gebäude, in dem sich die ganzen schicken Guest Hospitalities, aber auch das Medien Zentrum der Journalisten befindet. Wir gehen zum Fahrstuhl, fahren in den zweiten Stock und durchqueren die gesamte Etage bis zum südlichen Ende.

Vor der Tür bleibt Allegra stehen und legt die Hand auf die Türklinke. »Ich warte hier und rufe dich wie vereinbart, wenn das Gespräch zu lange dauert«, sagt sie, öffnet die Tür und schubst mich mit einem kraftvollen Stoß in den Raum hinein.

Verwundert drehe ich mich zu ihr um, doch genau in diesem Moment schlägt sie mir die Tür vor der Nase zu und ich höre ein verräterisches Klickgeräusch, das die Vermutung nahelegt, dass mich Allegra soeben eingeschlossen hat.

Was zur Hölle?

Ich hämmere mit meinen Fäusten gegen die Tür und rufe nach ihr. »Hey, Allegra ... bist du bescheuert?

Was machst du denn? Was zum Teufel soll das? Mach sofort die verdammte Tür auf!«

Keine Reaktion.

»Sag mal, spinne ich, oder ist hier irgendwo eine versteckte Kamera und das alles ist eine Riesenverarsche, die ...«

Die restlichen Worte bleiben mir im Hals stecken, als ich Skye erblicke, die mit einem entschuldigenden Lächeln auf mich zukommt.

»Was ist hier los?«, frage ich und deute auf die verschlossene Tür. »Was tust du hier und warum schließt Allegra uns ein?«

»Sie will, dass du mir zuhörst«, sagt Skye und bleibt ein paar Meter vor mir stehen.

Sie sieht blass aus und ihre müden Augen legen die Vermutung nahe, dass auch sie in den letzten Nächten nicht gut geschlafen hat. Und wieder einmal ist das allein meine Schuld.

Ich verstehe nicht, dass diese bezaubernde und wunderschöne Frau noch immer nicht genug von mir hat, wo ich ihr doch ganz offensichtlich nur Schaden zufüge.

Genervt fahre ich mir durch die Haare und werfe Skye einen gequälten Blick zu. »Ich *habe* dir zugehört. Und das, was ich erfahren habe, hat mir den Boden unter den Füßen weggerissen.«

»Und jetzt? Wie lautet dein Plan, Austin? Willst du mich wirklich von dir stoßen und mich in die Arme von jemand anderen treiben? Ist es das, was du willst?«

Skye stemmt die Hände in die Hüften und ihr Blick ist so traurig, dass alles an mir danach schreit, sie in die Arme zu schließen und sie zu trösten. Wenn ich nur nicht der Grund für all diese Trauer und Verzweiflung wäre. Wieder einmal.

»Ich will, dass du glücklich bist, Skye«, entgegne ich leise und schiebe meine Hände in die Hosentaschen meiner Jeans, um nicht der zermürbenden Versuchung zu erliegen, Skye zu berühren. »Weil du alles Glück dieser Welt verdienst.«

»*Du* bist dieses Glück für mich, Austin«, ruft sie und sieht kopfschüttelnd an die Decke, wobei verräterische Tränen in ihren wunderschönen, blauen Augen glitzern.

»Ich bin dein *Verderben*, Prinzessin. Aber ganz sicher nicht dein Glück.«Meine Antwort ist nur ein Flüstern und doch lässt jedes meiner Worte Skye zusammenzucken, als hätte ich sie angeschrien.

»Ich werde mir nie verzeihen können, was ich dir angetan habe.«

»Genau da liegt dein Problem, Austin. Es *gibt* nichts zu verzeihen. Wenn *ich* dir keine Schuld für das gebe, was passiert ist, warum tust *du* es dann? Es war ein Rennunfall. Einer von vielen, die ich während meiner Karriere hatte. Niemand konnte ahnen, dass mich dieses Teil treffen und in mir stecken bleiben würde. Die Chancen dafür stehen ... was? Eins zu einer Million? Ich sage es dir noch einmal: Du konntest nichts dafür. Und wenn du willst, dass ich dir verzeihe, obwohl es nichts zu verzeihen gibt, dann tue ich das hiermit ganz offiziell. Aber weißt du, was ich dir niemals verzeihen werde?«

Sie bricht ab und holt tief Luft.

»Wenn du uns aufgibst. Wenn du es wagst, mich gehen zu lassen und unsere Liebe lieber verkennst, statt sie zu leben. Denn dann ... dann zerstörst du wirklich mein Leben und damit auch meinen größten und wertvollsten Traum.«

»Welchen?«, frage ich kaum hörbar und wage es nicht, Skye dabei in die Augen zu sehen.

»Unsere gemeinsame Zukunft«, entgegnet sie und reibt sich über die Arme, so als würde sie frösteln. »Du und ich ... wir gehören zusammen. Das haben wir immer schon. Und wenn du das nicht erkennst, dann hast du mich wirklich nicht verdient.«

Sie geht an mir vorbei zur Tür und klopft drei Mal dagegen.

»Glaub nicht, dass ich ewig auf dich warten werde, Austin. Wenn die Frau, die du liebst, vor dir steht, solltest du wissen, dass du sie nie wieder gehen lassen darfst. Tust du es doch, war deine Liebe wohl nicht bedeutend genug.«

Mit diesen Worten schlüpft sie durch die sich öffnende Tür und stürmt davon.

»Du bist jetzt im DRS-Fenster. Auf Start und Ziel bist du nah genug dran, um zu attackieren. Wenn du denkst, dass du vorbeikommst, versuch es. Aber achte auf deine Reifen. Es sind noch fünf Runden bis zur Chequered Flag«, informiert mich Kenneth mit seiner so typisch ruhigen, diplomatischen Stimme über Funk, als ich dem Heck des vor mir liegenden *Racing Rosso* Boliden immer näherkomme.

Obwohl ich mich selten so schlecht und unvorbereitet vor einem Rennen gefühlt habe, läuft es verdammt gut für mich. So gut, dass der erste Sieg meiner *Serie del Rey* Karriere heute zum Greifen nahe scheint.

Dante, der hinter mir auf Platz drei liegt, ist acht Sekunden entfernt. Ein solides Polster, das es mir erlaubt, den vor mir liegenden Fahrer unter Druck zu setzen und anzugreifen, selbst wenn das den Abstand zu Dante schmälert, weil er von diesem Zweikampf an der Spitze profitiert.

Skyes Worte aus unserer ersten Nacht schießen mir in den Sinn und ich höre ihre leise, flüsternde Stimme in meinem Ohr, als ich dreißig Sekunden später in die letzte Kurve vor der Start- und Zielgeraden biege und dabei beinahe das Heck von Stefano Velucci küsse.

Du hast alles, was du brauchst, um zu siegen. Nämlich dich. Du bist genug, hörst du? Du. Bist. Genug. Ich weiß das, aber das nutzt nichts, solange du das nicht weißt. Also hör auf zu zweifeln und fang endlich an, deinen Traum zu leben, ja? Tu es für dich und für alle, die ihren großen Traum nicht leben konnten ...«

Ich schließe die Augen, lausche Skyes süßen Worten und spüre, wie der Fahrtwind an meinem Helm vorbeizieht, während ich den Fuß auf das Gaspedal stelle und es durchdrücke.

Als ich die Augen wieder öffne, steht eine nie dagewesene Entschlossenheit in ihnen. Ich kann sie nicht sehen, aber ich spüre sie, weil sie wie eine Druckwelle bei einer Explosion durch meinen Körper schießt und mich fliegen lässt.

Ich nutze den Sog, bleibe bis zum letzten Moment im Windschatten von Velucci und ziehe dann in einer einzigen, fließenden Bewegung links außen vorbei.

Der Kurveneingang, der sich am Ende von Start und Ziel befindet, kommt immer näher.

Noch hundert Meter, fünfzig, zwanzig, zehn ... ich schere vor Stefano ein, trete auf die Bremse, schalte runter und beschleunige zwei Herzschläge später wieder, um als erster die Kurve zu verlassen.

Es war ein riskantes Manöver, das mich durch einen einzigen Verbremser nicht nur den Sieg, sondern gleich das ganze Rennen hätte kosten können.

Aber wenn man gewinnen will, muss man volles Risiko gehen und auf seinen Instinkt vertrauen.

In meinem Fall war dieser Instinkt Skye. Ihre Stimme in meinem Inneren, die mir gesagt hat, was ich tun soll und die mir das Vertrauen geschenkt hat, dass es funktionieren wird.

Ich werfe einen Blick in den Rückspiegel und erkenne erleichtert, dass Stefano Velucci abreißen lässt und mein Tempo nicht mitgehen kann.

Wenn ich in den nächsten zehn Minuten keinen Mist baue, mein Auto auf den letzten Metern nicht noch Schaden nimmt und kein Unfall geschieht, ist mir dieser Sieg sicher.

Es sind ein Haufen *Wenns*, die ineinandergreifen müssen, damit das geschieht, doch ich beschließe, mich nicht länger auf die Zweifel zu konzentrieren, sondern all meine Aufmerksamkeit und Kraft dem Glauben zu widmen, dass es genau so kommen wird, weil ich diesen Sieg verdiene. Weil ich genug bin, um zu gewinnen. Weil ich es will. Und es kann.

Ich lockere meinen Griff um das Lenkrad und atme durch, was bei über dreihundert Stundenkilometern und bis zu 5G, die in den Kurven an einem zerren, gar nicht mal so leicht ist.

Doch es gelingt mir und zum allerersten Mal seit meinem Einstieg in die *Serie del Rey* verspüre ich die altbekannte Freude am Rennfahren.

Ja, ich will gewinnen. Ich will es sogar unbedingt. Aber egal, wie dieses Rennen heute ausgeht, die Wahrheit ist doch, dass ich schon längst gewonnen habe. Ich lebe meinen Traum. Jetzt. Hier. In diesem Moment.

Ich sitze in dem besten Auto des besten Teams der besten Rennserie der Welt und rase damit über eine der anspruchsvollsten Rennstrecken dieses Planeten auf die Ziellinie zu, die ich, wenn alles nach Plan läuft, als erster überqueren werde.

Ich sollte diesen Moment genießen. Denn er wird nicht ewig anhalten. Die Zeit verfliegt genau wie das Leben und wertvolle Momente der Gegenwart gehören einen Wimpernschlag später schon der Vergangenheit an.

Deshalb atme ich diesen unbezahlbaren, zeitlosen

Augenblick tief, vollständig und ganz bewusst ein. So, wie frische Bergluft nach einem reinigenden Sommerregen.

Ich schärfe meine Sinne und nehme jedes Detail in mir auf.

Das Röhren des Motors, der wie mein eigener Herzschlag in meinen Ohren pocht. Die Vibration des Lenkrads, das bis zu meinen Fingerspitzen pulsiert. Die unendliche Weite des azurblauen Himmels, der diesen wunderschönen Tag in all seiner Pracht erstrahlen lässt. Der Jubel der Zuschauer, von denen über einhunderttausend angereist sind, um uns dabei zuzusehen, wie wir unseren Traum leben.

Ich drehe den Kopf. Sehe nach rechts. Nach links. Nach vorn. Nach oben. Nach unten. Und werfe einen letzten Blick durch den Rückspiegel nach hinten.

Ich bin hier. Ich bin angekommen. Ich bin genau dort, wo ich immer sein wollte.

Und während die Runden verfliegen und die Ziellinie immer näher rückt, verschwimmt die Welt um mich herum zu einem Meer aus Farben, Geschwindigkeit und Adrenalin.

Alles wird unscharf, doch eines weiß, fühle und sehe ich mit absoluter Klarheit: Es ist nicht nur die Aussicht auf den Sieg, die mich antreibt, sondern vor allem das Wissen, dass *ich* die Kontrolle über mein Leben habe. Dass *ich allein* über mein Schicksal entscheide.

Dass dieser Moment der Erkenntnis ein Geschenk ist, das ich mit offenen Händen dankbar annehme.

In diesem einen Moment, in dieser flüchtigen,

vergänglichen Sekunde, die mein ganzes Leben in sich trägt, bin ich nicht nur ein Rennfahrer. Ich bin ein Träumer, der seinen Traum lebt und der vor Leidenschaft brennt, sodass die Flammen der Begeisterung alles um mich herum erhellen.

Sie lodern in meinem Inneren, wärmen mich, treiben mich an und reißen jede Spur von Angst und Zweifel nieder.

Es sind keine zerstörerischen, gefährlichen Flammen. Nein. Sie sind schöpferischer Natur. Sie formen aus mir den Menschen, der ich sein will und machen mich zu dem, was ich bin.

In diesen letzten Sekunden vor dem Überqueren der Ziellinie, bin ich mehr als Geschwindigkeit. Mehr als Technik. Mehr als ein talentierter, ehrgeiziger und erfahrener Rennfahrer. Ich bin ein Herzschlag, der einen Takt vorgibt, den nur ich verstehen kann. Ein Feuer, das niemals erlischt. Ein Wille so stark, dass niemand ihn brechen kann.

Ich bin ich. Ich bin ... *genug*. Zum allerersten Mal in meinem Leben.

Während die Zielflagge geschwungen wird und ich über die magische Linie rase, breitet sich ein Lächeln auf meinem Gesicht aus. Es ist das Lächeln eines Menschen, der endlich begriffen hat, worauf es wirklich ankommt. Der verstanden hat, dass der wahre Sieg nicht auf der Strecke, sondern im Herzen errungen wird. Und all das verdanke ich der Person, die eben dieses Herz zum Höherschlagen bringt. Und zwar schon beinahe mein halbes Leben lang.

Ich stehe auf dem obersten Treppchen des Podiums und lausche mit geschlossenen Augen erst der englischen und dann der italienischen Nationalhymne, während das Team und die Fans, die sich unter dem Podium versammelt haben, stolz und ergriffen mitsingen.

Meine Hände, die ich auf dem Rücken verschränkt habe, zittern und es kostet mich reichlich Kraft, die Tränen, die hinter meinen geschlossenen Lidern brennen, zurückzuhalten.

So fühlt es sich also an, wenn man auf dem Olymp seines Traumes angekommen ist. Wenn sich alles erfüllt, wovon man jemals in seiner Rennfahrer Karriere geträumt hat.

Es gibt kein Wort, das dem Gefühl, das einen erfasst und mit sich trägt, gerecht werden könnte, weshalb man diesen Augenblick nur fühlen und ihn nicht in Worte fassen kann.

Die Musik verklingt und der Applaus unter dem Podium erfüllt die flirrende Luft, während ein hochrangiger Politiker mir die Hand für den Sieg schüttelt, mir gratuliert und mir einen gigantischen Pokal überreicht, der in Budapest immer besonders schön und aufwendig gestaltet ist.

Ich suche die beachtliche Menschenmenge unter dem Podium nach der einen Person ab, von der ich mir am meisten wünsche, dass sie diesen Moment mit mir zusammen erlebt und entdecke sie inmitten des Teams, wo sie zusammen mit Allegra und Dakota steht und lächelnd zu mir hochsieht.

Sie wischt sich mit dem Handrücken über die Wange und obwohl sie einige Meter weit entfernt steht, glaube ich zu erkennen, dass Tränen darauf schimmern.

Ich frage mich, ob es Freudentränen sind, weil sie sich mit mir und für mich freut, oder ob es Tränen der Verzweiflung sind, für die ich ihr weitaus mehr Gründe als für die Freudentränen geliefert habe.

Die Champagnerdusche von Dante, der das Rennen auf Position drei abgeschlossen hat und dem Zweitplatzierten *Racing Rosso* Fahrer erwischt mich vollkommen unverhofft.

Ich war so auf Skye fixiert, dass ich nicht mitbekommen habe, wie auch sie ihre Pokale erhalten haben und die Champagnerdusche für eröffnet erklärt wurde.

Lachend lasse ich mich abduschen und schnappe mir dann meine eigene, riesige Flasche, die ich schüttele und über Dante, Stefano und den Menschen vor und unter dem Podium in einem Sprühregen ergieße.

Der kalte, erfrischende Champagner klebt an mir und läuft in jede nur erdenkliche Körperöffnung, als der Kommentator, ein ehemaliger *Serie del Rey* Weltmeister, die Podiumsfläche betritt, um uns zu interviewen.

Er reicht mir das Mikrofon und klopft mir wohlwollend auf die Schulter, bevor er mir die erste Frage stellt.

»Austin – was für ein Rennen und was für ein

Befreiungsschlag! Was sagen Sie zu Ihrem bisher besten *Serie del Rey* Resultat?«

Ein Lächeln huscht über mein Gesicht, als das Team unter dem Podium zu jubeln und applaudieren beginnt und auch Dante mich noch einmal an den Schultern packt und mich grinsend schüttelt.

»Ich sage *Danke*, Jared. Dieser Dank ist an mein Team gerichtet. An meine Ingenieure. An meine Mechaniker. An das Marketing, PR und Catering Team und all die Menschen auf und abseits der Strecke, die mit ihrer harten Arbeit und ihrer Leidenschaft einen wertvollen Beitrag zu diesem Sieg geliefert haben. Doch mein Dank gilt vor allem einer Person. Skye Whitmore.«

Ich sehe zu Skye, die erschrocken zusammenzuckt und unter den johlenden Rufen und zustimmenden Pfiffen der Fans, Mitarbeiter, Gäste und Journalisten errötet.

»Durch Skye wurde ich zu der besten Version meiner selbst. Denn ich hatte das große Glück, in der *Serie4* und in der *Serie3* über Jahre gegen sie antreten zu dürfen. Sie hat mich in jeder Qualifikation und in jedem Rennen herausgefordert und mir gezeigt, was es braucht, um zu den Besten zu gehören. Ich habe das nie zugegeben, sondern meine Bewunderung immer hinter dummen Sprüchen und unangebrachten Stänkereien versteckt, weil das männliche Ego es nun mal nicht gern sieht, wenn wir gegen eine Frau verlieren. Vor allem nicht gegen die Frau, die wir insgeheim lieben, die uns aber keinerlei Beachtung schenkt. Und das, obwohl wir doch so cool und unwiderstehlich sind und wir es uns nicht erklären können, warum sie das partout nicht sieht.«

Jared lacht leise und verzieht das Gesicht, so als verstünde er genau, wovon ich rede.

»Die Wahrheit ist, dass ich es Skye verdanke, dass ich heute hier stehe. Ohne sie als direkte Konkurrentin hätte ich nie so hart gearbeitet, um es eines Tages in die *Serie del Rey* zu schaffen. Und ohne ihren Zuspruch wäre ich wahrscheinlich niemals auf das Treppchen der *Serie del Rey* gekommen, geschweige denn auf die oberste Stufe von diesem Ding.«

»Skye! Skye! Skye!« Die Rufe in der Menge werden lauter und ich sehe, wie Riley, die im abgesperrten Bereich am Untergeschoss Eingang zum Podium steht, die Menge anweist, Platz zu machen und Skye nach vorne zu lassen, die jedoch zögert und von Dakota und Allegra angeschoben werden muss.

»Skye hat mir die Augen geöffnet. Sie hat mir klar gemacht, dass *ich* genug bin. Eine Erkenntnis, die, so lapidar und selbsterklärend sie auch erscheinen mag, die wenigsten von uns wirklich und wahrhaftig begreifen. Und doch ist es exakt diese Erkenntnis, die den Unterschied macht. Die zwischen Sieg und Niederlage entscheidet. Und zwar in allem, was wir in unserem Leben tun, nicht nur auf der Rennstrecke.«

Skye ist mittlerweile vor dem Podium angelangt und sieht mit weit aufgerissenen, hoffnungsvoll glänzenden Augen zu mir auf.

Da sich das Podium etwa fünf Meter über den Zuschauern befindet, kann ich mich nicht zu ihr hinabbeugen, doch ich gebe Riley ein Zeichen, Skye zu mir zu bringen. Das ist zwar verboten, aber gerade interessiert mich das herzlich wenig.

Riley zögert keine Sekunde, sondern schnappt sich Skye und verschwindet mit ihr im Treppenhaus.

Wenig später betreten die beiden die Podiumsfläche und werden unter tosendem Applaus empfangen.

Dante lehnt lässig grinsend an der Wand in der Ecke, legt zärtlich seine Arme um den gewölbten Bauch seiner Bald-Ehefrau und nickt mir auffordernd zu.

Ich gehe zu Skye hinüber und strecke meine Hand nach ihr aus, die sie zögernd ergreift, während alle TV-Kameras dieser Welt auf uns gerichtet sind.

»Was tust du da?«, zischt sie leise und sieht mich verunsichert an.

»Das, was ich schon längst hätte tun sollen. Komm.«

Ich steige mit ihr auf das Siegertreppchen und erklimme gemeinsam mit ihr die höchste Stufe. Dann klemme ich mir das Mikrofon unter den Arm und nehme den massiven Pokal, den ich Skye reiche.

Verdutzt nimmt sie ihn mir ab.

»Was wird das, Austin?«, flüstert sie.

»Die Erfüllung deines Traums, Prinzessin.«

Ich nehme mir wieder das Mikro zur Hand und deute auf Skye. »Dieser Sieg wäre ohne Skye niemals möglich gewesen. Deshalb bin nicht *ich* der verdiente Gewinner, der diesen Pokal in die Höhe halten sollte, sondern *sie*. Also lasst uns die wahre Siegerin des

Ungarn Grand Prix' gebührend feiern. Skye Whitmore, Ladies and Gentlemen.«

Es wird laut.

Richtig laut.

Ohrenbetäubend laut.

Die Leute rasten komplett aus. Noch nie in meinem Leben habe ich so einen donnernden Applaus, gepaart mit derart euphorischen Jubelschreien und beipflichtenden Pfiffen gehört, wie in den folgenden zwei Minuten, in denen jeder, wirklich jeder der Anwesenden Skye seine Anerkennung zollt.

»Heb ihn hoch, Prinzessin. Ich will, dass du sein Gewicht in deinen Armen spürst und ihn so hochhebst, wie du kannst. Das hier ist dein Moment. Du musst ihn fühlen. Ihn leben«, raune ich ihr lächelnd zu und kann die Tränen, die mir über das Gesicht laufen, als sie es tatsächlich tut und sich ein nie dagewesenes Strahlen auf ihrem Gesicht ausbreitet, nicht zurückhalten.

Ich will es auch gar nicht. Denn Tränen der Freude und des Glücks sind nichts, wofür man sich schämen sollte. Ganz im Gegenteil.

»Du bist verrückt«, sagt Skye mit bebender Stimme, als sie den Pokal wieder absetzt und sich mir zuwendet.

»Ja, das bin ich. Nach dir«, antworte ich und umfasse ihr Gesicht mit meinen Händen. »Bist du dir wirklich sicher, dass du mich nicht für das hasst, was damals geschehen ist?«

Sie legt ihre Hände auf die meinen und lächelt. »Es gibt nichts, wofür ich dich hassen könnte, Austin. Dich trifft keine Schuld. Ich brauche dir nicht zu vergeben, weil es nichts zu vergeben gibt. Aber mit der Vergebung verhält es sich so wie mit der Selbstliebe. Solange du es nicht selbst glaubst und tust, ist es egal, was die anderen glauben und tun. Du musst dir selbst vergeben, auch wenn es nichts zu vergeben gibt. Und du musst dich selbst lieben, auch wenn es die Menschen um dich herum schon wie wahnsinnig tun. Es ist dein Leben, Austin. Dein Schicksal. Deine Entscheidung.«

Ich streiche mit dem Daumen über Skyes Wange und lege meine Lippen zärtlich auf die ihren.

»Wenn das so ist«, murmele ich an ihrem süßen, verführerischen Mund, »dann entscheide ich mich für dich. Für uns. Und zwar ... für immer.«

Unter dem tosenden Applaus der Menge besiegele ich meine Entscheidung und unsere gemeinsame Zukunft mit einem innigen, unvergesslichen Kuss.

EPILOG

SKYE

»**E**ssen ist fertig«, ruft Kenzie, die mit Cesare zusammen einen Berg von Spaghetti con Vongole für uns zu Mittag gekocht hat.

Wir anderen rappeln uns gähnend von unseren Liegen in der Sonne auf und gehen vom Sonnendeck auf das obere Deck, wo heute der Lunch serviert wird.

Allegra, Hunter, Riley, Dante, ihr zuckersüßer Sohn Santiago, Dakota, Grayson, Kenzie, Cesare, ihre bezaubernde Tochter Sole, Austin und ich sind über den Jahreswechsel zusammen nach Australien geflogen, um ein paar Tage gemeinsam auf einer von Grayson gecharterten Yacht in West Australien die Sonne und die Abgeschiedenheit fernab der Kameras und Reporter zu genießen, bevor wir pünktlich zu Silvester nach Sydney reisen werden, um dort bei dem Feuerwerk auf der Harbour Bridge gemeinsam auf das neue Jahr anzustoßen.

Die Saison ist lang und anstrengend gewesen. Und nachdem neben Kenzie auch Riley in den Mutterschutz gegangen ist, haben wir uns aufgrund des intensiven Rennkalenders nur noch selten sehen können.

Umso mehr genieße ich es, dass wir nun, wie in alten Zeiten, die Tage von morgens bis nachts zusammen verbringen können, wenngleich sich einiges, um nicht zu sagen, alles, verändert hat.

Am Anfang unserer *Titan Racing* Reise gab es nur uns fünf. Fünf ehrgeizige, zielstrebige und lebenshungrige, junge Frauen in der faszinierenden, mitreißenden, aber auch heimtückischen Welt des Motorsports. Und jetzt, Jahre später, hat jede von uns einen liebenden Partner gefunden, der sie auf Händen trägt und ihr Glück auf eine Art und Weise bereichert, die wir uns zuvor nicht hätten vorstellen können.

Gemeinsam haben wir uns nicht nur in einer absoluten Männerdomäne behauptet, sondern auch unsere Träume verwirklicht. Jede auf ihre ganz eigene, einzigartige Weise.

Unsere Reise in der *Serie del Rey* ist geprägt von zahlreichen Herausforderungen, unvergesslichen Siegen und lehrreichen privaten sowie beruflichen Niederlagen gewesen.

Doch das, was uns über all die Jahre verbunden hat, die wohl einzige Konstante auf dieser Abenteuerreise voller Ups und Downs, ist der unerschütterliche Zusammenhalt und das bedingungslose Vertrauen, das wir als Freundinnen von Anfang an miteinander geteilt haben.

Für uns ist *Titan Racing* immer mehr als nur ein Team, mehr als nur ein Arbeitgeber gewesen. *Titan Racing* ist unsere Familie. Unser Zuhause. Unser Vermächtnis. Unser ... Schicksal. Wir sind *Titan Racing Girls*. Und im Herzen werden wir es für immer bleiben.

Das Aroma der köstlichen Spaghetti weist uns den Weg zu dem im angenehmen Schatten liegenden Outdoor-Esszimmer, wo die Crew bereits für alle gedeckt hat.

Ich kann Grayson, der uns allen diesen Urlaub spendiert hatte, nicht genug dafür danken. Denn die Mischung aus wohltuender Spa-Entspannung, kulinarischer Verwöhnung, ausufernden Partynächten, lustigen Badetagen und faulen Nachmittagen — umgeben von meinen besten Freunden und dem wichtigsten Menschen in meinem Leben — ist die schönste Erholung, die man sich nach einer derart anstrengenden Saison wünschen und vorstellen kann.

Austin setzt sich neben mich auf die gemütliche, mit weißem Leinen bezogene Sitzgarnitur, legt einen Arm um meine Schultern und küsst zärtlich meinen Scheitel.

»Lass uns nach dem Essen unter Deck gehen und ein bisschen schlafen, ja?«, flüstert er in mein Ohr, was mir ein leises Kichern entlockt, weil ich mir schon denken kann, was für eine Art von Schlaf ihm dabei vorschwebt.

Seit dem Grand Prix von Budapest letzten Sommer, im Zuge dessen er der ganzen Welt gebeichtet hat, dass wir ein Paar sind, haben wir viel Zeit zusammen verbracht und jede einzelne Sekunde davon genossen. Auch, wenn wir uns bisweilen immer mal wieder in den Haaren hatten, weil wir, obwohl wir uns lieben, zwei starke, sture Persönlichkeiten sind, die für ihre Meinung einstehen. Mit ein Grund, aus dem wir einander derart respektieren und bewundern.

Austin und ich haben während der Sommerpause ein langes Gespräch darüber geführt, ob ich mir vorstellen könnte, wieder in den professionellen Rennsport zurückzukehren. Doch ich hatte mich dagegen entschieden und bin auch jetzt, sechs Monate danach, glücklich und zufrieden mit dieser Entscheidung. In meinem Beruf als *Titan Racing* Catering Chefin habe ich meine Bestimmung gefunden.

Es ist eine Tätigkeit, die es mir erlaubt, Teil des Renngeschehens zu sein und die es mir gleichzeitig ermöglicht, dieser Leidenschaft ganz ohne Druck, Angst und Risiken nachzugehen. Dabei bin ich nicht auf das Geld meiner Familie angewiesen, sondern kann ein selbstbestimmtes, unabhängiges Leben führen.

Außerdem lebe ich meinen Rennfahrertraum durch Austin. Seine Siege sind auch meine Siege. Und seine Niederlagen sind auch meine Niederlagen. Ich fühle, fiebere, leide, zittere, schreie, weine und jubele mit ihm, für ihn und wegen ihm.

Seine Leidenschaft ist auch meine Leidenschaft. Sein Traum ist auch mein Traum. Ich stehe nicht nur an seiner Seite, sondern lebe jeden Moment mit ihm, als wäre es mein eigener. Wir sind mehr als nur ein eingeschworenes Team. Wir sind ein Herzschlag. Ein

Atemzug. Ein unaufhaltsamer Wille, gemeinsam alles zu erreichen.

Und das ist mehr, als ich je zu träumen gewagt habe. Denn es ist größer, bedeutender und mächtiger als der Verstand es jemals begreifen könnte, weil man es eben nicht in Worte packen, sondern nur mit dem Herzen fühlen kann.

AUSTIN

Ich sitze hier inmitten von Reichtum, Macht und Luxus und bin stolz auf mich, dass ich damit zurechtkomme und erkannt habe, dass nichts von alledem definiert, wie ein Mensch zu bewerten ist.

Es gibt reiche Menschen, die unglaublich liebenswürdig, großzügig, ehrenhaft und loyal sind. So wie Grayson. Und es gibt arme Menschen, die all das sind. Genauso, wie es hasserfüllte, hinterhältige, kaltherzige und korrupte reiche, aber auch arme Menschen gibt, die diese Eigenschaften in sich tragen.

Man kann und soll einen Menschen nicht aufgrund seiner Herkunft oder seiner Lebenssituation verurteilen, weil wahre Größe und Charakter nichts mit Besitz und Status zu tun haben. Das, was einen Menschen ausmacht, sind seine Taten, seine Werte und die Art und Weise, wie er sich und andere behandelt. Vollkommen unabhängig und ungeachtet dessen, wo er herkommt oder was er an Besitz sein Eigen nennt.

Für viele mag das selbstverständlich und einleuchtend sein, doch ich habe es erst lernen und verinnerlichen müssen, weil meine Beziehung zu Geld und

Reichtum in der Vergangenheit sehr kompliziert und verdreht gewesen ist.

Umso dankbarer bin ich, dass ich bereit war, mich zu ändern und mich nicht vor dem, was meinen eigenen Glaubenssätzen widersprach, verschlossen habe, weil ich unbedingt Recht behalten wollte.

Denn dadurch habe ich verstanden, dass *ich* genug bin. Genug, für eine professionelle Rennfahrerkarriere. Aber vor allem genug für eine so wundervolle Frau wie Skye. Selbst, wenn ich nicht in der *Serie del Rey* gelandet wäre und dort jedes Jahr mehrere Millionen verdienen würde.

Warum? Weil man einen so wertvollen Menschen wie Skye nicht mit Besitz, sondern mit Charakter beeindruckt. Mit dem, was man tut und nicht mit dem, was man hat. Skye will keine teure Rolex, sie will meine Aufmerksamkeit. Sie will keine luxuriöse Handtasche zum Geburtstag, sondern schätzt es viel mehr, wenn ich ihr zuhöre und mir merke, welches Buch sie gerade liest.

Was allerdings den Ferrari angeht ... ich bin mir ziemlich sicher, dass sie den trotzdem nehmen würde, wenn ich ihn ihr schenken würde. Denn obwohl sie ihre professionelle Rennfahrerkarriere nicht mehr weiterverfolgen will, so bleibt sie im Herzen doch immer ein *Racing Girl*. Und die lieben nun mal schnelle und schöne Autos. Eine Leidenschaft, die wir beide miteinander teilen und die uns auf eine Weise verbindet, die Worte überflüssig macht.

Ich küsse ein weiteres Mal Skyes Scheitel, weil ich süchtig nach ihr bin und weil ich befürchte, ich könnte jeden Moment aufwachen und realisieren, dass ich mir all das hier nur eingebildet habe, weil es viel zu perfekt ist, um wahr zu sein.

Doch es *ist* wahr. Alles davon. Und dafür danke ich dem Universum jeden Tag von Neuem.

Es hat mir den Menschen geschenkt, mit dem alles einen Sinn ergibt.

Einen Menschen, der mir das Gefühl vermittelt, angekommen zu sein. In dessen Gegenwart alles andere klein und nichtig erscheint, weil die Liebe, die diese Person für mich empfindet und die Liebe, die ich für sie empfinde, alles andere mühelos überstrahlt.

So, wie es jetzt gerade ist, könnte es für immer bleiben.

Hier, in der warmen Sonne Australiens, inmitten von Freunden und Liebenden, angekommen in der *Serie del Rey*, in der ich in den letzten Monaten unter Beweis gestellt habe, dass ich meinen Platz dort verdiene, halte ich die Frau, die mein Herz besitzt, in den Armen und lebe meinen Traum.

Doch eben *weil* dieser perfekte Moment nicht für immer anhalten wird, weiß ich das Hier und Jetzt umso mehr zu schätzen und bin fest entschlossen, es in vollen Zügen zu genießen und die Kraft daraus zu ziehen, die ich womöglich benötigen werde, um die unguten Phasen des Lebens, die die guten Phasen irgendwann für eine gewisse Zeit ablösen werden, zu überbrücken.

Denn so ist das Leben. Ein steter Wandel und ein steter Wechsel aus hässlich und schön, in dem nichts garantiert und nichts für immer ist. Das mag beängstigend klingen, doch genau dieser entscheidende Kontrast hat uns die Schönheit des Lebens überhaupt erst kennen und schätzen gelernt.

Ohne die Dunkelheit gäbe es kein Licht. Und ohne das Licht, gäbe es keine Hoffnung.

Das habe ich durch mein ganz persönliches Licht in der Dunkelheit lernen dürfen.

Durch Skye.

»Ich liebe dich, Prinzessin«, flüstere ich an ihrem Haar und sauge ihren lieblichen Duft tief in mich ein, um für immer davon zehren zu können, wohlwissend, dass selbst *für immer* nicht lange genug ist, um meinen Drang nach dieser Frau zu stillen.

»Und ich liebe dich«, erwidert sie lächelnd und küsst mich.

Hat dir der letzte Band der Titan Racing Legacy Reihe gefallen? Alle 6 Bände der Reihe findest du auf der folgenden Seite im Überblick. Außerdem stelle ich dir meine Honolulu Hornets American Football Reihe samt Farbschnitt und Coverinnendruck vor.

DIE REIHE AUF EINEN BLICK

Die beliebte Titan Racing Legacy Reihe umfasst
insgesamt 6 Bände:

Band 1
Crashing Hearts
Allegra & Hunter

Band 2
Love Laps
Riley & Dante

Band 3
Pitlane Secrets
Dakota & Grayson

Band 4
Circuit Rush
Kenzie & Cesare 1

Band 5
Trackside Kisses
Kenzie & Cesare 2

Band 6
Wild Velocity
Skye & Austin

QUARTERBACK CRUSH

**Band 1 der Honolulu Hornets Reihe
Spicy American Football Sports Romance**

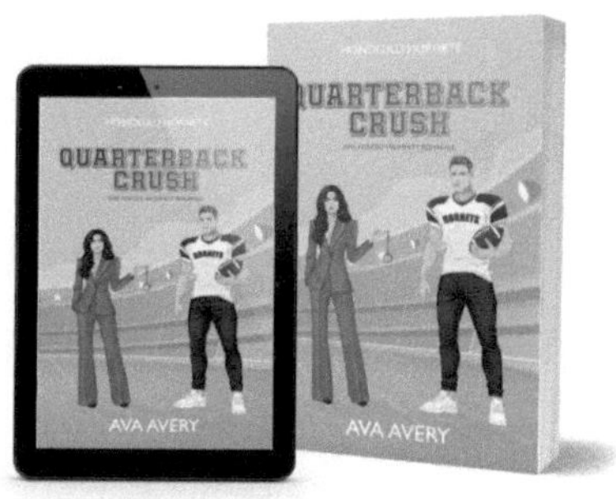

SIE IST EINE ELITE-PERSONENSCHÜTZERIN
UND ER EIN BERÜHMTER FOOTBALL-STAR

**»Der Quarterback der Honolulu Hornets wird von
einer Stalkerin verfolgt und ausgerechnet ich muss
bei ihm einziehen, um ihn zu beschützen.«**

Die Honolulu Hornets Reihe mit Setting auf Hawaii umfasst 5 Bände. Der Auftakt ist im Juni 2025 und der letzte Band erscheint im Oktober 2025. Alle Bände der Reihe gibt es in der Erstauflage mit limitiertem Farbschnitt und spicy Coverinnendruck.

PUCK FOR LOVE

Romantische & spicy Eishockey Romance mit Herz

**Stell dir vor, das Leben schenkt dir deine große
Liebe, nur um sie dir kurz darauf wieder
erbarmungslos zu entreißen.
Würdest du das zulassen?**

<u>Maverick Wolf:</u>

Neben meinem Job als Eishockeyprofi und Kapitän der
Arctic Bears will ich vor allem eins: Meine Ruhe. Das
gestaltet sich jedoch seit dem Eintreffen der neuen
Physiotherapeutin Melody Dawson als unmöglich.

Denn Melodys engelszarte Berührungen und ihre wärmende, wohltuende Nähe wecken Gefühle in mir, von denen ich dachte, ich wäre unfähig, sie jemals wieder zu spüren. Gefühle, die mir die Kontrolle entreißen und die die mühsam aufgerichteten Mauern meines Herzens zum Einstürzen bringen. Doch Melody hütet ein gefährliches Geheimnis, das sie ihr Leben kosten könnte und bevor ich mich versehe, bin ich der Einzige, der sie noch vor der drohenden Katastrophe retten kann.

Bitte beachte: Hierbei handelt es sich um die erweiterte und komplett überarbeitete Neuauflage von Arctic Ice Love, einer Eishockey Sports Romance, die 2021 erschienen ist.

MEHR VON AVA AVERY

Mittlerweile (stand Mai 2025) gibt es mehr als 35 Ava
Avery Romane in den Bereichen:

Eishockey
American Football
Formel 1
Boss & CEO Romance
Mafia Romance
Daddy & Baby Romance
Wholesome Romance

**All diese Romane sind als eBook, Taschenbuch und
für Kindle Unlimited erhältlich. Viele dieser
Romane gibt es auch als Hörbuch.**

Zu meinen Romanen gelangst du,
indem du diesen QR-Code scannst:

ÜBER DIE AUTORIN

Ava Avery ist Autorin aus Leidenschaft. Sie ist mehrfach ausgezeichnete Bild-Bestseller & Kindle #1 Autorin. Ihre Bücher verkauften sich über 1 Million Mal und wurden in sechs Sprachen übersetzt.

Wenn sie sich in drei Wörtern beschreiben müsste, dann wären das: Freigeist, Abenteurerin und Romantikerin. Ihre Lieblingsautorin ist Enid Blyton. Mit den 5 Freunden, Hanni und Nanni, sowie Tina und Tini hat Ava ihre Liebe zum Lesen und später zum Schreiben entdeckt.

Neben dem Schreiben ist Ava eine begeisterte Weltenbummlerin. Fremde Länder, Kulturen und Menschen kennenzulernen, ist für sie eine Quelle der Inspiration und Freude. Italien nimmt dabei einen besonderen Platz in ihrem Herzen ein.

Exklusive Einblicke aus ihrem Alltag und von ihren Reisen teilt sie in ihrem Newsletter und auf Social Media.

Website: www.avaavery.de
Instagram: avaavery.autorin
TikTok: @avaaverybooks
Facebook: www.facebook.com/avaavery.autorin

BLEIB AUF DEM LAUFENDEN

Besuche mich gern auf Social Media, wo ich **exklusive Details** zu meinen Romanen und spannende Einblicke aus meinem Alltag teile. **So nehme ich dich zum Beispiel virtuell mit auf Buchmessen, zu Eishockeyspielen und ins Tonstudio, wo meine Hörbücher vertont werden.**

Außerdem findest du auf Social Media und in meinem Newsletter regelmäßig tolle **Gewinnspiele**, aufregende Ankündigungen und jede Menge **kostenloses Bonusmaterial**, sowie **limitierte Charakterkarten und Book Merch** zu meinen Romanen.

Website: www.avaavery.de

Instagram: avaavery.autorin

TikTok: @avaaverybooks

Facebook: www.facebook.com/avaavery.autorin

ALLES LIEBE FÜR DICH

Hat dir dieser Ava Avery Liebesroman gefallen? Ich würde mich über eine **Rezension** oder eine **Bewertung** auf Amazon, Thalia & co. sehr freuen, egal ob 3 oder 30 Sätze lang. Denn jede einzelne Rückmeldung ist ein wunderbarer **Liebesbeweis** an meine Geschichten und begeistert möglicherweise auch **neue Leser** für meine Bücher.

Natürlich darfst du diesen Liebesroman auch gerne weiterempfehlen.

Liebe Grüße,

Deine Ava

TRIGGERWARNUNG

Bitte beachte, dieses Buch thematisiert unter anderem
folgende Inhalte:

Rennunfall
Unfall
Krankenhaus & OP
Depressionen